行走的时光

云德◎著

浙江人民出版社

图书在版编目（CIP）数据

行走的时光 / 云德著. -- 杭州：浙江人民出版社，2025.8. -- ISBN 978-7-213-12024-4

Ⅰ. I267

中国国家版本馆CIP数据核字第2025AD3846号

行走的时光

云　德　著

出版发行：浙江人民出版社（杭州市环城北路177号　邮编　310006）
　　　　　市场部电话：(0571)85061682　85176516
责任编辑：余慧琴
责任校对：杨　帆
责任印务：程　琳
封面设计：厉　琳
电脑制版：杭州兴邦电子印务有限公司
印　　刷：杭州富春印务有限公司
开　　本：710毫米×1000毫米　1/16　　印　张：22
字　　数：205.5千字　　　　　　　　　　插　页：1
版　　次：2025年8月第1版　　　　　　　印　次：2025年8月第1次印刷
书　　号：ISBN 978-7-213-12024-4
定　　价：68.00元

如发现印装质量问题，影响阅读，请与市场部联系调换。

卷首絮语

　　早在退出工作岗位之前就已下定决心，为自己规划了退休后的唯一任务，就是彻底退出江湖、回归家庭，读闲书、慢生活、会友朋、看世界，含饴弄孙，颐养天年。两三年坚持下来，优哉游哉、轻松愉快，小日子过得十分滋润，总忍不住涌出一种"没事偷着乐"的惬意感觉。

　　忽一日，与业界几个老朋友小聚，席间大家纷纷诉说着因"被安排"而忙碌不堪的辛苦，唯自己笑而不语。待有"忙些什么"的追问点到名下的时候，只能把辞掉所有兼职、不参加任何社会活动的实情相告。不料即刻招来了一阵冷嘲热讽，诸如架子大、假清高、不合群，消极、颓废、躺平之类的大帽子，犹如暴风雨般迅猛袭来，就差没用上"自绝于人类"的最终判决了。任他们怎样嬉笑怒骂，我自岿然不动，因为退下来的这帮无权无势的老家伙说什么坏话也无伤大雅，永远入不了咱的个人档案，让他们快活一下嘴皮子，过过嘴瘾，不过也就算多了一碟下酒的小菜而已。话题过后风一吹，讨论的热点很快也就转移了。最没想到的是，有位曾颇负盛名的文坛大佬倒是较起真来，聚会散伙后，拉着我的手语重心长地告诫说：老弟的做法我不反对，处在一个热衷功利的社会环境，退下来能甘于寂寞，不参与他人事务、不为名利奔忙，也是难得的享受，大家的玩笑千万不必介意。但是远离喧嚣，并不代表无所事事、荒废自己。甭讲什么老有可为、发挥余热之类的官话，仅凭读了半辈子书、经历过那么多风风雨雨，酸甜苦辣一大堆，老来都是难得的人生财富。即使原有专业可以放弃，闲下来写点感想和随笔之类，给自己留个念想，也算是无负过往了。老兄一番话，言之凿凿、情真意切、振聋发聩，大有醍醐灌顶之势，顿时令我沉思良久。

回家后一连数日，反复琢磨、回味老兄的劝诫，内心好像有块石头丢进了湖里，往日的宁静被一下子打得波浪四散。悄然暗想，到了这把年纪，既不用为稻粱谋，也没有名利之惑，更不存在担忧他人毁誉的虚荣心，即便是纯粹为了防止大脑萎缩、小脑退化之类的生存之需，在闲云野鹤、青灯黄卷之外换个活法，亦未尝不可一试。

于是很快静下心来，列出一串题目，走进了从未涉足的随笔领域。未承想动起笔来倒也比较顺手，一口气写出七八篇小文。试着投给相关报刊，竟然颇受编辑青睐。最初的几个月，北京的几家报纸几乎每周都能看到这些小文章。朋友和同事们在普遍惊讶于过去"板着脸孔"搞评论的人，竟然也能和颜悦色地改行写这等闲适文字的同时，既给以善意的小挖苦，也有热情的表扬与鼓励。特别是那位当初也曾竭力劝我动手写点东西，甚至不断出命题作文的作家老友陈建功，反倒不时拿我开涮，常在朋友聚会时满脸坏笑地调侃说：这哥儿们看来要拉开架势抢我们的饭碗！

抢人家饭碗的事情咱干不来，况且也没那本事。文学创作需要才情，自我揣摩没那两把刷子，这点自知之明还是有的。写惯了公文和理论文章的人，事先需要大量的案头准备和观念预设，谨小慎微的措辞推敲的过程往往会耗尽所有的浪漫激情，而属于风花雪月类的随笔则完全没有固定的格式与模板，可以信马由缰、海阔天空，更兼成败皆可坦然的尝试以及自我找乐的闲情逸致，让自己心态特别放松，写起来没有丝毫顾忌与压力，正如常年负重爬坡的人突然间卸下包袱，两手空空、闲庭信步，全身心解放的轻快感瞬间也就变成了难得的精神享受。故而，这批随笔虽题材驳杂、主旨多元，形式不一、难合成规，却也多少有了几分机杼旁出的意外之喜。新手的好奇和欲罢不能的惯性，竟把一个文坛老炮莫名其妙地蜕变成一位散文新秀。

写了半辈子评论，除了友朋和熟人外，基本上都是泥牛入海、无声无息，而改写随笔后，这些千字小文一经见报即颇受待见，总有众多大小网站链接，读者和网友还不时附上热情的点赞与留言。几个公众号如"东方文化杂志社""中国副刊""浙东文学""阅读公社""六根""东阿文萃"和"潮起潮落的空间"等，经常给予或单篇或序列的密集推出，有的篇章还被《作家文摘》《新华文摘》和《文摘报》转载，特别是一些出版社编印的年度散文杂文类的选本中，每年都有三五篇小文入选，去年竟然还荣获了中国散文学会颁发的冰心文学奖。所有这些，无疑都是对一个随笔初学者的莫大鼓励。同时也不由感慨，散文随笔确乎要比文艺评论具有更为广泛的社会影响。

这里特别值得一提的是"浙东文学"公众号。近两三年，他们一直把"云德随笔"作为公号的一个品牌栏目，这本小册子中收录的所有作品，不仅全部都在公号上集中推出过，而且每次推出时都精心配有一段"编者的话"，无论是内容提示，还是作品评点，都不吝热情赞许的话语。

诸如：

"云德随笔"近来突现于京城各大报纸副刊，四处
开花，名闻遐迩。

如春天一般，带来了风，带来了雨，带来了绿叶
细枝，带来了柴米油盐酱醋茶，带来了民众的喜欢，

独独不讲台面上的套话。

紧贴地面生长的，一是草木，二是"云德随笔"，都是有生命的东西。

作者以它独有的行文方式，于普通生活中锤炼出美文迷人的光芒。

叙述语言，看似朴素，却显老辣，尽藏玄机，不是一般功夫作者所能及；作品的构思，基本呈金字塔形，仿佛于浩大的沙漠中间，聚沙成基，基上加垒；最后，是主题的光芒闪烁，照亮整篇。

在普通生活处发现美，这话好说，可落到实处，显然是困难的。"云德随笔"就这样以另类的优异存在，彰显了高峰特色。

"你应该为生存而食，不应为食而生存"，这是古罗马哲学家西塞罗说的。而"云德随笔"生动地演绎了这个生活中的哲学。不管是一只月饼，还是甏肉干饭，抑或一碗家乡的糊粥，他把触角伸向这些领域。这是一般的作者不能够自觉达到的，而云德似乎天生是高手:《中秋月饼》中的父爱形象,《甏肉干饭》中作者的痴迷,《家乡的糊粥》中的祖母,他们身上体现的坚韧的生存意识,令人心动,还有三篇文章清晰呈现的社会进步脚印和浓郁的民情风俗,让社会学家和民俗学家拍案叫绝。

好的随笔是心血酿成的。能够将随笔写得这么美和好读,也只有云德了。

如何用散文的多维性塑造人物,云德先生的作品为我们提供了成功范例。人的认识包括文学认识的加深其实是维度的变化,这种过程的抵达深度,彰显了一个作家的高度。

人在俗世间,却在俯仰之间喷吐雅致之气,看似漫不经心的文字,却是暗藏哲理和大爱的玄机,这就是"云德随笔"带给读者的诱惑。

公号的版主浦子先生给予的这些嘉许,不仅出于友情,更是出于对文学的满腔挚爱,尽管有些夸奖让本人耳红面热,但作为一个向往的目标,权当是编辑对于作者寄寓的一份美好冀望与鞭策。

公号的集中推出,让原发报刊的影响获得了更大的外溢效应,朋友、同学和同事纷纷为我的改行点赞,不断以短信、微信和电话的方式给予热情的褒奖和鼓励。几年下来,劝我结集出版的声音也越来越多。出于一个新手的不自信，这事总让人心怀忐忑、一拖再拖。前不久，一个偶然的机会，就此事特地请教了资深的出版专家邬书林老兄，不想这位老兄竟然给予了十分积极的回应，他认为这类有意味的文字绝不适宜于手机阅读，并督促我尽快动手编辑定稿。无意中，倒让我的这位老同事为这个小册子充当了一回催生婆的角色。当然，在这里更要特别感谢浙江出版联合集团总编辑芮宏的热情关照，感谢责编余慧琴女士的精心编排，没有他们的大力支持和辛勤劳作，就没有这本书的顺利问世。值拙作付梓之际，谨向他们表达最诚挚的敬意！

　　书中随笔所涉及的内容，有过往岁月的回望、人间美味的反刍、触景生情的议论、生命旅程的追记，之所以取名为《行走的时光》，意在追溯光阴流转的片断记忆，表达一种"时光不语自清浅，岁月无言亦安然"的特殊心境，虽世事沧桑，唯初心依旧，人生漫漫、一路走来，若是无负于人、无愧于心，岂不亦可生而无憾乎？至于做到多少、做得咋样、他人能否苟同，那就只有恭候方家去评判了。

云　德
2025 年 2 月 8 日

目录

卷首絮语·1

第一辑·朝花夕拾

荏苒的光阴·3

生日的变迁·10

尴尬的西服·16

家有凤凰·22

毗邻而居·28

老之将至·35

服　老·41

花甲起步的锻炼·46

给自个儿理发·53

穷游动物园·58

补袜记·64

搬　家·70

漫说辈分·76

眼神随想·81

思念绵绵忆祖母·87

第二辑·舌尖记忆

中秋月饼·107

茶余侃茶·113

茶添静气涤心尘·119

暂凭杯酒长精神·126

漫溧的口味·133

家乡的糊粥·140

喝羊汤·144

氂肉干饭·150

辣子鸡·155

醋熘肉丝·161

添油加醋·165

糁与糁汤·170

海赐的口福·177

闲话咸菜·184

嫩白鲜羹玉面条·191

第三辑·谈天说地

让心灵安宁·201

良知与懿行·207

礼尚往来话人情·216

说尊严·223

论惜物·228

浅议德行·234

感受换季·238

趣谈雨伞·243

"年味"归来·249

新年寄语·254

回味同学·256

学然后知不足·261

第四辑·行履印痕

湖乡拾趣·269

相伴大运河·275

北海缘·283

四上黄山·290

邂逅鹿城·299

初遇商洛·306

走进大芦村·313

访非散记·322

"路痴"的烦恼·333

第一辑　朝花夕拾

荏苒的光阴

夕阳似乎有点累，大半个身子依偎于海天交接的尽头。余晖喷射的无数银针，密密匝匝地散落在辽阔涌动的海面上，闪亮尖利的光点刺得人们睁不开眼睛。我侧卧在潮水舒缓浸漫着的海滩边沿，眼里紧盯着略显慵懒的落日，任由浪花柔和地拍打着脚心，凉凉爽爽，十分惬意。顺手抓一把刚刚涌到身边的流沙，当拳头紧攥的手指抵近掌心的时候，细沙悄然在指缝间流失，掌心仅剩下些许斑驳的沙痕。此刻的海平面似乎已无法再承载来自太阳星球的巨大压力，夕阳猛地一刹那沉入水底。绯红的晚霞尽管依然挂在半空，但闪闪发光的银针瞬间不见了踪影。天空随即暗淡下来，像是被一层朦胧的灰纱笼罩着，周边的世界突然陷入了某种沉寂。我呆呆地望着辽远寂静的天际，脑海里莫名其妙地冒出一个熟悉的词汇：光阴。

是的，或许这就是倏忽即逝的所谓光阴。

以"光"和"阴"两个完全对立的字组成一个表达时间的词组，估计只有中国人的思维方式才能创造出来。

思维方式决定人生态度，赫拉克利特望着流动的河水，认定"人不能两次踏进同一条河流"，他强调的是客观事实，是哲学意义上物质的绝对运动；而孔夫子站在家乡的泗水河堤上，感慨"逝者如斯夫，不舍昼夜"，他强调的是主观感受，是人生的短暂和生命的易逝。这样的意念延续到《颜氏家训》，就变成了"光阴可惜，譬诸流水"，由此，人们普遍以流水寓意时光的流逝，把阴阳明灭的光阴变幻演化为对生命迁移的某种泛化表达。

国人对后辈的光阴启蒙，几乎在孩子有记忆的那刻开始，且从小学到中学不间断地持续灌输。像"一寸光阴一寸金，寸金难买寸光阴""百川东到海，何时复西归。少壮不努力，老大徒伤悲""今日复今日，今日何其少。今日又不为，此事何时了。人生百年几今日，今日不为真可惜""明日复明日，明日何其多。我生待明日，万事成蹉跎"……类似的训诫，已经成了每个中国人耳熟能详的座右铭。遗憾的是，这些脱口而出的人生箴言，在青葱懵懂的岁月里基本上只是个模糊的概念，因为未来十分遥远，青年人有足够的光阴用以挥洒。没有经历过生命淘洗和历练的人，很难领悟到光阴的真谛，等到哪天恍然大悟的时候，通常又会千篇一律地追悔莫及、恨无重生。殊不知，这本身才是真正与纠结相伴的复杂人生。

儒学在两千多年的封建社会一直占据主导地位，对国人的影响甚深。从孔夫子开始，中国人就崇尚进取，他的"其为人也，发愤忘食，乐以忘忧，不知老之将至"，以及"成事不说，遂事不谏，既往不咎"的高论历来为后人所标榜。所以，历朝历代，文人墨客都留下大量的惜时名句。例如"三更灯火五更鸡，正是男儿读书时。黑发不知勤学早，白发方悔读书迟""公道世间唯白发，贵人头上不曾饶""三十功名尘与土，八千里路云和月。莫等闲，白了少年头，空悲切""少年易老学难成，一寸光阴不可轻。未觉池塘春草梦，阶前梧叶已秋声""天可补，海可填，南山可移。日月既往，不可复追"，直到毛泽东的"一万年太久，只争朝夕"等，全部熔铸着中国人深深的家国一体的入世情怀，给后人传递着惜时如金、拼搏进取的积极人生态度。

与儒家思想相对立的是老庄哲学，他们把光阴的易逝看作人生的无常。庄子认为，"人生天地之间，若白驹过隙""吾生也有涯，而知也无涯。以有涯随无涯，殆已"，强调人生短暂，知识无边，若以有限的人生追寻无边际的认知则非常危险，不妨顺其自然、随遇而安，这就促成了另一类消极避世、及时行乐观念的生成与流行。《古诗十九首》有云："生年不满百，常怀千岁忧。昼短苦夜长，何不秉烛游。为乐当及时，何能待来兹？"曹操声言"对酒当歌，人生几何"，李白表示"人生得意须尽欢，莫使金樽空对月"，《金缕衣》强调："劝君莫惜金缕衣，劝君须取少年时。花开堪折直须折，莫待无花空折枝。"……所有这些意在显示，"人生百年有几，念良辰美景，休放虚过"（元好问），流年似水，人生苦短，若不及时行乐，美好时光的生活享受岂不白白错失？不然的话，"旋开旋落旋成空，白发多情人更惜"（司空图），借以表达对"流光容易把人抛，红了樱桃，绿了芭蕉"（蒋捷）的人生感叹。

因为红颜易老，最伤不起的就是光阴荏苒；繁华千般，总无法抵挡逝水流年。所以既不要当"献赋十年犹未遇，羞将白发对华簪"的宦海乞丐，也无须做"怀旧空吟闻笛赋，到乡翻似烂柯人"的潦倒清客，看淡那"三千丈清愁鬓发，五十年春梦繁华"的起落沉浮，方可不负韶华，尽享生命的明媚春光。

当然，人生是复杂的，对待光阴和生命的态度有时也会因人、因事、因时而异，却在不同年龄段、不同心绪下呈现出截然不同的生命状态。李太白在春风得意的时候恃才傲物，对自己充满信心，自豪地宣称"天生我材必有用""长风破浪会有时"；而在求仕不得、心灰意冷之际，颓唐意识立马跃然纸上："弃我去者，昨日之日不可留；乱我心者，今日之日多烦忧。……抽刀断水水更流，举杯销愁愁更愁。人生在世不称意，明朝散发弄扁舟"，于是乎，那股"直挂云帆济沧海"的豪情随之不见踪影。还有那个不为五斗米折腰的陶渊明，历来被后人视为恬淡随性、与世无争的楷模，岂不知他早年的入世意识也格外超常。君不见"盛年不重来，一日难再晨。及时当勉励，岁月不待人"的诗句是何等的积极向上，一直是莘莘学子的励志名篇；然而当他经历过宦海沉浮，看透了官场黑暗之后，悔恨"误落尘网中，一去三十年"，毅然决然地挂冠归田、拂袖而去。这事曾遭"偷禄苟活"有失节之虞的王维讥讽："一惭之不忍……忘大守小，不鞭其后之累也。"事实上，陶先生的"结庐在人境，而无车马喧。问君何能尔？心远地自偏"，确比王维无病呻吟式的佛系归隐诗高出一筹，因为他对世事无常、光阴无序、人生无奈和情操难守的深切感悟，无形中给诗作增添了装不成、仿不来的浓郁烟火气与沧桑感。

尽管人的生命长短不拘，总以光阴作计量单位，但光阴的运行时速并不恒定。当你意气风发、主体意识高扬的时候，"春风得意马蹄疾，一日看尽长安花"，怒放的生命光彩照人，时光的流动飞逝而短暂；当流年不利、备受生活煎熬的时候，你会觉得度日如年，"世间何物催人老，半是鸡声半马蹄""艳阳时节又蹉跎，迟暮光阴复若何"。其实，这一切皆与光阴无涉，不过是个人心情好坏的感觉罢了。

实际上，光阴从不厚此薄彼，对谁都是一视同仁，差异只在人的生活态度和生命感受。无论是男女老少、贫富贵贱，人生堪称有来无回的单程旅行。如何让短暂的生命过得精彩有意义，是每个人一生必答的考题。鉴于人的天赋、秉性、能力和境遇各有不同，创造力、承受力也相差甚远，所以世上没有任何一款时光应用的标准答案，世人也不应轻易举起批判的武器，动辄否定他人的人生理念。

　　现实生活中，人们当然希望竭尽全力让人生过得充实而幸福，但也无须枉费心机，绞尽脑汁地追逐难以企及的梦幻神话；当然要努力激发潜能，奋力拼搏，实现自身价值，但也无须过高估价自己，置一切机缘、条件和能力于不顾，过分执着于臆想预设的宏大抱负，在压力山大面前让生命受窘；当然要有充分的思想准备，随时应对各种可能的灾难和挫折，但也无须见到困难就退缩，更不能自惭形秽、破罐子破摔，让自己窝窝囊囊度一生；当然应该珍惜时光，珍惜生命中的每一次缘分，最大限度地给生命注入光彩，但也无须刻意谋划、投机与钻营，生命之弦绷得太紧，人生就会丧失天然的情趣，让灿烂多姿的生活变得单调乏味。

　　曹雪芹有言："秋光荏苒休辜负，相对原宜惜光阴。"人世间原本充满着风云际会、悲欢离合，既有鲜花铺地也会有荆棘丛生，人们往往会在风花雪月的年代缠绵了流年，凄风苦雨的季节黯淡了光明，庸庸碌碌的岁月，总把碾碎的光阴变成有寓意的故事。

　　人，生而无知，常在跌跌撞撞的磨砺中见习人生。度过了青葱年少的猖狂，经历了玄机四伏的职场，体验过生离死别的悲伤，等到了冷暖自知的年岁，才清楚曾经的得意是多么的浅薄；曾经的冲动是多么的鲁莽；曾经的撕心裂肺是多么的荒唐可笑，然而，后悔早已无济于事，补救业已没有可能，因为生命的沙漏永远倒不回过往的辰光。只要无损于天道、良知和他人，每一种选择似乎都无可指责。泪水不是春雨，浇不出万紫千红的春色；悔恨不是果园，结不出赏心悦目的秋实。天下哪有十全十美的事情！

　　只要不负光阴，尽心了，即可无怨；尽力了，足以无憾。生命的苦涩只有吞咽下去，方能细细品味出个中甘甜。既然苦也一天、乐也一天，何不少一点纠结、多一份从容，顺心随缘地度过知足常乐的每一天！

（原载《北京晚报》2022年8月14日）

生日的变迁

如果不是离开家乡，这辈子的生日肯定都是以农历日期为准。因为在山东老家，长辈的纪年方式主要是农历，他们会严格遵循农历节气来安排各种春耕秋收、添减衣物之类的日常生活，当然包括每人的出生日登记。

20世纪前半叶，百姓生活条件普遍不佳，童稚岁月除了盼着过年，就是盼着过生日。那时节的生日没有蛋糕，也没有大鱼大肉之类的美食，记忆中每年的生日都是祖母亲自上手，擀一碗精细的白面条（这就与平常吃的混合面截然不同），卧上两个鸡蛋，额外再点几滴平常舍不得吃的香油，立马逗你馋涎欲滴，急不可待，不等晾凉就呼呼啦啦喝下去，心里充盈着喜悦。至今每每回想起来，生日面条萦绕不去的香气依然清晰可闻。

这样的生日一过就是20年，直到离家上大学才算告一段落。

大学入学时要填写简历,辅导员告诉大家,出生年月日一栏最好按阳历填报。闻讯如堕雾中,因为从未问过,也没思考过这样的问题,只好按户口本上的日期如实填写。这让来自上海的同学觉得不可思议。在他们看来,人类使用公历已经1970多年,想象不到北方人为何仍用阴历纪年,不免给人以"老土"的感觉。

纵然此议是非曲直可以讨论,但作为一个现代人不知道自己生日的阳历纪时,似乎有点说不过去。于是,带着几分尴尬,悄悄地去图书馆查找当年的报纸,准确核实了与自己阴历日期相对应的阳历生日。至此,形成了两种不同的生日记述方式。后来演变成有老人在家时,过生日按阴历;没老人在家时,则按阳历。

尽管有了两个生日,但激情奔涌的青春时节似乎无暇检视过往岁月,自然也不会在意生日几何。或许是没条件,抑或被忘却,所以记忆中好像没有单独给自己庆过生日。

走上工作岗位后,经常填各类表格,阳历生日开始被屡屡提及。尤其是住集体宿舍的时候,碰巧与单位的一个同事同一天生日(年份隔一年),因而,生日成了两人的共同记忆。所以,经常到了生日那天,不约而同地从食堂打上两个好菜,在街边的副食店买些花生、香肠、卤肉之类,再配上白酒,几个同屋热闹一下,算是正式独立地给自己过了生日。

再后来,从恋爱到结婚,生日成了彼此表达感情的一种特殊媒介。常常会提前商定一个预案，逛公园、看电影、轧马路、做点好吃的或送个纪念品之类，尽管形式大于内容，但二人世界却能把简单的程序变得十分愉悦，进而显得格外轻松浪漫。只可惜这样的日子没过多久就结束了，女儿的降临顷刻改变了既有的生活状态。在交通拥堵、节奏快捷、工作压力巨大的京城，双职工养个孩子实属不易。老婆休完晚婚产假，请不起保姆，孩子无人照料，刚满周岁就要送机关幼儿园托管。一周六日，风雨无阻，每天一早一晚按时接送。工作一天本已十分劳累，下班后再驮着孩子骑一小时自行车回家，接着买菜、做饭、干家务，等一切完毕，差不多也到了九十点钟。几年下来，满负荷的"充实"让日子过得焦头烂额，今天细细想来，都不免有几分自我佩服的感觉。若不是当初年富力强，天晓得是怎样熬过来的？！所以，在那个时间段，再也没了什么浪漫心境，相互庆生的方式，大致也就是买点好吃的东西犒劳一下彼此。

印象最深的一次是老婆夜班、孩子全托，自己下班回家熬了一锅八宝粥，吃完回到书桌准备加夜班，打开电脑一看，突然发现电脑提示当天是自己的生日，不禁哑然失笑，击掌叹息。心想，生日不过也就罢了，喝粥倒是独具创意。后来，每当领导交办任务感到没把握的时候，总是以此自嘲预告：我今年生日喝了一天的稀粥，大脑全是糨糊，把这种超出本人承载力的事情压给我，咱们有言在先，做不好千万不要怪罪。领导和同事也会跟着揶揄：生日喝粥怪你自己糊涂，难道还要继续把这种糊涂延伸到工作上，当成推脱责任的挡箭牌不成？干不好定不轻饶，干不出色罪加一等！于是，惹得大家笑场。

事非经过不知难。回望20世纪八九十年代，中年知识分子的生活那可真是清贫。工资虽然不断有所增长，从几十块到几百块，但物价增长更快。上有老、下有小，到处都是花钱的硬指标，任你怎样精打细算，月底总是囊中羞涩。凡是过来人都清楚，那时每个家庭大多设有收支账本，都有严格的开支控制程序，因为欠账是我们这代人最难接受的理念。当时，最怕的是不速之客，因为接待宾客是预算外最大的不确定因素。如果没有一点结存应付不时之需，一个月若有两拨客人造访，家里就必然出现严重的经济危机。所以，一家三口从来不敢到饭店吃饭，即使偶尔有事拖延不便回家做饭，最多也就是在外边吃个便宜的快餐。

唯一改变的一次是夫人的生日，令人终生难忘。那是一个雪后初晴的寒冷傍晚，我们下班相约接上孩子从北城骑车回南城，到家时浑身已经冻得透凉。打开冰箱一看，啥也没有。妻说："下碗面条凑合凑合得了。"我心有不忍，赶紧答话："咱们去外边吃吧。"妻犹豫了片刻说："那就简单点。"我立刻豪迈地表示："'男子汉大豆腐'，今天请你们娘俩吃好的。"其实"好的"，也不过是在楼下的一个小饭店点了几个菜，要了两瓶啤酒而已。女儿高兴得手舞足蹈，像过节一样在小饭店里跑来跑去。餐后一进家门，马上兴高采烈地拿起电话给岳母通报："姥姥，您猜猜我们干吗啦？今天我爸请妈妈去外面饭店吃饭啦。"说者无意，听者有心。看着孩子兴奋的眼神，听着她报上的菜名，我的内心五味杂陈，瞬间两眼满含热泪。不是激动，是愧疚。暗忖：咱也七尺男儿，怎么混得老婆孩子连顿好饭都吃不起？当即下决心要调离单位，换个收入好些的工作。不承想为这个简单目标争取了五六年，最后气得领导拍了桌子才勉强答应，代价则是在一个职级岗位上原地待了近20年。后来朋友不断借此开我玩笑，说当初若不是倔强地请求调走，那么，啥啥位置早就是你的了。我从来都是一笑了之、毫无悔意。虽然我并没发财，但能从事自己心仪的职业，且稍微改善了家庭入不敷出的生活窘境，早已心满意足，这比任何位置都重要。

如今退休在家，不再有生计困扰，但过生日的意愿却日渐消退。一是年事渐高，每过一次生日则意味着离八宝山近了一步；二是衰老的脾胃，已经对高脂肪高蛋白的食物产生了畏惧。无奈老婆孩子不答应，每次生日临近，女儿都会提前预订饭店和蛋糕，第三代两个孩子更是喜欢热闹，尤其向往一起吹蜡烛的那种仪式感。

前不久，生日又至。我劝妻说：目下新冠闹得那么凶，我们老了无所谓，两个小家伙可不能不在意，要不今年就别去外面吃饭了。老婆不听，反问：你这人怎么越老越不识抬举，孩子订好了，你不去不是存心扫大家的兴吗？于是，只好心怀忐忑地得令前往。

甫一进门，两个小朋友一边高声叫喊"姥爷生日快乐"，一边往身上扑过来。外孙女拿着一张纸片介绍说："这是我给您画的生日礼物。我画了姥爷喜欢看报纸，哥哥说姥爷最喜欢躺在沙发上看手机，我也画了手机。这些字是哥哥写的。"我接过图片一看，花花绿绿的画面上确有一个穿裙子、梳小辫的女孩捧着报纸、手机和爱心，旁边有外孙歪歪扭扭写的一行字。由于刚上一年级，小家伙不会写"姥"，因而画面上留下的文字是："祝妈妈的爸爸生日快乐！"我和老婆看后，笑得不亦乐乎，前仰后合。

一句"祝妈妈的爸爸生日快乐"，让我顿时化解了半生的辛苦，充满了其乐融融的幸福感。当然，内心深处更暗暗祝福：但愿"妈妈的孩子们"比我们这代人少一点风吹雨打、少一点磨难痛苦，自由快乐地成长，生活得更加美满幸福！

（原载《新民晚报》2022年6月3日）

尴尬的西服

退休后，时常望着几乎全新的五六套西服强行占据着有限的衣橱空间，总是惆怅不已。

穿吧，不想穿，也没合适穿的场合，假若西装革履地公园遛弯，人家不笑你神经有病那就怪了；送人吧，没人要，可以不必硬送的亲朋好友，通常又不那么合身；随便处理吧，不舍得，一想当年购买时花费的不菲资金，确乎有那么点于心不忍。这左右为难的心理，委实让西服变成了"食之无味，弃之可惜"的鸡肋。

不太爱穿西服，不是挑剔，亦非老古板，更不涉民族感情，主要是着装习惯问题。从记事起，穿惯了开领和鸡心领之类的上衣，即便是在风雪交加的寒冬腊月骑车上下班，衬衣的第一颗纽扣也是敞开的，系上了觉得不舒服。更兼过了半辈子散淡的书生生活，随便有件T恤再配个夹克之类，各种场合均可应付。身着西装革履，多是正襟危坐、一本正经的庄重场合，尤其再打上个领带，那种喘气不畅的感觉让人从内心深处倍感拘谨与别扭。所以，除了个人无权选择的必要场合，从来不会主动选择西服。

此论无须多言，一件事足以说明问题。比如结婚这等人生大事，理应讲究排场，穿套西装当属最时髦的做派。当年，自己身着岳母亲手裁制的中山装举办婚礼，没觉得有啥不妥，照样兴高采烈，仪式感爆棚。然而，人生在世，许多事情却很难依着自己的性子来。尽管穿衣吃饭之类纯属小节，私人空间无所谓，但在许多公共场合则必须从众。比如说随团出访，领导着西装，你穿个中山服，那就不再是习惯问题，"鹤立鸡群"的衣着或许就成了不合群的怪异行为。

不喜欢穿西服却又必须穿，肯定就是基于人之常情、顺势而为的无奈之举。

国人总有浓厚的民族情结，生怕丢脸于外邦。20世纪90年代，我第一次出国，一下就购买了深浅两套西服，花费超过大半年工资。到了欧洲才发现，西方人除了正式场合，没几个会在休闲的日子穿正装。故而，精心准备的休闲西装白白地躺在行李箱里，拉着在法兰西周游了十多天。想象中的庄重，在无人喝彩的氛围中被消解得无影无踪。这次教训并没阻止我再次购买西服的脚步，因为出国的机会少且间隔时间很长，而人到中年"发福"的进程又比较迅速，所以再度出访时，虽有旧装，但早已不再合身，只能被迫重新置办，如是三番，自然也就造成了西装的无端积压。

唯有一次情况属于例外。

早年在报社工作时，有次受邀陪领导去意大利使馆做客。一上车，领导一眼就盯上了我的西服，半真半假地问我：咋回事？你这西装档次也太低了。意大利可是世界西装的天花板，穿这行头赴宴不怕给报社丢脸？说得车上的同事哈哈大笑。我一点儿也没觉得好笑，一本正经地解释：不要小看我的西装，这可是名牌！领导追问什么名牌，我非常认真地把服装牌子亮出来。不承想这帮人笑得更加开心，说，这算什么名牌？不过就是初段水平罢了。然后开始劝我：别那么抠门，回头买套能"出门喝茶"的好西装吧！听完这话，转身仔细瞅一眼别人的装扮，不得不承认他们西服的面料和做工，确乎比我的强那么一点。这事虽为玩笑，却令人倍受刺激。过后不久，一气之下，我真的去大商场花上万元买了套原装进口的名牌洋装。这对从不讲究穿戴的本人，算是破天荒有了平生第一次高档消费的记录。

更可气的是，买下这套西服后，连续七八年再没机会出国，没得到任何展示的机会。一晃又过去了几年，换了个新单位，阴差阳错被分配负责机关外事。自己虽无外事阅历，却愉快应允，暗想我的那套闲置已久的好西装终于要派上用场了。分工后，同事提醒我办公室要常备西服，以便随时应对可能的外事活动。当天回家，我立马兴高采烈地直奔衣橱，拿出那套尚未剪去商标的西服穿了起来。结果大出所料，前后不到十年，崭新的西装已经系不上衣扣。惊讶之余，马上翻开商标，找到店铺电话。喜出望外的是电话很快接通，对方态度虽亲切和蔼，却不容置疑地委婉告知，商店虽有置换义务，但这款服装早已没了同款布料与款式，爱莫能助、遗憾万分。就这样，当年不惜血本买下的名牌西服，尚未正式亮相就惨遭无情淘汰。此情此景，岂不令人扼腕叹息！

无由的浪费固然可惜，更可惜的还是西服功能的无端丧失。若说这是个不经意的过失可以，但要认定为个人偏见所致，那可真是天大的冤枉。

事实上，穿与不穿真的无关价值好恶的判断，本人私下里对于西服一直持有高度赞赏的态度。窃以为，西服之所以能够成为国际流行的标准服饰，自有其特定的历史背景和现实因素。伴随着西方一波高过一波的工业革命浪潮，技术的巨大进步必然推动着社会关系的巨大变革，它不仅极大增强了民族间的相互关联，而且深刻地改变着世界的面貌。西方白领阶层风行的套装，随着不断在国际各类政治、经济、商务、外交等重要场合中的反复出现，逐渐演变成全世界公共交往平台上的主流服饰，进而被打上"有文化、有教养、有绅士风度、有权威感"的标签，这无疑不断延续着它长盛不衰的国际神话。即使抛开靠实力影响全球的外在因素，仅从其面料选择、设计制作和穿着效果的高标准来看，西服所具有的平肩掐腰、驳头适中、袖口略收、胸部饱满、裤腿挺拔、造型匀称、穿着舒适的突出特点，确保了着装的线条流畅与外观挺括，若再配以领带或领结，无形中为男性平添了不俗的线条美和阳刚气。通常情况下，人只要一穿西服，身体自然不再佝肩塌背，顿时显得神气十足。故而，西服受到普遍欢迎，自然也是顺理成章的事情。

当然，赞赏和爱好是两个不同的概念，赞赏归于常规理念，爱好纯属个人习惯。本人素常不穿西装，皆因不愿接受与西装不期而遇的那种拘谨感，慢慢也就化习惯成了自然。印象中，除为数有限的几次出访和重要场合必须着装外，这些西服从未发挥过任何作用。尽管它们伴我走过二三十年，但每套西服真正穿着的时间加在一起也绝不超过二三十天。它们崭新如初的根由，在于从没进过洗衣店。

十几年前，我曾在天津工作过一段时间。或许因天津开埠较早且生活比较洋派之故，市里开大会总是特别要求"着正装"。每次参会前，我都为穿衣发愁，虽心有不愿但又不能违例，唯一可以采取的对策，就是每次都设法迟点进场，以尽力争取哪怕是多一分钟的自由呼吸。一旦主席台上宣布散会，我的第一个动作肯定不是为起身做准备，而是立刻动手把领带扯下，以最快的速度让委屈的身体得以放松。再后来，自己分管外事，只要不是特别庄重的场合，总是不忘找机会给外宾一个是否愿意宽松些的善意提醒，这种提议几乎全部赢得积极响应，足见洋人也不是那么乐意接受繁文缛节的过分束缚。这反过来，也从另一个侧面验证了自己的固有习惯尚有可取之处，无意中多少有了点小小的得意之感。

近日一帮朋友小聚，偶尔谈及西服闲置的话题。有人乐观地表示肯定会有施展时机，细问何时？答曰：重大场合或者婚礼。笑而怼之：退出江湖，重大场合与己无涉。而所谓婚礼，一则停妻再娶，重做新郎从未想过；二则过了做伴郎的年岁；三则当证婚人的机会少之又少；四则参加一般性婚礼似乎不宜把自己捯饬得像个贵宾，唯一用途可能仅剩下最后进八宝山的光荣时刻。大伙闻言，哄堂大笑、颔首称是。如此看来，那些成排挤在衣橱一角的西服，只能一如既往地安于寂寞，耐心等待重新披挂上阵的时机。

（原载《北京晚报》2023年11月26日）

家有凤凰

大学毕业甫一入职，我立刻有了一辆崭新的凤凰牌自行车，这让同时分配来北京的同学们歆羡不已。

20世纪80年代初，市面上的物资供给依然紧张。粮、油、肉等主要食品以及自行车、缝纫机、电视机之类的家用器物一律凭票供应。除了副食、布票等普遍按人头定量供给外，紧俏商品的供应券只能按部门且视货源情况适度调剂，因而能享受到优惠的人少之又少。如果刚上岗的青年想在单位获取这等福利，无异于白日做梦、异想天开。而本人不期而至的十二分幸运，恰就属于从天而降的意外惊喜。

报到的当天，在单位几个前辈嘘寒问暖表达过欢迎之意后，处长带我走进她的办公室。室内的装饰布置，无非也是当时流行的藤黄色的桌椅和书柜之类，与科员的没啥区别，唯一不同的是墙角停着一辆崭新的凤凰牌自行车。处长是位中学时代就参加革命的老大姐，她首先亲切地叮嘱刚到北京可以休息两天，熟悉一下环境，然后就向我简单交代了近期将要接手的工作任务。或许发现我对办公室停着辆自行车充满好奇，马上笑着问我：小伙子，有车骑吗？没有的话，这辆自行车可以借你逛街。我赶快表示歉意并婉谢。没想到老大姐愈益爽朗地笑起来，她说：小伙子千万别客气，我们家人多在海外，"文化大革命"成了一大罪状，现在反过来开始享受侨眷待遇，这辆自行车就是用侨汇券买给我儿子的。没想到那小子毕业后随女朋友去了广州，我家老头儿也用不着，有兴趣的话不妨转让给你。我虽大喜过望，求之不得，但转念一想这可是一笔大钱，正要开口辞谢，不料大姐却抢先一步表示：钱甭急，有了再说。就这样，未费吹灰之力，天上掉了个大馅饼，我有一辆名牌自行车了。

现在的年轻人无论如何也想象不出，当年有辆凤凰牌的自行车，比目下开一辆豪华版轿车还要气派。那个年代，自行车属于贵重的家庭财产，名牌车尤为珍贵。当时没有身份证，新车上路要在单位开具证明，拿购车发票和证明信去派出所登记注册，然后再办轧钢印、上牌照等一应手续，程序比现在到交通队给私家汽车办手续一点儿不差，甚至显得更庄重。尽管当时满大街都是自行车，但新车很少，名牌的凤凰车更是凤毛麟角，无论是骑在路上还是锁在停车场，都格外亮眼，随时都会引来关注的目光。

鉴于那时单身，业余空闲多，一辆名牌新车自然成为大伙儿争相借用的对象。所以，在很长一段时间里，这辆凤凰车经常成为年轻的同事同学相亲、郊游或者临时办事的共享交通工具。它到底多少次、陪伴了多少对恋人，逛过景山、北海、香山、颐和园和潭柘寺等景区，可惜没有记录，有的话拿出来肯定是个惊人的数字。当然，它也见证了本人从恋爱到结婚的全过程，就连自己的新娘都是用这辆凤凰车驮回家的。当年政府提倡结婚从俭，在单位办公室摆上些喜糖、香烟、水果和瓜子，自行车驮来新娘，单位领导主持一个简单仪式，说上几句吉祥话，同事们一起热闹一阵，就算是完成了全部的结婚流程。

今天看来，用自行车载新娘结婚肯定是寒碜无比，但那时节甚为常见，能用名牌新车迎新已经显得十分隆重了。回想往事，这事多年一直成为老婆的心结，每每看到年轻人结婚披红挂彩的成排豪华汽车，老婆总免不了埋怨几声。

改革开放初期，机关公车很少，城区公交网络也不大健全，出租车尚未出现，市民出行的主要交通工具就是自行车。上下班、早晚接送孩子，日常购物、串门、办各种事情都离不开自行车。自己年轻力壮，加上新车轻便易行，记忆中除了边远郊区之外，市区内无论参加什么活动、办啥事，无论路程有多远，一律都是单车前往。在我大半生从事文化工作的岁月里，这辆凤凰载我参加过无以计数的文艺演出、展览、研讨、年会、新作发布及佳作颁奖活动，当然也包括像帕瓦罗蒂、多明戈和图兰朵之类盛况空前的演唱会,直接见证了新时期文化领域大量的高光时刻。这辆凤凰陪伴我度过了全部的青春岁月,人与车之间有了某种难以割舍的依恋之感,即便是后来有条件可以向单位申请公车,依然乐意骑车外出,十分享受与"骑"俱来的自由自在的心理感受。

与凤凰车相关、最让我难忘的一件事,发生在20世纪80年代末。当时单位还在中南海,有一次,我骑车去参加中国作协的一个研讨活动,会散得很晚,因为单位晚上有新电影放映,于是我匆匆吃了两口工作餐就急忙往回赶。傍晚的中南海路灯初开,还没有完全放亮,我快速地沿甬道骑行,快到单位门口时,不料路边角门突然闪出几个人影,等我反应过来刹住自行车的瞬间,离撞到行人仅差一步。两个黑衣小伙迅速抓住了我的车把,厉声训斥:你想干吗?!我抬头一看对面,顿时吓得心惊胆战,站在我车前的,是那位在人民大会堂主席台上远远见过的中央领导。慌乱中,急忙说声"对不起"赶紧加以解释,不想首长却哈哈大笑,打断我磕磕巴巴的话语,以地道的方言温和地说:年轻人,不赖你!是我们出门太急,没注意看道儿。随即吩咐警卫:走吧,我们先走!没等警卫回应,首长已转身离去。等领导一行走出很远,我仍然神情紧张地立在原地,好半天没能回过神来。至于当晚看的什么电影,一丁点印象也没留下。后来有好多天,心里一直惶恐不安,总担心警卫局会突然找上门来兴师问罪。结果什么也没发生。现在回想起来,当年这位大领导的随和与宽容，多么值得感激和怀念！

20世纪末，北京曾流传一句笑言，说：没有丢过自行车的，压根儿算不上北京人。这话一点不虚。因为北京人口流动极其频繁，交通工具短缺且又不普及，偷车有盗贼，但通常并非职业盗贼所为，而是有人为了出行便利，顺手撬开一辆自行车，抵达目的地后随手丢弃。概因后来自行车在家庭资产中的占比愈益下降，丢车不报案，报案不破案，捡拾不声张，故而丢车成为京城一景。我周边的朋友以及老婆孩子一再丢车，大家皆习以为常。鄙人入户北京40年，一辆凤凰车自始至终未丢失，不知道有没有资格做个北京人。倒是记得也有两次，早晨上班时翻箱倒柜找不到自行车钥匙，垂头丧气地下楼准备去乘公交，猛地发现自己的凤凰车停放如常，钥匙赫然插在锁里，似乎正期待着主人开动。两次彻夜未锁的情况，还分别发生在两个不同住所，现在想来都觉得有点不可思议。

坦率地说，当年凤凰车的制造工艺和产品质量十分过硬。我的凤凰车伴我骑行30多年，风霜雪雨、经冬历夏，周而复始，从未误工。除了内外胎和钢珠老化进行过更换，以及镀锌的光亮度稍减之外，其他零件基本是原装。最典型的一次是，我去北京西山参加全国电影评奖，完事后由山坡向下滑行，快到门岗时匆忙刹车，不小心前闸捏得太死，自行车原地翻滚摔出很远，自己胳膊肘部位的外套和毛衣磕出一个大洞，疼痛难忍，等一瘸一拐地扶起车子才发现，凤凰车安然无恙，且没留下任何异常。

直到新世纪过后的十年，因工作变动我去了外地，自行车被束之高阁没了用场。有一天早上出门，突然看到住楼下的同事打的士上班，询问得知自行车又丢了，于是立马借花献佛，把我的凤凰车赠予了同事。当晚同事短信告诉我，还是老品牌的车子好骑。再后来，同事升职搬家离开，凤凰车再无任何音讯。

一晃又是几年过去了，本人也回京退休。忽一日应邀外出会友，正碰上社区大门口有辆满载清理破旧物品的卡车经过，回头的一瞬间突然发现，在堆积的破旧自行车中间隐约有我的凤凰车牌。近些年，自行车早已不再挂牌，有牌照且牢牢地镶嵌在尾灯处的自行车极少。立刻想着追赶几步看个究竟，无奈汽车出门后迅即加速远去。我踯躅原地，怅然若失地望着那渐行渐远的车影，像是目送一个远行的朋友，眼里有几分潮湿，心中不免涌出丝丝酸楚。

（原载《文汇报》2022年7月22日）

毗邻而居

在国人的社交圈子里，邻居是个不容小觑的特殊存在。

除了你的家人、亲友、单位同事以及因工作和生活而交往的人之外，住在自家附近的邻居，或许就是与你接触最多、气息相闻、最为亲近的那些人。作为日常生活状态的随时见证者，人们常说，瞒天瞒地，瞒不了隔壁邻居。即使在"万事不求人"的现代社会，居家生活中的许多琐事，比如像漏水、停电、供暖、装修等，总也离不开邻居的帮忙与配合，因为线路、管道的一体化将各个家庭有机扭结在一起，亲戚朋友再好也爱莫能助。彼此同声相应、同气相求的结果，于是也就有了"远亲不如近邻，近邻不如对门"之说。

邻里关系的和谐融洽，是农耕时代的文明遗产。在生产力极其落后的岁月，一家一户的单薄实力，根本无法抗御各种随时可能降临的天灾人祸。部落的组建，有效地将个体演变为群体存在的方式，一旦出现紧急事态，素常各自独立的家庭，就会在族长或者乡贤带动下开始抱团取暖，依靠族群的集体力量来共渡难关。后来乡村的出现，不仅保留了原始部落的组织雏形，而且还将这种传统演变成遇事互助的邻里关系。在超稳定的日出而作、日落而息的农耕时代，土地和房产是家庭唯一的生产资料和生活来源，没有万不得已的情况发生，人们根本不会主动迁徙，所以每个村落不同姓氏的家庭，彼此祖屋相望，世代为邻，邻里之间知根知底，各家各户的大事小情全部一清二楚，正像当年《红灯记》里李奶奶所说的那句台词，叫作"有堵墙是两家，拆了墙咱们就是一家子"。就这样，一辈又一辈接续下来的乡情世谊，逐渐把邻里关系转化为亲如本家的外姓人。这种状况目前在乡村和小城镇依然完好如初地保持着，由此而孕育的淳朴民风，让乡村社会充满了浓浓的人情味和温馨的归属感。

童年的记忆中，街坊邻里之间的走动是频繁的，几乎每日每时都在进行。那时节，谁家碰到难事，不用张罗求助，邻居们会自动聚拢，一起出谋划策，有钱出钱、有力出力，共同商议如何解决难题。谁家碰到婚丧嫁娶之类的热闹事，邻里不仅会凑个份子助兴，而且各家的桌椅板凳、锅碗瓢盆都会主动拿出来用于待客，请来上门帮忙的人也绝无误工补偿一说。在物资匮乏、物流又极不发达的年月，常有不速之客登门，一般家庭很难在匆忙间凑齐四个菜，邻居看在眼里并不作声，会悄悄地把自家平常舍不得吃的咸肉、咸鸭蛋、粉条、粉皮、松花蛋之类的食品送过来，以解燃眉之急。就连平常谁家做饭突然发现缺了调味料，很自然地会让孩子拿个碗到对门邻居家的厨房里倒些酱油醋之类的调料过来。无论学校离家远近，孩子上下学一概不需接送，如果家长有事，有时连招呼也不用打，学生就可以直接到邻居家去玩耍、做作业，甚至吃饭，等家长办事回来，道声"有劳了"，就把孩子直接领回去。大家这样做事，都是义务，似乎天经地义，毫无个人得失算计。

天长日久，这样的互帮互助行为渐渐演化成乡村敦厚而素朴的民俗，如果哪家与此有违，遇事退缩小气，就自然会被人孤立，乡里乡亲也会冷眼以对，孩子大了想找个媳妇都没人愿意帮忙。因而，《孟子》所谓"乡里同井，出入相友，守望相助，疾病相扶持，则百姓亲睦"，大概就是这种传统社会邻里关系的真实写照。

当年，我们山东老家后院住着一对李姓老龄夫妇，家无男丁，女儿出嫁后，老两口儿形影相吊有些孤独，恰好我母亲幼年失慈，左邻右舍纷纷撮合，非要母亲认个干娘不成，母亲在大家近乎玩笑的气氛中虚应下来。结果未承想两家真的成了亲戚，不仅是以"娘"相称，而且平日里谁家做了好吃的饭菜，总要相互端一份到另一家，有时甚至直接请到家里共同分享。再后来，两位老人先后患病，母亲真的像女儿一样嘘寒问暖，请医送药、照料饮食，直到二老故去。老人过世后，他们嫡亲的外孙辈一直和我们家保持着至亲般的往来，这份完全没有半点血缘关系的亲情，就这样被三代人真真切切地维系下来。这样的事情在当今的大城市几乎没有可能。

当下社会，人们生活节奏快、生存压力大、社会流动增速，人际交往深度和信任感正在日益降低。尤其是在高楼林立的超大城市，人与人之间的疏离感更加严重。不仅是楼群间十分狭窄的活动空间限制了公共交往，而且相对独立、自成系统的单元楼加深了这种隔膜，反过来这也更易于让那些为生计奔波早已疲惫不堪的人们回家蜗居。现代高度发达的信息与物流，让每家每户无须借助邻里的帮助，就可以毫不费力地解决自家所需的各种物质与精神生活需求，再加上现代人对个人隐私的高度重视，愈加有意躲避外人，故而，传统的邻里关系正发生着巨大的历史性转变。

改革开放以来，随着经济社会的发展进步，人口流动迁徙的频率快速攀升。受日新月异的城市改造大潮的带动，除了少数尚未拆迁的老住户之外，估计有超过半数的人家住房倒换率不下于三五回。一些效益好的企事业单位职工宿舍，每隔三五年，住户就能更换一半，地段好的商品房转换率就更高。经常是对门邻居还没弄清姓甚名谁，房客又换成了另一家人。即使毗邻相居三五个年头，大家早出晚归，来去匆匆，平常也难得有几回碰面机会。开始不熟，进出遇见点头问好，却少有深入沟通；后来熟了，反而更加不好意思询问姓名，一问反倒觉得格外生分。就这样，即便同住一幢楼房、相处过十年八载的老邻居，多数情况下也很少有互相串门的交情，倘若彼此能知道对方姓名已算不错，至于祖籍所在，供职何处，几乎全然不知。

现代水泥森林阻断了邻里亲情，正所谓，隔重门户隔重山，隔层楼板隔层天。这倒应了庄周老先生那句名言：鸡犬之声相闻，老死不相往来。

老辈人对目下这种邻里关系十分不屑，他们格外留恋曾经的乡村、集镇或小城市的生活状态。即使无奈跟随子女迁入大城市，他们也会用自己特有的方式来突破这种自我封闭的疏离氛围。带孩子的老人会主动走到一起，让小朋友们在公共空间成群结队、亲密无间地游戏玩耍；不带孩子的老者会选个阳光充足的亭台回廊，或打牌或聊天，天南海北、家长里短无所不谈。大家朝夕相处，待久了，从不识到熟识、从相识到相知，彼此的好感逐渐发展为火热的邻里友谊，无形中接续起传统，构建出城市社区内一个个特殊的老年社群。

是向往传统式邻里间的密切往来，还是追求现代邻里关系的单纯淡泊？或许各有利弊，我们无须深入探讨这个属于社会学的课题。但无论怎样讲，一个楼栋同进同出，邻里之间爱搭不理、形同陌路，总不是一种良好的社会状态。岂不知，为了生存发展而疲于奔命的现代人，表面上披荆斩棘、英勇无敌，其实内心未必有那么强大，或许比任何人在任何时候都更渴望得到社会各方的理解、关爱和支持。邻里若能做到热情相待、友好相处，融洽交往、守望相助，岂不给茫茫人生路上负重前行者，投射一束光亮？全社会若能同心协力营造一种其乐融融的人际关系，人间还会缺少温暖与关爱吗！

行文至此，我被楼下装修的电钻声震得头皮发麻。这令人难以忍受的高分贝噪声，无疑正在诠释着当下的邻里关系。几年前，我家房子装修，尽管严格遵循了街道规定的装修作息时间，挡不住楼下居住的老大妈一再向居委会投诉。当时，我心里有些不高兴，但考虑到邻里关系，只好带着小外孙登门解释并致歉。未承想，老人看到孩子，高兴得手舞足蹈，抓着小朋友不放手，把橱柜里好吃的东西悉数拿出，孩子不要都不行。老人不仅没向我抗议，而且还连连赔不是，解释说年纪大了怕吵闹，心情不好，要我千万别介意。本来自己满心的委屈，听老人这么一说，反倒顿时化为对年迈老者的深深负疚。

一晃若干年过去了，我也成了吃不消装修噪声的退休居家老人。楼下连续传来却又无处可躲的剧烈噪声，让人心烦意乱、坐卧不宁。于是，我也想下楼看看，借机询问一下老人状况。不料业主已变，物是人非——老人已于去年过世，子女已把房子转卖给了他人。我二话不说，转身回家，感伤良久。眼看着一个尚且健康的老人说走就走，无法不令人感叹人生何其无常！

想到这里，于是乎，刺耳的噪声转瞬就不再那么刺耳。瞬间明白了一个事理：本人当下正在体验的，或许恰是当年老人所同样承受的痛苦。不由得暗下决心，自己一定要以超强的耐受力隐忍楼下装修的噪声，算是对逝去老者的一份悼念与报答。

由此看来，邻里关系也是一门常处常新的学问。

（原载《文汇报》2023年3月21日）

老之将至

突然有天发现自己老了,着实把自个儿吓了一跳。却也破天荒第一次真切领悟了孔老夫子那句"发愤忘食,乐以忘忧,不知老之将至"的真谛。

"老之将至",青葱时节从来没有认真想过,或许偶尔谈起也不过是觉得好玩而已。青春不解老滋味,活蹦乱跳的年龄对"老"字根本不屑一顾。而岁月却在不经意间悄悄流逝,当"老"的信息在某个瞬间传递给大脑的时候,会让人在惊慌之余,猛然掀起内心深处的强烈波澜。

其实,衰老的信号早有预警,只是被忽略或不愿承认罢了。细细想来,不知从何时开始,胃口在渐渐变小,吃饭不再那么津津有味、狼吞虎咽;走路的步履也在不知不觉间放慢,爬个楼梯气喘吁吁;睡眠的时间减少,贪睡不醒的日子成了美好记忆，偶尔加个夜班，一整天都会觉得困顿乏力；身上没了爆发性的力气，大运动量的活动轻易不敢接招；碰到久未见面的熟人经常一下子叫不出名字，话到嘴边却忘了要说什么；朋友聚会一高兴多喝两杯，一连数日头昏脑涨提不起精神……当这些不时呈现的生活现象，被"老"的思绪进行系统收纳之后，某种不期而至的生命挫折感油然而生。

此时此刻，你会惊愕地发觉，当年雄心勃勃预设的生活目标远未达到，许多计划中想做的事情还没来得及动手，不少个人经办的事务一时半会儿难以完成，尤其是大量心仪的课题曾幻想着有机会再从容攻关……当日头偏西、桑榆之年迫近之际，客观分析，无论你多么不情愿都不得不承认，大多未竟的美好期许或将付诸东流。于是乎，一缕白驹过隙、人生易老的苍凉酸涩之感就会在刹那间毫无阻碍地涌入胸腔。

此时此刻，如果冷静地给未来作个行动规划，当然可以发誓烈士暮年、壮心不已，抓住人生最后机会奋力一搏；或者找个第二职业、做个志愿者，继续发挥余热；也可旧趣重拾，开辟事业新疆域；或者回归家庭，含饴弄孙；抑或就此躺平、乐哉游哉地度过余生，这关乎兴趣、爱好、资源和能力，因时、因地、因人制宜。各类选项不分伯仲、自有缘由，既不可施以道德评判、给予无端指摘，也不能强人所难、寻求硬性统一。但有个需要共同遵循的原则，那就是任何选择都不应违背春种、夏长、秋收、冬藏的自然规律，不应有悖于生老病死、代际更迭的人生常态。

　　人生苦短，修为无限，没有谁能穷尽学问、真理和事业。珍惜生命的最佳方式，就是立足当下、热爱生活、珍重机遇、无愧人生。正如王羲之所深情感叹的那样，无论悟言一室之内，还是放浪形骸之外，"虽趣舍万殊、静躁不同"，皆当"欣于所遇、暂得于己，快然自足"；"及其所之既倦、情随事迁……俯仰之间、已为陈迹……况修短随化、终期于尽，古人云：死生亦大矣，岂不痛哉"！所以，面对每个人都逃脱不掉的自然衰老进程，任何抗拒、蔑视、悲观、颓唐的行为，皆无济于事，唯一应该采取的正确态度就是正视现实、顺其自然，量力而行、尽力而为。

　　做到这一点，我想至少有四个环节需要认真把握，即，纠结须解除，节奏当放缓，心态要平和，求知不偷懒。

　　既然生命有限而宇宙无穷，人就不能好高骛远，无休止地给自己设上限。年轻时血气方刚不谙世事，争强好胜也就罢了，等到老之将至，倘依然纠结于功名利禄、成败得失，岂不白活半生！明代有个叫陈继儒的名士曾经断言：心为形役，定为尘世马牛；身被名牵，必陷樊笼鸡鹜。他形象地告诫我们，人若仅为名缰利索这等身外之物蝇营狗苟、钩心斗角，到头来，必将行被物累、心为形役，生命的自在与乐趣则荡然无存。

　　步入老年，最大的财富就是经验的积累，见多了争权夺利的狰狞百态，哪个不是过眼烟云！静下心来、反求诸己，最要紧的不是纠结过往、怨天尤人，而是反省自我、检讨教训，只要曾经竭尽心力且良知不亏，成败利钝就不再重要。毫无理由让别人的得意成为自我作践的刑具。老之将至，务必学会与命运和解、与生活和解、与周边一切和解的生命哲学，什么名利得失、恩怨情仇俱可一笔勾销。学会忘却，何尝不是一种心灵的治愈与解脱。从此，告别过去，卸下各种盔甲、面具和思想包袱，换副行囊、轻装上阵，重新上路，岂不快哉。

老之将至，退出公职，工作和生活的压力相对减弱。单位和家庭都不再需要你争分夺秒、夜以继日地去奋斗，况且身体上亦不再具备这样的条件，所以有必要放缓生活节奏。书报可以慢慢读，认真咀嚼个中的文字意蕴；饭菜可以慢慢吃，细细品味各种食材的微妙滋味；别人购物排队时，可以先找个地方休息，物质丰富的年代，市场上不缺少一个抢购者；高峰期不必争先恐后地去挤公共汽车，不妨给急于上班的年轻人提供点生活便利。茶余饭后，晒晒太阳、散散步，听听小曲、品品茶，换个角度从容地观察社会与人生，尤其是细心体悟从未体验过的老年生活况味，岂不也是神仙般的惬意行状？如果经济条件允许，不妨择些天朗气爽之日，找个远离喧嚣尘世的清静郊野，醒脑洗肺，放空自我；抑或邀上三五好友，煮茗论道，把酒畅怀，借以补偿奔波辛劳的前半生，进而悠然自得地享受晚年岁月静好的幸福时光。

享受慢生活，需要平和的心态作铺垫。老之将至，必须看到在人生的接力场上，属于你的那一棒已告结束，下半场你仅仅是赛场上的看客，胜负基本与你无涉，剩下的责任就是在关键时刻呐喊助威，毫不吝啬地给队友鼓掌。千万别把晚辈的客气当作自己倚老卖老的资本，必要时当然可以做些公益、提点合理化建议，但决不可指手画脚、颐指气使，做出一副舍我其谁的模样；也不要过度干预子女生活，年轻人有自个完全不同于长辈的想法，代沟是必然产生的客观现象。老一辈的经验可以借鉴，但老人的思维及行为方式或许不再适宜于青年人。必须坚信，没有你的参与，天绝对塌不下来，高学历的青年一代肯定比我们更聪明，也肯定能够干得更出色。如果这也不顺眼，那也看不惯，只能徒增摩擦和烦恼。退居幕后，务必学会自我调节，保持良好心态，顺其自然、随遇而安，不以物喜、不以己悲，尽快适应变老的现实，回归平静的退休生活。人间至味是清欢。只要想得开、看得淡、放得下，就一定能够活得通透洒脱，做个知足常乐的快活老人。王维有诗为证："晚年唯好静，万事不关心。自顾无长策，空知返旧林。松风吹解带，山月照弹琴。君问穷通理，渔歌入浦深。"尽管其中不免带有些许消极成分，却值得不甘寂寞的老者细心琢磨，努力效仿。

当然，知天安命绝不意味着要消极遁世。老之将至，你可以逃避一切的俗务，但修身养性、求知律己确是须臾不可懈怠的终生功课。求知就是最为积极的人生态度。活到老、学到老，似乎有几分陈腐的感觉，但绝不过时。人从呱呱坠地那刻起，啥都不会，一生都在模仿和学习中成长，许多失败的惨痛教训大多源于学而不精、能力不逮。退养就是补课的最佳时期。老来一切可以做减法，唯有求知问学不能偷懒。尤其在瞬息万变的信息时代，你不接受新鲜事物，诸如网络购物、手机支付、微信约车之类，就会在生活中处处受窘；甚至连如何安度晚年，都是一门崭新学问。

由于老年求知没有紧迫功利目的，自然也就缺乏动力，所以需要学会自我加压。宋人陈亮特别强调："少不如人，所向墙壁；老之将至，乃罢网罗"，意在警示人们要有自励精神，把勤奋攻读视作不可须臾离的行为范式。老之将至，可以把年轻时来不及或读不透的书重新打开、深入推敲，可以把学习钻研、志趣爱好和修身养性结合起来，在音乐缭绕、书香氤氲的氛围中，获取精神文化的享受与满足，助推思想境界的丰富与提升；在极其充实的高质量的夕阳生活中优雅老去，活出生命最后的精彩。倘若所有的老年人都能倾心投入且沉浸其中，形成一个文质彬彬、知书达礼的社会群体，中国的人文生态必将大为改观，社会上关于"坏人变老"的议论自然就会销声匿迹。

说来容易做起难。如何妥善应对老龄化社会逼近的公共压力，是个崭新的时代课题。老年事业老年为，作为新近步入老年行列的一份子，唯愿大家能携手并肩，积极行动起来。

（原载《中国社会报》2022 年 5 月 16 日）

服　老

从抗拒衰老到最终服老，有个略带几分痛苦的渐进心理过程。

记得大概十多年前的某个周末，我去超市购物，门口碰到一个衣着时尚的中年女士正准备往自行车上搬东西。看到我，她有些羞怯地招呼："大爷，能帮我扶下自行车吗？"我惊讶地一愣，因为平生第一次被人称呼"大爷"。转头一瞧，那位女士有一袋大米加一提卫生卷纸要往后车架上绑，是个力气活，便立马微笑着对她讲："我来，我来，您扶好车就行。"于是极其认真地帮女士把物品绑牢。等到对方千恩万谢地骑走之后，我依然怔在原地，好久没有缓过神来。

买完东西回家，兴冲冲地告诉夫人："你猜我今天碰到了什么奇迹？有个和你差不多年龄的女同胞管我叫大爷。"老婆好像一点也没有惊奇的反应，莞尔一笑，幸灾乐祸地说："你以为你还年轻?!"这个回答让我愤愤不已。

又过了几年,我阴差阳错地调到天津工作,经常乘坐城际列车回京。有一次,从北京南站下车后直奔地铁转乘,像压缩饼干式地挤进一列车厢,匆忙中尚未来得及抓住把手,地铁启动的瞬间身体不由自主地趔趄了一下。突然,我听到对面座位上一个小伙子的声音:"老爷爷,您请坐。"这声音在拥挤、喧闹的空间里,让人倍感温暖,心中不由暗赞这个年轻人懂礼貌,但并没在意他招呼的"老爷爷"在哪里。结果万万没有料到,小伙子起身扯扯我的衣服,再次说道:"老爷爷,您请坐。""啊?说我?"惊愕之余,我感到脸上一阵发烫,马上谦恭地向年轻人点头致意,在一连串的感谢之后,诚惶诚恐地坐了下来。纵然盛情难却,接受了别人的美意,但坐下后心里仍止不住犯嘀咕:爷爷也就算了,怎么还成了"老爷爷"?难道自己真的那么老了吗?内心深处实在不敢,也不愿接受"老爷爷"这个尊贵的称谓。

尽管从"大爷"升格到了"老爷爷"的级别,但我心目中从来没有承认过那个"老"字。总是自我安慰地以为,皆系"早生华发"的假象所致。不染发一直是我坚定不移的立场,即便在干部年轻化极度盛行的氛围里,始终坚持以一头真实的花白头发示人。所以经常会出现偌大一个会场里,唯我一人顶着满头华发的情境;若是会议有电视新闻报道,老婆孩子立刻就能从快速闪动的电视画面中,找到我处的位置。这从某个侧面表明,自己对身强力壮、人且未老充满信心。

自信被摧毁的触发点，源于一次偶然的家务劳动。五年前家里装修，铲墙、铺地、重装和粉刷之后，室内焕然一新，唯有窗户经过两个月的粉尘洗礼面目全非，脏得几乎看不清屋外景色。听说请人擦洗窗户属高空作业，须承担雇佣风险，于是自告奋勇，把擦窗重任当仁不让地承担下来。腰里系根绳子，身体探出窗外，一手紧抓窗沿，一手室外操作，弯腰屈腿、上下左右，一遍洗涤剂、一遍清水，然后抹布揩干。五个窗户三个轮回做下来，虽系初冬，却浑身大汗。当晚觉得有点累，洗洗睡了。不料，第二天醒来腰痛腿酸，下床后痛得几乎迈不开步子。曾经下乡做工练就的身子骨，竟然被这点不起眼的家务劳动击垮，刹那间，一缕衰老的悲凉感立马直冲脑门。虽然一瘸一拐的惨状很快过去了，但"岁月不饶人""廉颇老矣"的理性认知从此也就正式确立下来。

　　尽管也可坚守"人老心不老"的理念，固执地与岁月抗衡，但无论是体力还是精力，总归无法抗御年老力衰、岁月无情的自然规律。

　　放眼望去，有几个浓妆艳抹的大姐给人以美感？有多少胡吃海塞的老者都靠着一把药丸续命？有几个贪位恋栈之人能保持事业的旭日东升？有多少顶尖科研成果源自老迈的创造？大概率的事实不能视而不见。

　　我们当然赞同有雄厚资源的老人延续创造活力，或把经验与本领传授给下一代，余晖缭绕、晚霞满天，但这并不适宜于芸芸众生。未来终归属于青年一代。冬去春来、新旧交替毕竟是历史必然，逆潮流而动的事情，何时逃得过青史的冷嘲热讽？

窃以为，若是悟透了生命的真谛，看破了沉浮荣辱的虚名，不妨选择顺势而为、知趣服老，与命运之神达成默契、握手言和。知趣服老，即自知之明。天底下没有任何事非你不可，离开谁地球照样转，甚至可能转得更好。当行当止、知进知退，年轻人顶上你的岗位，大概率比老一辈更出色。

我们这代人先天不足、后天失调，所学不多、本领有限，动荡的年月吃了些苦头，也得到些机遇，阴错阳差把我们推到某个位置上，倘若尽心竭力做了点好事，亦算是无愧于心了；如若功德平平，更应勇退激流。退居幕后，不要无谓操心，不请自到地出谋划策，动辄干预晚辈的事务，处置不当，你的热情主动只会给人家增添烦恼。即便是别人客气，你也要三思而行，不要以为自己过时的认知真是什么"高见"，别人采纳与否大可不必在意。退出江湖，意味着一代人的历史使命已经完成，余生剩下的任务就是告别过往的一切纠结与恩怨，心平气和地回归家庭，或静心读书，或含饴弄孙，或重操旧业，或再建适宜退养生活的新情趣。保持阳光心态，静观潮起潮落，追寻健康生活方式，力求不出或少出现某些非常规的疾病，尽量不给子女和社会无辜添乱，努力做个知足常乐、达观洒脱的快乐老人。

细细想来，人这一生实属不易：上有老、下有小、自身有事业、周围有攀比，左奔右突操心费力，千难万险熬到暮年，没了职场竞争，少了名利纠缠，好不容易有了些财力积累、有了些属于自己的自由空间，干吗儿不见好即收、就此服老？躲开喧嚣的闹市，找回迷失的自我，把过去无奈搁置的兴趣爱好捡拾起来，把想看的美景、想会的朋友、想读的名著、想听的音乐、想吃的美食、想干的一切，从容不迫地逐一安排，让退养生活过得有滋有味、多姿多彩，等到告别世界的那一刻，也算此生没有白活。

所以，服老既是一种人生态度，也是一种生活方式，作此选择并非消极厌世，而是遵从既定秩序，积极回应人际代谢义务的达观选择。尽管这种选择难免会有不少损失，但是可以断定，你获取的安逸与幸福指数肯定要比失去的高出很多。

行文至此，联想起不久前去八宝山扫墓，乘坐公交的路上，遇到几个上岁数的"扫货者"连推带挤蜂拥上车。我下意识地欠身准备让位，夫人在耳边悄声告诉我，看人家那挤车的"身手"，年龄肯定没你大。仔细观察果然成理，但内心仍略感不安。于是索性摘下帽子，意在表明鄙人也是白发苍苍的老头儿。虽让座的情有所愿，但理所不容，尽可以按照先来后到的规矩，安然落座，心安理得地享受一次服老的实惠。甚至还不由自主地涌出一份阿Q般的豪迈来——滚滚红尘之中，哪个又能不羡咱倚老无须让座的荣耀？

（原载《北京晚报》2022年5月8日）

花甲起步的锻炼

活了大半生，没参加过任何一项竞技性比赛，这足以把自己运动方面的低能暴露无遗。

尽管参不参加学校或者单位组织的各种体育赛事，一般无人在意，然而，遇到临时的组织安排抑或朋友间无可回避的邀请，进行某些类似于爬山、游泳、打球之类的集体业余活动，如若拖人后腿，或者甘拜下风，总不免有几分尴尬。

细究起来，锻炼的欠缺与技能的匮乏，既非源于先天的生理机能缺陷，也不能完全归咎于秉性的慵懒，或许就是由特殊的生活际遇在无意中促成。

童年时期，家住运河之滨，出门见水。在水利管网尚不完备的岁月，大运河除了作为漕运通道之外，还承载着极其重要的灌溉和泄洪功能。每年洪灾肆虐、河水暴涨的时节，运河沿岸都有儿童溺亡的事故发生。为了防范这潜在的生命威胁，在同龄人普遍八九岁才入校读书的年代，我不满七岁时就被家长送进了学校。从小学到高中，总被特别固定安排在班级第一排的座位上。

这特殊待遇，让自己轻而易举享受到一好一歹两大待遇：好处是，常年生活在老师的眼皮底下，不敢做任何小动作，却可近距离听讲并观摩老师板书的全部细节，结果不仅学到了一手流畅的书写技法，而且养成了上课专心的良好习惯，一直把班级尖子生的美誉保持到最后；坏处是，作为班里年龄最小和个头最矮的同学，除了体育课一律排在队尾之外，所有能代表班级参加的体育比赛从来与自己无缘，就连偶尔抢到个在水泥台上打乒乓球的机会，也会很快被高个同学以碍事为由挤出球台。这在一定程度上，加速了自己竞技机能的退化。

高中毕业后直接下乡，高强度的农田劳作加之勉强凑合的温饱，单薄的身子骨经常处在近乎临界的困乏与饥饿状态，不可能产生任何体育锻炼的念头和兴趣。青春期最佳的体能训练良机，就这样被活生生地扼杀在摇篮之中。

再后来，进入改革开放时期，赖于年龄的优势和相对而言的学力基础，侥幸重新考进了大学的校门。但面对一大批年轻气盛、朝气勃发的应届同学，我们这帮"老家伙"除了可以在学习上多下几分功夫外，其他方面尤其是在运动场上或许只剩下自惭形秽的份了。当然，竞技场上不是对手并不是自己不进行锻炼的借口，因为日常生活中的大多体育活动与比赛无关，而真正疏于锻炼的直接动因，则是衣服无法随时换洗。处在青春期的男生激素分泌旺盛，汗腺十分发达，但凡热衷体育活动的同学总是大汗淋漓、衣裤透湿，受制于当时校园的生活条件，夏天尚可冷水冲洗，冬季集体澡堂并非随时开放，开放时也会排起长队，不可能给经常锻炼者提供随时可以冲洗的方便，再加上男生天生的懒惰，汗湿的衣服经常得不到及时洗涤，或者洗涤时粗枝大叶、清洗不净，再遇上阴天得不到充分日晒，那些曾被汗水浸透的衣物，通常会散发出难闻的馊味。高校的大课系人群密聚场所，且女生甚多，倘若带着自己不易觉察而旁人避之唯恐不及的汗馊气，岂不是一件大煞风景的事？咱堂堂七尺男儿，如其为所谓强身健体让人掩鼻逃离，还不如躺平静养、自甘赢弱。因为锻炼事小，面子兹事体大，俺可丢不起这人。此等关乎人格尊严的大事，焉能等闲视之！

搁置锻炼的直接后果，就是体育课的成绩永远踩在及格线附近。最丢人的场景发生在毕业前夕的体育终考时，尽管当时的规定标准并不高，但由于全部科目一次性完成，轮到我跳高时早已筋疲力尽，1.3米的高度连续两次跳不过，把杆的同学嘻嘻哈哈地看热闹，连声喊着"真笨，再来一次"，逗得大家哄堂大笑。趁着大伙喧闹间隙，我十分愤慨地走到把杆同学的身旁，悄声告诉他："你小子有毛病呀，还不赶快降一格？"这哥们儿心领神会，立马降了10厘米，这才得以轻松过关，且也创下生平第一次考试作弊的纪录。事隔40年，在同学集体重聚的餐桌上，当年把杆的同学旧话重提，借此讽刺我体育的低能，没承想他的揭秘反倒引起大家对"受迫害老同志"的广泛同情，纷纷表示以罚酒作为对他"没眼力劲儿"的回应。

当然，体育的低能，并不表明咱对团队体育活动的不关心。靠了当初坐教室第一排跟老师练就的一笔流畅的行书，每次班级抑或学校组织的体育运动会，本人总是那个坐在颁奖台边上为各项赛事前六名成绩的运动员书写奖状和纪念品的那个人。虽没本领为班级比赛争光，却热心为"争光"的同学服务，也算是对学校体育活动做了微薄贡献。

毕业分配后，适应新的学习与工作环境，常年忙得四脚朝天，生存、发展加上养家糊口的双重压力，锻炼的意识更是烟消云散、不见踪影。在那年轻气盛、精力充沛的黄金岁月，身上总有使不完的劲儿，劳累简直就是想象中才存在的词汇。八小时之内，东奔西跑、熬夜加班属于家常便饭；八小时以外，总会不由自主地焚膏继晷、捡拾专业；偶尔能够正常过个礼拜天，不是骑上单车带孩子逛公园，就是全天收拾家务，或者张罗着亲朋好友相会；饥饿了，随意弄些粗茶淡饭也会狼吞虎咽、甘之如饴；困乏了，放平身子，转眼即入梦乡，一觉醒来，立马又是生龙活虎的生命状态。此时此刻，若放下书本和手头事务，进行机械化的肌体锻炼，不免给人以荒废生命的错觉。

这样的生活节奏持续了20多年，从未感觉有啥不妥，直到年逾五十，身体首次出现异常。当时自己刚刚调入报社工作，面对全天候滚动发生的新闻事件，需要24小时保持随时待命状态。每天开门白纸一卷，到夜晚，必有近20万字的鲜活、准确、生动且图文并茂的一叠新报出笼。记者的职业如同被狗紧追不舍的兔子，几乎没有从容喘息的时光。开始尚能应对，几年下来身体渐有不支，再后来发展到常有头晕目眩相伴，每天下班回家，需要先躺在沙发上休息一阵才能缓过神来。夫人见状，一测血压，只有90/60mmHg，立马撤销了为逃避家务而"装蒜"的指控，隔日就拉我到医院做了一次全面体检。好在身体并无大碍，仅得出一个疲劳综合征的诊断。

为改善初现不佳的体质，破天荒把慢跑当成了那个阶段每天不落的必修课，首次领略到挥汗如雨的滋味，有了精疲力竭也须咬牙坚持的生命体验，始知锻炼亦非易事。唯可惜，虽锻炼效果甚好，却也未能坚持下来。一俟身体恢复正常，慢跑之事也就按下了暂停键，第一次主动锻炼就此戛然止步。

居家—上班—回家，两点一线的常态生活一直坚持到退休。

退休是一种全新的生命状态。告别了马不停蹄、压力山大的职场生涯，摆脱了名缰利锁的无形束缚，骤然而至的静态生活，给人强烈的自由与解放感。一杯清茶、一本闲书，填充过度富余的光阴；或三五好友把酒言欢，追忆峥嵘岁月；抑或含饴弄孙，尽享天伦之乐，好一派优哉游哉、自得其乐的惬意人生！"没事偷着乐"的流行段子，转眼演变为真实的生活写照。

谁说你不幸福，你准会跟他急。未承想，逍遥的日子不足半载，与慢生活并行不悖的弊端即刻接踵而至。先是一度十分受用的轻松，渐变为对任何事情再也不愿动手动脑的懒散；后是赘肉如雨后春笋般地快速生长，体重大幅超标；再后来发展到曾经习以为常、健步如飞的六层步梯，攀爬起来开始气喘吁吁，两腿发酸。"廉颇老矣"的惶恐，瞬息涌向心头。一想到"三高"患者揣着成把的药片，这也不能吃、那也不能喝；想到常年坐在轮椅上的老弱病残者，这也要人管、那也用人顾；尤其想到他们极度下滑的生活质量，总不免有种兔死狐悲、不寒而栗的共情。此时此刻，锻炼的念头自然也就随之萌发，开始进入个人的议事日程。

于是乎，大半生与己无缘的体育活动，在花甲之年开始启动。

说实话，最初的锻炼有一定难度，甚至伴着几分痛苦。因为常年的"静养"早把乡下劳动练就的块状肌肉消耗殆尽，少动的四肢早就十分僵硬。就连最简单的散步也变得步履沉沉，超过千米，则腿若灌铅，开始蹒跚，恰似常年锈蚀拉不开的枪栓。尽管汗流浃背、四肢酸软的狼狈相，会让人心生退意，但一想先贤们早就作过的"生命在于运动"以及"动则不衰、用则不退"之类的警告，环顾四周，望着那三五成群、步伐矫健和轻松玩着单双杠的同龄人，总会在惭愧之余，不断鼓舞起坚持下去的勇气。慢慢发现，人的适应力极强，参与锻炼的不仅是身体，也有意志。当肢体疲惫的临界点跨越之后，渐进性的运动很快就会变得顺畅起来。

一晃五年过去，每年几乎365天不间断的万米远足，已属轻松平常，偶尔拉拉单杠、举举哑铃、游游泳，萎缩的肌肉也逐步恢复了些弹性和硬度，吃饭胃口大开，心肺功能明显改善，睡眠质量大幅攀升，爬楼一如既往地再次变成了小菜一碟。

人近黄昏，开始尝到了锻炼的甜头，似乎晚了些，却也颇有亡羊补牢之功。迈开双腿，回归自然，倒也并非贪生怕死、图谋长命百岁，即便是纯粹为了自己的生存质量，或者是为家人减轻养老的辛苦，抑或给国家节约点医疗负担，我们也不该被无辜划入全球因不运动每年病亡的数百万人之列，至少应在有生之年，努力与衰老争夺生命的控制权，尽可能让自己活得健康些、更健康些。

（原载《羊城晚报》2024年6月20日）

给自个儿理发

一套理发工具相伴自己40年，留下了不少难忘的故事。

20世纪七八十年代，正是改革开放发轫期，新生事物层出不穷，不断冲击着人们的固有认知。读大学时，出了个新名词叫陪读，即把中外同学混编，以便互相学习，本人就在这时候被安排到留学生楼住了两年。在与外国同学朝夕相处的交往中，直接感受了来自外部世界的全新生活方式，比如说喝冷水、泡酒吧、开Party、重个性、少禁忌，等等。对于刚刚从封闭状态走出来的中国学生而言，完全是闻所未闻的新感觉。

像给自己理发，同样是个新鲜事。那时候国内人力成本很低，理发估计不超过五角钱。但洋学生不懂，国外昂贵的人工决定了不上十美元难以理发，按当时的外汇比率超出国内价格150倍之多，所以即使经济上较为富裕的留学生，也不轻易去外面的理发店理发。

为了节省与方便的共同目的，留学生们分摊购买了一套理发工具。鉴于本人曾有过代课给学生理发的经历，在后来相互服务的过程中，经常成为颇受大家欢迎的义务理发员，并以此交下了不少外国朋友。待这批两年期的留学生结业回国时，自己也到了毕业年份。分别时刻，来自东京的同屋涩谷誉一郎同学受全体留学生委托，郑重地把这套陪伴大家两年的理发工具赠我留念，本人的回礼是每人一个签名的笔记本。为严守外事纪律，能否接受外国同学的礼物，当年曾专门报告并得到学校外办的正式批准。因而，也就赋予了这套带有历史印痕的平凡用具特别的纪念意义。

最没想到的是，它的意义与价值还得以不断延伸，在后来某些关键时刻还继续发挥着特殊作用。

作用最初的发挥，是在毕业分配进机关的头些年。应当说，许多在"文化大革命"中被解散，新时期又恢复重组的机关，人员构成都比较复杂，新来的大学生妥妥地处于鄙视链的末端。从牛棚归来的老干部年高德劭，地位凸显；新上任的领导急于建功立业，异常活跃；刚从监督"走资派"改造的角色回归本职的"老大哥"们，一时还放不下既有架子。物资供应短缺的年代，机关办社会，后勤人员职权兼备，新来的业务干部毫无根基，因而总是被呼来唤去。单身的年轻学生住在半地下四人一间的集体宿舍，食堂晚餐供应仅有中午剩饭拼凑的大杂烩，如果你想提点改善建议，马上就有"难侍候""爱咋地咋地"的严厉答复予以回怼。单位虽设有理发室，衣着时尚的女理发员好像很有派头，见到一般办事员脸上总是挂着一层寒霜。去早了，她会说没看见刚上班，能不能让人喘口气？去晚了，会说你们还让不让人吃饭了？一来二去，大家都视理发为畏途。

受恐惧心理驱使，有一天突发奇想，若能给自个儿理个发，不就可以躲开冷脸和训斥了吗？于是雷厉风行、想到即干。下班后，趁单位澡堂无人之际，拿上理发工具，对着洗手池上方的镜子，尝试着给自己理发。尽管开始很别扭也很笨拙，但还是慢慢地找到了某些诀窍。先用剪刀把四周的长发剪短，再用牙剪一点点地打薄，梳掉碎发后，以手的触摸感觉为标准判断长短与薄厚，继而再用牙剪逐步找齐。头一回理发参差错落效果不佳，如狗啃一般，后来则熟能生巧，像模像样。无论如何，自力更生总会给人一种人生开挂的感觉。尤其在20世纪末期，人们普遍留着长发分头，即使有些不整齐也没谁看得出来。

后来，这套工具随我参加中央讲师团去了安徽，在山区一个师范专科学校支教的一年里，为缓解进城理发的麻烦，也为联络师生感情、服务同事立下过汗马功劳。只可惜，在春夏之交的梅雨季节，理发推子染上了铁锈。等支教任务结束后，大街小巷的理发店早已遍布京城，自己的理发工具至此也就马放南山，差不多有20年再没派上用场。

再次被重新启用的契机，源自第三代的降临。刚满月的外孙整天手舞足蹈动作不停，头发细茸且稀疏，"满月头"不便交付于感觉不那么卫生的理发店处理，于是自然想到了闲置已久的理发工具。岂料，推子寻出后根本不敢使用，担心锋利丧失，会夹着孩子头发，只好借机去商店买了一把配戴限位卡梳的电动理发器。一边以响动玩具吸引小家伙注意力，一边悄悄为之剃了个滑稽的和尚头，剃下的一撮小黄毛，后来还缝制成一支红辣椒留作纪念。至此，理发工具升级为一套新的组合。

最出人意料的是，这个为完成临时任务而形成的新组合，却在近年新冠病毒防疫中，一再扮演重要角色。近几年，京城受疫情波动的影响，数次暂停了某些高风险地区公共服务场所的活动。眼看着头发渐长无处可理，许多人长发飘飘无可奈何，鄙人当年独创的自理模式再度得以启动。唯与当初有所不同的是，岁月的风尘染白了青丝。

为稍微改变白头发光谱波长带来的明显苍老感，近些年受同事鼓动，发型早从偏分变为平头，靠牙剪找平的自理手段，已完全不能适应现实需要。为临时救急购置的电动理发器，这时突然有了用武之地。一开始，想的做的都很简单，以固定好的尺寸前后左右顺势推下，头发短是短了，且也算整齐，但长短一律完全没有造型，如同剃过光头后刚刚冒出头发一般。自觉有碍观瞻，出门时只好以太阳帽掩饰。

再后来，从失败中吸取教训，经过一番认真推敲琢磨，把电动推子上的卡位尺设为三种不同尺寸，头顶部位稍长，沿头顶往下，四周尺寸依次缩短，发际线周边，则直接用推子齐边。请家人目测判断头发长短交界处是否过渡自然，然后再反复进行细部的修剪与调整。尽管依然难以精准控制发型，但赖于卡位梳安全标准的定位功能，倒也能够比较顺利地完成给自己理个平头的既定目标。其以假乱真的程度，有几次连专业的理发师都啧啧称奇。于是乎，蓬头垢面、无处理发的窘态立马解除。

窃以为，人类不断自我修饰的目的，为的是生命的尊严。面对头发由长变短、由乱而顺的过程，自我服务的成功总能伴随着一种心理上的满足与愉悦。伴着电动理发器的丝丝蜂鸣，有时不免随之联想，物理与心理的世界相行相生，如同头上毛发需要不时修剪，倘若精神上荒毛滋长，是不是更应该不间断地进行自我反省与修剪呢？

（原载《新华每日电讯》2022年6月24日）

穷游动物园

　　公园是人们用以观摩体验、休闲娱乐、怡情养性的重要场所，堪称各色人等消遣闲暇时光的不二之选。

　　活了大半辈子，游历过的公园数不胜数。在山野湿地公园，尽情领略过大自然的瑰丽风光；在遗址类公园，虔诚地凭吊过历史胜迹；在植物类园林，悉心体悟过上苍造物的奇奥；在亭台楼阁建构的庭院式公园，陶醉过人文与自然奇妙融合的创举……其中，唯北京动物园出入最少，但留下的印象最为深刻。

　　这深刻的记忆，并非源自北京动物园占地面积最大、展出动物种类最多、开放最早且新老建筑一体同构的奇特，也不是因其能让孩子实现从图片、动画到动物的直接认知，培养且完善他们观察世界的兴趣与能力——而是首次走进动物园时，遭遇到的极其狼狈的"穷游"经历。

事情发生在30年前一个炎热的夏日。当时我刚刚完成一个长时间外地公差的任务，有了难得的一日休假，为弥补平时对女儿缺少照应的亏欠，也为践行一个说过许久却一直没有兑现的逛动物园承诺，特意从幼儿园急匆匆地接出不满4岁的孩子，兴高采烈地踏上了亲近各色动物的行程。

是日，晴空万里，烈日炎炎，气温达30摄氏度之高。人们似乎不为酷暑所惧，公共汽车站依然排队接龙、人满为患。爷俩挤上车后，没一个空座。我只能一手抱着孩子，一手抓住车厢的把手，夹在水泄不通的甬道里。当年的公交没有空调，车厢内空气污浊、闷热难耐，从东四十条到动物园15站左右的距离，足足开了一个半小时。抵达时早已汗如雨淋，从贴身背心到外面的短袖衫皆浸个透湿。

好不容易到了动物园门口，揩去满脸汗水，在掏钱买门票的一刹那，突然发现屁股后兜的钱包不翼而飞。翻遍全身所有的口袋，仅有上衣口袋里买票找零的四块多钱，心里顿时慌乱起来。只能告诉女儿爸爸钱丢了，公园进不去了。但一看女儿期盼且失望的眼神，只好再退一步商量，如果什么东西都不买的话，现在仍可以进去逛一圈再回。孩子严肃地点了点那稚嫩的小脑袋，算是应下了一个让我忐忑不安的许诺。

花两块钱买票进园，女儿似乎忘了丢钱的不快，像啥事都未发生过一样的兴奋。第一站先奔猴山。四周早被攒动的人群挤满，花枝招展穿戴的孩子们纷纷向猴群投掷心爱的食物，逗得小猴子左奔右突,忙活不停,不时引来大家欢快的笑声。我女儿眼巴巴地看着小朋友们快活的模样,也想学着大家给猴子喂些什么,可她手里捏着的只有两张门票。女儿焦急地趴在我的耳边,悄声问:"爸爸,小猴子吃门票吗?"我的心脏顿时像被什么东西揪住一般,一种负疚感直冲胸臆,酸楚的泪水几乎涌出眼帘。只能无奈地告诉女儿,投放食物是违规的。我们要文明参观,不能乱丢物品。

看完猴子,我们顶着似火的骄阳,继续游览了狮虎山和爬行动物馆。先用一元钱给女儿买了一盒廉价的软包装饮料,叮嘱孩子不要一下喝光,爸爸已经没钱再次购买了。酷热加上出汗,我嗓子干渴得火烧一般,女儿晃着喝剩的半盒饮料,一再表示公园的饮料比家里的好喝,非让爸爸尝尝不可。我明白孩子的心思,只能以大人不喜欢太甜的东西搪塞过去,以防女儿再度口渴时出现买不起饮品的尴尬场面。尽管眼看着公园里来回穿梭的小朋友,各自举着心爱的动物玩具跑来跳去,懂事的女儿自始至终信守承诺,没有索要任何礼物。直到中午时分,才拿出最后一元整钱,给孩子买了个香肠面包。尽管我们选择的行走路线,有意绕开各式售货摊点,但是怎么躲避,也无法阻挡路边摊位上油炸羊肉串传来的阵阵肉香,孩子的嗅觉被瞬间唤醒,不时转头回望。我极其紧张地看着女儿,生怕她当场提出让我难堪的要求,不料女儿却用她最个性化的方式,发出了充满童稚气的感慨。她说:"爸爸,我可不吃羊肉串!等我长大了，我自己去卖羊肉串！"

这是一个4岁的孩子在个人心愿无法实现时，所能做到的最为婉转的表述。当然，也是一种最让父亲动容和感动的表达方式。那一刻，我的内心百感交集，既有对女儿乖巧懂事的欣慰，更有对自己不慎造成窘境的自责。

这近乎一文不名的窘迫，极大限制着我们的观摩，孩子最希望看到的熊猫，就因额外收费而无缘得见。故而，当天的游览只能匆匆结束，花光最后仅剩的几角钱，买了张公交车票逃跑般返程。

炎炎烈日下几个小时的不停歇奔波，自己饥渴难耐的程度几乎抵近临界状态。到家后，来不及等开水晾凉，就急不可待地对着水龙头猛灌了一肚子自来水，以便让近乎冒烟的喉咙得以喘息。然后，立刻带上女儿出门，在小区附近刚开业的麦当劳请孩子吃了顿快餐。接着又在超市买回一大堆好吃的食品，算是对女儿上佳表现给予的奖赏，当然也是对自己好心办错事的一种歉意补救。

此番狼狈不堪的穷游，让我平生第一次深切领悟了"一分钱难倒英雄汉"的古老谚语所蕴含的强大震撼力！思来想去，甚至曾一度为当时未带买票碎钱的偷懒行为而庆幸，如若不是拿个五元整钱找零，我们甭说逛公园，就连回家都成问题。假如落到非要向路人讨张车票钱回家的境地，岂不闹出天大的笑话？真是细思极恐！恰是这一惊心动魄的经历，给了我一个刻骨铭心的惨痛教训，从此养成一个终生不渝的习惯性动作：每次出门无论远近，都会准备足够的路费，而随身携带的钱款，永远都会放在几个不同的地方。

如今，这事过去了整整30年，已经做了母亲的女儿或许早已淡忘，最多也不过算她记忆中一次好玩的阅历。然而，作为父亲，这次意外变故所造成的强烈心灵撞击，却令我终生难忘，心底深处从此镌刻上一份父女情深的温馨记忆。

退休后，带孙辈逛动物园几乎成了每年必备的例行功课。每每走进动物园，当年的悲催情景立马涌进脑海，每个细节都历历在目，清晰如昨。游览中，经常会不知不觉地旧事重提。前不久，又一次结队来动物园游玩，刚要张口话说当年，话题立刻被小朋友打断。外孙说："姥爷的故事讲过多次了。其实妈妈没吃好玩好，都是因为姥爷太抠门。"姥姥闻之一乐，急忙追问其故。四年级的小学生给出的答案是：为什么不开车或者打的，如果不坐公共汽车就不会丢钱；即使丢了钱包，手机也是可以付账的；手机里没钱，转账不是也可以买东西吗？小家伙这一连串的困惑与质问，大大出人意料，当即令我张口结舌、哭笑不得。是呀，孩子哪里知道，当年我们工资不足百元，既没私家汽车，也不敢轻易打的；丢一次钱包，钱虽不多，但很可能影响几个月的生活质量；他们更不清楚，当时没有手机，更甭提电子付款了，即便有，我们哪里有独立的个人账号？就算你耐心解释、如实相告，没任何直观感受与亲身体验的孩子又何从理解?

30年不过历史一瞬，社会的巨大进步就这样神奇地隐身于过往的生活里，清晰的代沟也如此这般地摆在我们面前。我们哪忍心对孩子幼稚的推论发笑，反过来，倒是为他们的幸运而暗自欣喜。唯一可以祈盼的就是，我们这辈人所遭遇的种种艰辛与磨难，千万不要在下一代身上重演。

(原载《工人日报》2024年10月27日)

补袜记

　　同学和朋友间的家庭聚会，倘若坐在主位上的长者掌控不力，一不留神就会变成女士们联袂组团的声讨会，把吐槽老公变为聚会的主题。揭起自家老爷们儿的短来，娘子军们个个可谓是奋勇当先、"法"不容情。尽管老公们偶尔也有尴尬时刻，总体上却会给聚会带来许多意想不到的轻松快乐。鄙人补袜子的那点糗事，即由此被公之于众，进而成为再聚时大家调侃的话题。

　　补袜子其实也没什么难以启齿的隐秘，说到底，不外乎就是生活的惯性延续和袜子的质量问题。

　　讲到生活习惯，我们这代人的生活际遇和家庭教育与今大不相同，生活在物质富裕时代的年轻人肯定无法理解。譬如我，自幼随祖母生活，从记事起，略通文墨的老人常年念叨着"一粥一饭，当思来处不易；半丝半缕，恒念物力维艰"的古训，严格要求常用的东西须码放整齐，不能乱丢；食物无论粗细不得挑剔，更不可浪费。慢慢地被古训"洗脑"，也为生活的窘迫所驯化，节俭成了潜意识的生命行为。

那时候，只有过年时才能穿上新的鞋袜，平常一年三季基本赤脚，冬天穿的大多也是打着补丁的旧袜子。记忆中，一过寒露，祖母就会戴上老花镜，把上年的旧袜子找出来，填上一个楦头，剪一块旧布，把穿破了的袜底密密麻麻地缝补平整，塞进早已晾晒过的棉鞋里。由此，寒冬里，一双脚丫子的保暖才有了着落。"新三年、旧三年，缝缝补补又三年"，对许多年轻人来说，这民谣已然恍若隔世，而我们这代人却沉潜入骨，奉为信条。

再说产品质量。过去的袜子支纱密且厚实，能穿一两年。现在或为成本计，或因淘汰较快，普遍流行支纱较低的薄袜，不耐穿。尤其是上了岁数，脚后跟皮肤变得粗糙，通常一双新袜没穿几天就会出现破损。稍不留意，到别人家做客时，一换拖鞋则洋相大出，经常会有脚趾曝光的场面让主客双方彼此难堪。

眼看着刚穿不久的新袜有了破洞，斟酌再三，觉得扔掉可惜，只好求助夫人帮忙缝补。不承想，精心洗净的旧袜从此再也不见踪影。初询问，闪烁其词；追问之，则答复十分坚决：什么年代了，哪里还有人补袜子？丢人！结果倒也比较温馨，床头柜里一下子多出两盒新袜。

买新袜谁不会？感动，但不领情！嘴上虽然诺诺称谢，心里却暗暗腹诽。"喜新厌旧"，对于有贫寒记忆的我辈而言，总不免生出几分暴殄天物的负罪感。"卖惨"的不归路，就是这么走了下去。

依赖外援没了指望。于是，不由自主地联想起毛主席的那句名言："自己动手，丰衣足食。"受伟人鼓舞，擎起自力更生的旗帜，尝试践行缝补袜子的大任。没想到一上手方才晓得，看似简单的针线活，还有相当的技术难度。开始补袜时，既不清楚补丁朝里还是朝外，也不明白如何下手才能让不易固定的针织品听从指挥。忙乱中，第一次行动以失败告终。针从对面穿出不断扎手不说，补过的袜底不仅不平整，而且四周还露着毛边，实在没勇气穿出去。

好在本人意志顽强，并未气馁，第二次动手时就认真吸取了失败教训，先将袜子翻过来，按所补袜底大小，在废掉的旧袜上剪下一块半椭圆状的补丁，紧贴袜底沿四周均匀缝合固形，然后以Z字形走针，确保两层织物充分吻合，最后再对破洞的周边多缝一道针线。待一切完事，翻过来再看，袜子外形完好。如果不让外人看到袜底，根本瞧不出任何缝补的痕迹。大功终于告成。由于补过的袜子有了双层袜底，经得住脚后跟的反复摩擦，穿用的时间大概率要超过新袜子的两倍，这"巨大成就"既能锻炼身手、平复内心，还能节省资源，何乐而不为？从此，缝补旧袜成了庸常生活中的一大乐趣。

今年春节回家过年，妹妹发现补过的袜子，连声称赞嫂子的手艺。待得知非嫂子所为之后，妹妹马上笑嘻嘻地评价，虽然针脚歪歪扭扭、大小不一，难得的是造型上还颇得奶奶的几分真传。我听了，心里觉得十分受用。

补袜这事，之所以屡遭老婆孩子与亲友的揶揄，无非是边际效益太低。既然二三十块钱可买一打，花大半个钟头补双破袜子物有不值。实质上，补与不补既无关金钱也无关面子，纯粹就是个生活观念问题。节俭的理念如果来自外力，会令人产生难以承受的痛苦；而若是养成生活习惯，则会转化成自然而然的行为。

惜物不等于贪财，惜物是敝帚自珍，贪财是占别人的便宜。孔孟之乡的节俭教育，是严格的自我约束，而不是待人接物的小气和抠门。在山东老家，自己可以节衣缩食，待客必须慷慨大方，宁可自己受委屈，对外不能落寒碜，这是普遍遵循的乡风民俗。在讲究公平交易的市场经济时代，不一定受到社会的嘉许和肯定，但丝毫不影响它成为个人的行为准则。通常来说，惜物与节俭不涉及道德评判的范畴。

这种每逢炫袜时也要随之一炫的"理论升华"，不幸被一场意想不到的经济损失间接给予佐证。退休之后，时间多起来了，不时去银行办理老两口儿的工资转存手续。银行的基金经理乖巧可人，一见面就喊"大爷"，一告别就扶你胳膊说"慢走"，一来二去，觉得你不把钱往那儿送，都对不起人家。经不住小伙子反复热情地推销，把自己那点养老钱悉数买了基金。头两年的确回报不错，超过了定期存款利息近一倍；不料，从今年年初开始，基金指数直线滑落，养老金一下子损失了四分之一。推销基金的小伙儿见面时一再道歉，说是过去从来没有发生过类似的事情。面对超出数以万计双袜子的经济损失，本人知趣且也泰然地哈哈一笑，即使人家好心出错，自主行为的责任理应自负，经济大势岂有哪个半仙能准确预测？计较岂不伤了和气，损失权当不懂金融的入门学费罢了。

此事不经意被一老友知晓，一时成了新的玩笑话题。疫情期间少了聚会，偶有电话问询，开口便是：基金又亏了多少？那么多钱要补多少双袜子才能找齐呀？大笑过后，再天南海北地穷聊。聊着聊着，共识也就有了。我们这代人生活在动荡年月，穷日子过惯了，书生本色又注定了即便在商业社会也拉不下捞钱的脸面，所以，穷书生或许最不在意的就是钞票。钱多点少点无所谓，若能保障基本生活，心安理得度过余生，也就算是最大的心理满足了。

话虽如此，谁也不愿意囊中羞涩、一贫如洗。近日，突然看到某大报一篇全面辩证看待经济形势的雄文，思想方法倒是我们曾经熟悉的，结论断定韧性十足、前景大好。虽读得眼花缭乱，却也很受教育，从中足以断定，基金赢利有望，甚喜。赶快把这乐观信息传递给电话那端的老友，怎奈这哥们儿对这

"全面辩证"却也似懂非懂，依旧坚定地劝我出逃止损。其实，本人胃口不大，对赢利亦不抱多大希望，回本即可。倘有此日，出逃的基金肯定依旧回归银行定存。

只有一点是肯定的，无论钱多钱少，袜子仍然还是照补不误。

（原载《北京晚报》2022年6月5日）

搬　家

住房是中国百姓最重要的家庭资产，以住房为单元的家庭是人们身心寄托的栖息地。仅此而言，搬家对于每个家庭都是特大的好事喜事。《诗经》有"出自幽谷，迁于乔木"之说，表明鸟儿脱离深谷、飞往大树自有飞黄腾达之意，所以后人总以乔迁之喜向迁居者道贺。

然而，具体到每个家庭搬迁的过程，当事人遇到的诸多烦恼，有时甚至不亚于乔迁的喜悦。

民间有句谚语，说：让谁一天不痛快，与他吵架；让谁一年不痛快，劝他盖房。足见盖房与迁徙是件辛苦事。尽管现代社会除了农村和偏远城镇之外，自建住房的情况已基本绝迹，但统建或商建住房的搬迁，同样是普通家庭耗神费力的宏大工程。个中的琐碎、苦恼与艰辛，如若不是亲身经历，旁观者绝对难以体会。

相对来说，物资匮乏年代的搬家最为轻松。那时候房子统一分配，等待分房需要排队若干年，一家三代望穿双眼。若能分个不用合住的单独居室，那就肯定谢天谢地、喜不自胜了。当年的房子大白刷墙、水泥铺地，讲究的家庭最多在厨房、厕所安个排风扇；一般家庭拿到钥匙后稍作清扫，则直接搬迁入住。搬家也十分简单，找辆板车或三轮，拉上旧有的生活用具、桌椅板凳和床铺，富裕些的再买个大衣柜，往新房四角一摆，乔迁之喜基本齐活。如果新房不是筒子楼，有个独立卫生间，那简直就算烧了高香，全家人足可心满意足地兴奋好多年。这样的状况，一直延续到20世纪八九十年代，唯一的变化就是有些住户多了个组合柜，或者增添了个小冰箱或黑白电视机，那肯定已算百姓居家的顶级配置。

伴随改革开放的深入和经济社会的进步，公民的住房条件得以快节奏、大幅度改善。搬迁的烦恼也就随着物质的丰富而渐次增长。当年的福利分房虽然依旧需要排队，但锦上添花的喜庆很快超越了雪中送炭的救急。新建房源迅速增加，过去只有单位领导掌握的少量且急需的房源分配权，逐步被络绎不绝的登门求情与说情蜕化成沉重的权力负担。分配的难度与平衡的压力，让领导们望而生畏，促使各类分房委员会纷纷组建开来。通过把分房支配权交给大伙推选的分房委员，把种种要素构成的细化分数置于阳光之下，矛盾得以彻底化解。房屋分配的分数，大致按职级、工龄、入职年限、独生子女、户籍人口等条件逐一核算，以求分差的相对公正。但由于房源的差别与分数的级差极不成比例，因而，相似的条件下可能得到的住房相去甚远。本人为数不多的几次分房，就碰到过两次分值与结果大相径庭的传奇性经历。一次，因比同事晚两个月到岗，0.2个积分对应的却是大小不同的两套房源，最终分到的房子比对方少了30多个平方米。类似的情况绝非偶然。因为任何细微的差距，都有可能遇到平房与楼房、筒子楼与单元房、合住与单间、市区与远郊之类的巨大差异。因为房源与申请者的比率，以及新建房与腾退旧房之间的较大落差，决定了程序性的公正有时也会遭遇令人哭笑不得的戏剧效果。

另一次是与别人分数相同，恰巧碰上同分值的同事患有严重脊椎病，行走困难，只能礼让对方优先挑选，结果自己只能搬进同一规格、同一单元的六楼顶层。不承想，顶楼一住故事多。混砖楼的顶楼属于管道层，推门进屋第一眼，纵横交错的管道让人有种误入工厂车间的错觉。先不说管道的包装既费钞票又不美观，仅就每年的冬季供暖，家里的阀门就要向锅炉房的检验师傅随时开放，每次升温都须放气，不然，楼下的邻居屋内温度上不来。所以每年冬天，门口经常能看到邻居张贴的恳请放气的小纸条。到了夏天更加难过。早年的楼房房顶只在牛毛毡上铺一层沥青，没有任何隔热设施，顶楼比楼下至少高出5℃。每天下班回家一过五层，立刻就会感觉一股热浪滚滚袭来，因而，整个夏天空调必须全天候开动。

如果说室内炎热一点尚且可以忍受，那么，漏雨简直就是无可逃避的灾难。搬进新居的头两年相安无事，过了第三个年头的某个夜晚，楼外风雨交加、大雨滂沱，忽闻屋内滴水之声清晰入耳，开始没往漏水上想，待床头出现滴水之后方才惊醒。起床一看，室内三处漏雨，客厅已经汪洋一片。于是，家里的脸盆、水盆统统派上用场，一夜流水不断线。第二天，到物业报修，维修师傅过来看了一眼，双手一摆，无可奈何地表示毫无办法，只能等到雨季过后才能揭顶重做防水。这样的事情持续遭遇了许多年。总是今年这里修好，明年另一处又漏，虽没有文天祥"自予居狴犴，一室以自治。二年二大雨，地污实成池。囹人为我恻，畚土以筑之。筑之可二尺，宛然水中坻"诗中写得那么惨烈，但也略具异曲同工之妙。

从此，每年室内听雨、观雨、接雨，成了一家人夏季绝无诗意的必备功课与景致。后来有了小外孙，刚刚学会走路的小家伙，看到屋顶有水"滴滴答答"落到盆里，感觉十分好玩，兴奋地不停围着水盆转来转去，一会儿用手、一会儿拿个瓷碗接水，或干脆直接把小脚丫放进盆里玩起水来。隔天，雨停了，小家伙好奇地看着房顶斑驳花哨的水迹图形，依然故我地拿个水盆放在下面，对于房顶无水滴落困惑不已，嚷嚷着非要接雨不可，生生把一家人房屋漏雨的苦恼演变成一场极具娱乐性的游戏。

21世纪前后，国家推行住房制度改革，各种房地产公司如雨后春笋般冒了出来，福利分房也逐渐被商品房和经济适用房所替代。抑或整体核算、抑或纯粹为成本计，毛坯房成了新建住宅千篇一律的基本标配。地产商的成本固然降低了，但住户的麻烦与苦恼也就随之接踵而来。从新房交钥匙的那天开始，新住户就要满世界寻找装修队，不厌其烦地逛遍全市各个家具城和家装市场。面对一个全新的陌生领域，入住者必须迅速学会诸如沙灰指标、水管及阀门尺寸、瓷砖硬度与防滑指数、板料材质和家具甲醛含量等建材常识，还必须学会货比三家、学会与不同的商家娓娓砍价，不然的话，你家的装修就可能既贵又次，且充满有害物质，况且说不定三年五载或者更长的时间里无法给你改正的机会。记得自己方庄换房时，给孩子买过一个复合板书桌，最初觉得刺鼻的气味当属新家具之共性，后来从报上看见有关甲醛超标的报道，方才大梦初醒，知晓经久不散的气味来自超标的甲醛。想着近些年身边出现的因新居甲醛超标导致的白血病案例，着实把自己吓得不轻，尽管立刻给孩子更换了书桌，但直到今天仍心有余悸，十分庆幸且感恩孩子没有因为那可恶的书桌落下什么不适症状。

毛坯房的供给，美其名曰为满足每个顾客的家装个性，实质上是一股脑把建筑商理应提供的个性化服务义务，毫不负责任地甩手转嫁给了客户。谁也不去管这种转嫁，给全社会带来的巨大资源浪费和严重环境污染。即使不计每家每户投入的大量人力、物力、财力成本，仅就每个住户分散投放的装修垃圾，以及新迁楼房持续数年、此起彼伏、令人神经战栗的装修噪声而言，它们对于住户生活安宁和邻里关系的影响，及由此造成的环境与噪声污染，无形中给现代城市生态和居民幸福指数带来了极大的负面效应。

搬家或许只是人们日常生活中的一个细枝末节，但若由此联想到其他关于饮食卫生、公共安全和社会秩序等领域的类似问题，深感生活在变革时代的普通百姓过得的确不易。因为大家必须懂得辨别各类真假商品和货币，必须懂得食品和生活用具的各种参数，必须有一副火眼金睛，掌握十八般武艺来保障自己的饮食、财产和信息之类的安全与权益。单从搬迁连带的苦恼这一个案出发，如果政府能够换个思路，注重并强化源头治理，压实主管部门的责任，不用叠床架屋，只需在法制和规范上做透文章，岂不就可以把公民从那些烦琐的生活纠缠中解放出来，以期有效纾缓他们的身心负荷，进而心情舒畅地从容享受到经济社会发展带来的实惠与幸福？！

但愿这不是无的放矢，痴人说梦。

（原载《中国社会报》2022年8月22日）

漫说辈分

在过去那些以子孙多少来标识家族兴衰的年月，同胞弟兄中的长子与老末年龄相差二三十岁，是极为常见的现象。也就是说，某些大户之家，同辈人之间就可能差出一代人来。故而，长房子孙虽在家谱排序中占位最高，但他们最晚的嫡系子孙却会因其先辈的代差，可能在同族、同龄人的辈分类比中排在最末端。

或许由于我家所在支系一直处在家谱排序中的长子序列上，经年历久、一脉相传下来，致使我们家人的辈分与同族同龄人相比格外显低。小时候，和我年龄相仿的孩子几乎少见平辈相称者，不是喊叔叔，就是叫爷爷，对此，幼稚的心灵中总是充满着困惑与不解，特别当这些同龄人包括班里最没地位的学习差生，不时以"爷"的姿态在你面前耀武扬威的时候，更难免生出隐约莫名的屈辱感。同族同宗尚且可以忍受，外姓街坊的同代人，也常以与你同宗长辈兄弟相称为由，毫无道理地让你同样长称他，这种纯属强加的不公平称谓委实令人觉得有失自尊。大范围、长时间里尊称他人，会慢慢让人麻木起来，久而久之，习惯成自然，以至于发展到后来，在一个完全陌生的地方，见到同龄人竟不敢轻易打招呼的程度。因为，猛然间要称呼别人什么才合适，已成思维定式的大脑几乎无法迅速反应过来。

类似的情况司空见惯，有时不免闹出笑话。比如，刚上小学的时候，我们曾到一个同样在家族中辈分较低的同学家做客，同学的爸爸就十分不习惯别人尊称他。听到大家叫叔叔，他脸上似乎瞬间就浮现出一种略带惊讶的羞涩感。待同学们玩耍结束告别时，"小兄弟"三个字竟然不由自主地从他嘴里脱口而出，这就一下子让儿子的同学上升到了与他自己平辈的位置上。

本人也有相近的经历，似可从另一个侧面为之佐证。

一是可能出于某种天意的平衡，阴差阳错地让我这个辈分低的人找了个辈分高的老婆。妻子出生于一个大户人家的老末世系，辈分格外高。婚后第一次见其亲友时，突然发现，她家与我相同年纪甚至比我大一轮的亲戚，纷纷管我叫姑父或姑爷，一下子让我受宠若惊，在蒙圈的瞬间甚至有点张皇失措，不知如何开口应答。

二是大学毕业时分配到部委机关，单位多是刚从"牛棚"

里解放回来的老同志，尽管他们年龄大多与我们父辈相当，但是由于都是同事的缘故，其子女偶尔过来探望，就让我们这帮小字辈竟然也有了叔叔级的称谓。开始曾竭力推让，后来也就习以为常，坦然笑纳了。这些略带偶然因素的辈分升级，产生了一系列戏剧性效果。等到再回老家探亲，看见比自己年龄小的长辈，再称呼起来，无形中就有了几分别扭甚至拗口的感觉。同样，因为离乡既久，见你人高马大地突然站到这些低龄的长辈面前，过去张口即呼你乳名的人，也渐渐显得有些不好意思起来。经常会把显示等级的称谓，变成十分中性的"爷们"来相互招呼。

如果说称呼什么尚属小事，但若是因为长期的弱势地位而孵化出惯性的心理自卑，结果就是十分有害的。习惯于听从长辈们吆五喝六，在自觉不自觉中会把俯首帖耳当成做晚辈的应有本分。轻则呵斥、重则打骂，此类场景，在中、日、韩家庭伦理题材的电视剧中俯拾皆是、不胜枚举。在这种氛围里成长起来的晚辈，如若带着卑微的角色意识走向社会，通常很难学会与外人开展平等的对话、沟通与交往。因为在长辈至尊至上的阴影笼罩下，晚辈不能也不敢轻易发表意见。急于表达个人主张，既有不懂礼数之虞，又有冒犯僭越之嫌。而踏入社会，遇事不表态、工作不主动，极易给人造成沉闷、畏缩、慵懒、依赖性强的不良印象。这种角色适应与转变的过程十分缓慢，有时甚至充满了痛苦。假若刚一入职，就碰到一个思想活跃、追求办事效率的领导或者团队，惯于被动服从的"晚辈思维"，就很难跟上团队的步伐，工作中很容易与没主见、缺闯劲的负面评价挂起钩来。是说还是不说，是做还是不做，是先观望还是先行动，瞻前顾后、左右为难的心理纠结，不仅难以适应新的生活节奏，而且还会在无形中给自己造成巨大的精神负担。

应该说，辈分作为人类生活中依据出生早晚、身份排序以及角色类型等，来确定社会地位的一种伦理秩序，代表着家庭、宗族、师门和同事之间的辈分主次与长幼关系，这对于维系人类的伦理秩序、规范社会行为，无疑有着相当重要的推动作用。特别是中国人以此为基础发明的、以字谱（又称昭穆）来安排辈分高低的创举，不仅成为大姓宗族普遍遵循的法则，甚至像孔、孟这样的名门望族，"兴毓传继广、昭宪庆繁祥、令德维垂佑、钦绍念显扬"的吉祥家谱，都要由皇帝来赐封，这样既可一目了然地把家族世系、同宗亲眷、血脉秩序清晰地表达出来，又利于防止血亲姻缘，维系家族乃至社会的稳定。然而，伴随着人类历史的发展进步，辈分固然可以成为人们社交中普遍遵循的一种行为准则和道德规范，但如果按部就班地将此固化为一种恒定的高低贵贱、上尊下卑的价值观，这就有违于现代文明的基本准则，与社会公平正义的价值理念南辕北辙。

辈分既然是人类社会生活中自然形成的伦理秩序，我们当然应该予以高度重视并切实遵循。在家庭和社会交往中，理所应当地要尊重长辈和上级、尊重经验和智慧、遵守人伦规矩和社会道德规范，做到长幼有序、上下同心，家庭和睦、社会和谐。然而，我们在倡导继承优良传统的同时，也要防止宗法制度固有的森严等级死灰复燃；在倡导尊老的同时，必须时刻勿忘爱幼。在家庭日常生活中，尽管很难做到欧洲人那样直呼其名的相互称呼，但也一定要尊重每个晚辈的独立人格，讲究只论长幼、无关尊卑，反对以大欺小、唯老独尊，培育人人平等、协商沟通、崇尚民主与科学的现代家风；在社会生活中，既要兼顾资历、能力、人际关系和利益分配等各种因素，给年长资深者以足够的尊敬与照顾，又要打破不干事、熬年头、论资排辈的思想樊篱，建立唯才是举、德才兼备，公平竞争、能上庸下的激励机制，热情鼓励年轻人勇于突破各种条条框框和清规戒律的束缚，最大限度地激发与调动他们的积极性与创造力，切实保障那些潜心事业、善作善成的优秀人才，能够毫无阻碍地脱颖而出，让社会肌体的每个细胞都充盈着生机与活力。

或许，尊重辈分但不唯辈分，才是现代社会最需要的人性化理念。

（原载《北京晚报》2024年5月26日）

眼神随想

我家有两个孙辈。

老大是男孩，活泼且淘气，总是用挑战性的目光，以"我再也不跟你好了"的口头禅表达自己的不满，每当他用笑眯眯的诡异眼神朝你示好时，那肯定是做了坏事，不是用蜡笔画了你的书，就是打碎了什么东西；老二是女孩，羞涩而温顺，想要礼物的时候从不直说，会讲某某小朋友的糖果好吃、某某小朋友的乐高太好玩了，偶尔有直接表达时，会跑到你怀里以温婉和期待的目光小声央求。

看着两个小家伙截然不同的眼神，时常感到特别好奇。为何一母所生且在同样环境下成长的俩孩子，性格上会存在那么大的反差？感慨之余，总不免关注并思考眼神这一奇特的心理现象。

所谓眼神，表面指眼睛之神色，而实质上，它却是人透过眼睛这一心灵窗户传递出的复杂内心世界。生物学研究表明，人类有95%的部分基本相同，不同的部分除极少表现为外形差异之外，大多归之于内在气质。而恰恰就是这些由视野、素养、见识、秉性、良知和格局等组成的个性化的灵魂气质，成为人与人之间最本质的区别。日常生活中，每个人独特的灵魂气质，不仅体现在社会交往的语言和行为上，而且还较为集中地呈现在人际沟通的眼神里。眼神有时比语言和行动来得更为含蓄、更为复杂、更为微妙，甚至也更为真实。

古往今来，历史文献中有许多生动记述眼神的文字，给人留下经久难忘的印象。比如，《诗经》中"巧笑倩兮，美目盼兮"，成为吟咏千古的盛赞娇柔美女顾盼传情的绝妙佳句；《香奁集》中"小雁斜侵眉柳去，媚霞横接眼波来"，李宣古的"能歌姹女颜如玉，解引萧郎眼似刀"，精彩刻画出有情男女眉来眼去、柔情似水的精彩瞬间；《牡丹亭》中"恁横波，来回顾影，不住的眼儿睃"和玩花主人《妆楼记》中"可笑他眯瞒目，枉有睛；充子耳，不纳声"的记述，鲜活传导着互不顺眼的人们之间的爱搭不理；司马相如《大人赋》"视眩眠而无见兮，听惝恍而无闻"与《后汉书·阴兴传》讲外戚"嫁女欲配王侯，取妇眄睐公主"的书写，让人领略到视而不见的不屑与藐视；韦孟《讽谏诗》中"瞻瞻谄夫，谔谔黄发"表达了对佞谄媚眼的无情讽喻；《南史·檀道济传》中"愤怒气盛，目光如炬"彰显着愤怒者满眼的凶光;韩愈《南山诗》"时天晦大雪,泪目苦矇瞀"和陆游《醉歌》"醉倒村路儿扶归,瞠眼不识问是谁",清晰展现出路遇大雪和酒醉后心境完全不同的两眼昏花、四顾茫然的尴尬情景。这些以眼神状物寄情的文字,虽寥寥数言,但因其形象鲜明,愈显得格外传神。

最著名的段落还属《鸿门宴》。太史公以几个不同眼神的精准描摹,生动形象地再现了一场扭转历史轨迹的重大事件。席间,"范增数目项王,举所佩玉玦以示之者三,项王默然不应"。于是,范增直接令项庄以剑舞为名击杀刘邦。张良一看大事不好,急召樊哙。"樊哙侧其盾以撞,卫士仆地","披帷西向立,瞋目视项王,头发上指,目眦尽裂"。项王按剑而跽,先惊于壮士之猛,后为樊哙慷慨陈词所动。这里,先后用"数目""玉玦以示之者三""默然不应""瞋目视项王""头发上指,目眦尽裂"等几个眼神表情的生动描述,最终以"项王未有以应"结束,既有各种眼神的表达与交流,也有项王不以眼神回应的默许,动静交织、快速闪回,将一个刀光剑影、杀机四伏的紧张场面,巧妙转化为各路英雄豪杰尽显身手的表演舞台。眼神表情,在其中起到了四两拨千斤的神奇作用。

事实上,人际的眼神确乎能呈现出某种意会胜于言传的微妙效应。因为说出来固然直接,但所表达的意思未必那么准确,而眼神却可以给人无限遐想的丰富空间。记得20世纪90年代,与主管意识形态的领导聊起电影缺乏精品的根源,窃以为症结在于功利。领导不认可，追问之。回曰：当下编、导、演过于看重名利，出品方急于在上级面前出成绩，没有深入思考和生活沉淀，浮光掠影的东西不可能直抵人心。所陈证据之一，就是可以从国际大牌包括港台电影明星的眼神中读出沉静，而我们有些演员的眼里却充满了欲望与焦灼。首长不以为然，给了四个字的评语：故弄玄虚。过了很长一段时间，又见领导。握手之际，首长似乎不经意地对我说，他最近连续会见了阿兰·德龙、栗原小卷、林青霞和秦汉等人，的确在他们眼神里看到了平和与沉静。以肯定"你小子讲得有点儿道理"，或算是对上次的否定性批评给了一点找补。

还有一个例证是，21世纪之初，本人曾带一个京剧团去国外演出。为了更好地增进交流效果，我尝试提出由剧团领队、以视频配现场解说的方式，在演出前用七八分钟的时间，简单向观众介绍中国京剧的由来、行当、扮相、唱腔和程式等基本欣赏知识。未承想到现场互动十分热烈，效果出乎意料的好。在演出结束后的酒会上，外国朋友争相找演员合影。我好奇地询问场上一个特别活跃的洋人，为何能准确找到卸装后的京剧演员？他说，京剧演员的眼睛很特别，很明亮。这个回答同样出乎意料。带着疑问，我仔细观察、琢磨了一下，觉得洋人的感觉很有道理。戏曲演员夸张的扮饰和满脸油彩，除了旦角，其他行当很难让观众捕捉到脸上表情，眼神几乎成了他们在表演和唱腔之外，对观众表情达意的最重要手段。所以，眼神的训练是戏曲演员的基础性功课。如同百步穿杨的射箭高手养由基，教徒弟射术不教技巧，而是先让其用针眼训练眼力一样，优秀演员必须具备一双会说话的明亮眼睛。也诚如凯文·奥克恩评价奥黛丽·赫本时所说："奥黛丽有着天使般的特质，她并不想高人一等；但她骨子里呈现出的内在神采、精力与光芒，令人不敢逼视。"

当然，普通人在日常生活中不需要眼神训练。本真的眼神无须装扮，确是你阅历、修为、品性、气质和灵魂的自然流露。表情可能伪饰，但眼神很难造假。可以说，一个忠诚厚道的人，流露出来的眼神会是清澈的，充满阳光和透明的洁净；一个心胸坦荡的人，流露出来的眼神定是豁达的，充满包容与活力；一个心地善良的人，流露出来的眼神会是慈祥的，充满温暖与爱意；一个学养高深的人，流露出来的眼神肯定是深邃的、充满睿智和洞察力……记得那个搞过心理医学的作家毕淑敏曾经说过：记住，你的眼睛会出卖你！细想，这话十分在理。

处在一个急剧变革的时代，人们面对着各式各样的生活和生存压力，无不渴望周边相遇的都是些真诚、友善和关爱的眼神与目光，因为只有这样，才能相互输送激励、信心和共情的力量。故而，我们真诚期望每个人都能心存善念，以平和的目光、包容的心态，诚心敬意地对待他人；期望每个人都充满爱心，以善意的目光、无私的境界，善待世间的一切，彼此接纳，相互成就，让世界充满爱，给人类的未来留存一份美好的念想与企盼。

犹如蔡琴在那首优美的歌曲《你的眼神》中所唱的那样：

像一阵细雨洒落我心底

那感觉如此神秘

我不禁抬起头看着你

而你并不露痕迹

虽然不言不语叫人难忘记

那是你的眼神明亮又美丽

（原载《文汇报》2022年8月29日）

思念绵绵忆祖母

我的祖母与我们家所有人没有任何血缘关系，却是我们家宗姓存续的功勋人物，是子孙心目中最可信赖与尊崇的精神支柱。以祖母为中心的一家三代人情感融洽与亲近的程度，超越无数嫡系血亲。

尽管祖母去世已有30个年头，但是，每逢老人忌日或清明节，我们兄妹几个无论身在何处，都会相互叮嘱别忘了给祖母扫墓，这已经成为全家人雷打不动的固定生活议程。

（一）

祖母是父亲的继母。祖母填房嫁给丧偶的祖父时，年龄虽不满二十，却即刻成了两个幼子的母亲。为防止同父异母子女共处可能给家庭生活造成潜在的摩擦，祖母一直没要自己的孩子。然而，这个重新组建的家庭虽清贫却也和睦安宁的日子过了不到十年，祖父就在侵华日寇攻城的炮火中被击成重伤。生命垂危之际，他招呼两个孩子跪在继母面前，依依不舍地拉起祖母的手放在孩子头上，在泣不成声的哽咽中，把一个陷入绝境的家庭托付给了年轻的妻子。一个不足29岁的文弱女子，从此倾其一生，恪守一个尽力保持家庭完整的承诺，终身没再改嫁，独立承担起抚养14岁的父亲和11岁的叔叔的艰巨使命。

毫不夸张地说，祖母是位世所罕见的意志极为坚毅的女性。在那兵荒马乱的年月，孤儿寡母三人，靠着老家仅有的两亩收成极不稳定的湖田和一个粥铺生活，其艰辛程度可想而知。但从我记事起，这段沉痛的生活经历，从来没从祖母口中听到过半句。成年后，我曾有意识地专门向祖母打探过，老人家总是抿嘴一笑，闭口不谈。她常说的一句话是：人不是牛羊，不能靠倒沫（反刍）活着。你经常把苦呀、累呀、愁呀、恨呀的怨尤挂在嘴上，这些东西就会在心里扎根儿，一辈子也别指望抬起头来。后来，我在生活中受到委屈时也曾尝试着去效仿，结果发现，这看似轻松的隐忍行为，若能心平气和地做到，真的很难很难，一般人一般情况下几乎没有可能。

母亲与祖母共同生活了半个多世纪，有关祖母及家庭过往生活的片段，我大多是从母亲那里听来的。母亲说：祖母之所以不改嫁，除了信守诺言的因素之外，还与她自身的经历有关。祖母十几岁时，其父因赌博欠债，就把她抵押给别人做使女。

小小年纪，曾因侍候顾主抽大烟时打了个瞌睡，胳膊就被那个狠毒的家伙用烟钎子刺了个血洞，清晰的伤疤终生可见。祖母之所以初嫁就找了个拖家带口的鳏夫，一种可能是契约的耽误，更大的可能应该是急于摆脱悲惨生活境遇的一种无奈选择。或许因为亲身领教过寄人篱下的切肤之痛，所以，她绝不忍心看着自己的惨剧在继子们身上重演。

孤儿寡母以劳作为生的日子委实艰难。老家的那点薄田紧靠鲁南连片的湖泊，当年没啥防洪设施，基本靠天吃饭，故而湖地歉年多于丰年。正常年景，有夏秋两季的收成，大致可保家人衣食无忧；但碰上水患，歉收甚至失收是经常的，届时，基本口粮也就没了着落。祖父过世不到两年，老家遭遇特大水灾，庄稼颗粒无收，为数不多的存粮很快耗尽，一家老小只能以粥铺过滤豆浆剩下的废渣，再掺上些杂面、菜叶之类做成窝头糊口。于是，粥铺再也雇不起帮工，小哥儿俩只好辍学，回粥铺打杂。

卖粥纯属小本生意，挣的是辛苦钱。每天凌晨三四点钟就要起床，全家上阵推磨轧豆浆。石磨很重，裹着小脚的祖母和两个未成年的孩子推起来十分吃力。豆子成浆的过程，需要经过三次以上的反复研磨和过滤，豆浆滤出后再配上少量的小米面上锅熬煮。因为粥里全是淀粉和蛋白，开锅后特别容易鬻锅，所以，熬粥的全程须文火慢熬，其间还要不停地用大铁勺搅拌，防止煳锅。熬粥的过程很长，小哥儿俩尚可轮流睡个回笼觉，祖母却必须坚守始终。黎明时分，粥锅停火，再到对门早点铺赊购些油条和烧饼之类，粥铺才算正式开张。吃早点的客人时多时少、陆续进出，直到九十点钟甚至更晚时候，才能告一段落。客走店静，一家老小方可得空坐下来吃口早饭。

饭后，祖母立马就要清洗粥锅和碗筷，浸泡上第二天磨浆的黄豆，再分派两个孩子外出采购各种备料或干些其他杂活。待一切安排妥当，未等片刻喘息，祖母又会拿出为人家成衣作坊代工缝制的衣料，开始她以女红挣钱贴补家用的第二份工作。祖母有一手极好的针线活手艺，老人在世的岁月，我们家人一年四季的各式穿戴，基本出自她的手下。穿着这些衣服出门，总会不时受人赞许。祖母的这份精巧手工，虽收入微薄，却也为飘摇不定的贫寒家庭解决过不少燃眉之急。

即便如此，一家老小的温饱仍然难以保证。特别是庄稼绝收的饥荒年月，熬锅稀饭或者用最便宜的地瓜干配上青菜加盐煮一锅菜粥，就是一天的伙食。这时节，祖母总会把粥里成型的食物捞给两个正在发育的孩子，自己只喝稀汤。老人因此一度患上十分严重的浮肿病，胳膊一按一个坑，脚肿得连鞋都提不上。

穷人的孩子早当家。未成年的父亲从那时开始，就不断到运河码头上给人家打些零工，挣点小钱聊补无米之炊。有一天，活计较多，父亲一直干到深夜。沿河堤回家的路上，微风吹拂下河水不时打在岸边，有节律的呢喃声息肆意刺激着饥肠辘辘的神经，劳累和饥饿叠加的双重心慌感顿时袭上心头。此时，借着朦胧的月光，父亲清晰地看到码头上堆有无人看管的散装地瓜，于是啥也没想就脱下上衣，包了一兜地瓜回去。连夜用黄泥包住，塞进粥锅的火塘里。烤熟后，自己还没舍得下口，就兴冲冲地送给正在忙碌的祖母。不承想这下惹怒了老人，厉声追问食物何来，父亲开始回答是捡的，老人不信；再三追问，仍含糊其词。祖母一气之下拿起鞋底猛抽父亲的后背，父亲一声不吭，脊背和屁股上很快隆起片片鞋痕，叔叔连忙跑过来趴到父亲背上并高声替哥求饶，祖母见状一愣，立马将鞋子扔掉，双手揽过两个孩子，娘仨顿时哭作一团。据叔叔后来回忆，这是他们记忆中，祖母平生唯一一次打孩子，也是她自祖父去世后最撕心裂肺的一次痛哭。

悲怆的哭声惊醒了对门店铺的大爷，过来问清原委后，老人在替父亲说情的同时，也非常郑重地规劝祖母，说，大嫂不能这样苦自己，如果您有个三长两短，等于彻底毁了这个家，两个没娘的孩子会更加可怜。祖母谢过邻居大哥的关心，却也明确表示：宁可穷饿而死，也不能惯着孩子拿别人的东西、占人家的便宜。若是孩子学坏了，要这个家有什么用处？我这寡岂不也是白守了?!

第二天一早，祖母就带着父亲找到卖地瓜的货主，原物归还，磕头赔罪。这事让货主十分感动，在打听清楚来龙去脉之后，亲自带上一担小米登门看望，还主动招收父亲进货栈当学徒。祖母叩谢过老板招工的美意，但小米坚决不收。货栈老板只好说粮食算是借贷，帮一家老小暂度饥荒。祖母这才找人立了字据收下。

这次风波因祸得福，不仅为父亲找了个稳定营生，也稍稍缓解了家中断炊的窘境。第二年夏收后，祖母拿出两担小麦去还账，货栈老板开始不要，见祖母态度坚决，好说歹说只收下一担零一斗。货栈老板的这一善举，一般不提往事的祖母倒是念叨无数次。

这唯一一次挨打的教训，让兄弟俩切身领略了做人的道理。不占别人小便宜，从此成了他们的人生准则。后来，父亲曾做过近20年的仓库保管员，无数物品进出库房，所有进出账目从没出现过任何差错。这从一个侧面表明，祖母的教诲影响了父亲一生。父亲一辈子为人正派、做事踏实，在亲朋、邻里和同事中一直享有上佳口碑。

（二）

人们时常会对某些惊天地、泣鬼神的社会现象由衷感叹，因为这些神奇的事情尽管真实发生，但按常理推断，却往往让人难以置信。联想到一个身单力薄、裹着小脚、无依无靠的文弱女人，在风雨飘摇的动荡年月，靠着自己的勤劳与智慧，把一对孤苦伶仃的非亲生儿子拉扯成人，且最终繁衍为一个子孙满堂大家庭的艰辛过程，其中肯定有不少惊心动魄的故事，但到底发生过怎样的痛苦磨难，非亲身经历者确乎难以想象！我们少不更事时，老人缄默不言；待知其艰辛想深入探究时，当事人大多作古，大量悲怆的生活细节或许就这样永远湮灭于历史的烟云之中，但这段历史给后辈留下的神奇与感叹，却丝毫没有随时间的流逝而减弱。

伴着对机会错失的懊恼和思念的加深，突然一天，我倒从一个特定侧面揣摩出了一点新的发现：尽管过往的一切皆不见踪影，但岁月刻在祖母脸上的独特印痕，却在追忆与想象的相互佐证下愈发清晰起来。经反复回想与琢磨后准确断定，与我们曾经朝夕相处的祖母，脸上从来没有流露过许多历经苦难的人所普遍存在的沧桑与焦虑的表情，她平和、从容、干练与自信的神态，同她坎坷的阅历构成了巨大反差。凡是见过祖母的人，无不为老人坚毅、和善、慈祥且颇具尊严的面容所惊讶，为老人待人接物时所表现出来的热忱、谦和、豁达且极有自控力的谈吐所折服。不少来过我家的同学和朋友，初次见到祖母都会留下深刻印象，并发出过类似的感慨。我的妻子只在我们结婚前后与祖母有过两次为时不满一周的短暂接触，在夫妻共同生活了30多年之后，每每谈及家人，她印象最深的依然是祖母。对宗教一窍不通的她，总是觉得老人身上带有隐约可感的佛性。她说老太太的眼珠比一般人亮堂，身上有某种难以用言语表达清楚的气场与亲和力。

这里，不妨拿粥铺历史上发生过的一段故事作为旁证。

70年前，邹县山区大旱，饥寒交迫的灾民四处逃荒。一天，有个熟客领来几个陌生人和一个女孩进店，谈的却是一桩与吃饭无关的转让女儿的生意。在他们即将签字画押的当口，女孩边哭边跑向一旁拾掇餐桌的祖母，大声呼喊："大娘救我！"陌生人厉声呵斥并过来拉拽，女孩抱住祖母大腿死活不松手。僵持了很长时间，见生意无望，人贩子极不耐烦地转身离开。女孩父亲含泪向大家解释：不是为了给没娘的孩子寻条活路，哪能出此骨肉分离的下策？今天契约不成，孩子早晚也会饿死。仔细询问过事情的来龙去脉之后，祖母眼含泪水，毅然决然地迅速做出一个让她自己也感到震惊的大胆决定。她对女孩的父亲说："看来这位大兄弟的确遇到了难处，但出让孩子的这类招数实在使不得。万一碰上恶人岂不毁了孩子一生？若是大兄弟不嫌弃，不妨先把孩子暂时寄养在我们家。今年天旱，湖地收成不错，我家虽贫寒却能勉强糊口。我没有女儿，女孩留下，就当女儿养着，名姓都不用改，等你们生活有了转机，孩子可以随时领回去；即使不领回，孩子还是归你家，大家权当亲戚走动。"人命关天的天大难题，瞬间得以化解。从此，祖母身边多了一个女儿。

后来的若干年，祖母对女孩视同己出，疼爱有加，吃穿样样先于哥哥。即便极其普通的衣服，祖母也会额外给女孩绣朵花或蝴蝶，让她在成群玩耍的孩子中显出与众不同。一个自幼失恃的女孩，从此找到了母爱的感觉。再后来，小妹与大哥形影不离，相互争着在店里干活，让着碗里的美食。当初见证领养的邻居看在眼里，于是心生一计。在他积极张罗下，并征得女孩父亲同意，祖母正式摆下聘礼，两家就此结为亲家。最终，这女孩也就成了我们兄弟姊妹的生身母亲。

若干年后，舅舅谈起此事：他亲耳听姐姐说过，恐惧且绝望中的姐姐走进粥铺，看到慈眉善目的老板娘的第一眼，冥冥中就觉得这人像个活菩萨，肯定能救她一命。

人们常说，世间最难相处的莫过婆媳关系，我们家这既是养母又是婆婆的双重亲情，估计无人能与之相比。一个成年人婚后初建的婆媳关系，与患难中相依为命的母女情绝对是两个完全不同的概念。母亲和祖母之间没有一丝一毫的拘谨、客套与防备，有的是一种水到渠成的天然默契，连称婆婆为"娘"的那股亲切劲儿，似乎都能听得出是发自内心的真情流露。记忆中，父亲每次拿钱回家，都是先交给老娘，可是祖母从来都说现在是媳妇当家，看也不看就随手把钱交给母亲。母亲转手把钱锁进柜子，却总会把钥匙悄悄地放到婆婆的枕头底下。类似的细节数不胜数，而最能说明她们关系的一个细节是，祖母去世火化的当天，母亲抱住婆婆的遗体放声大哭，长时间不让殡仪馆的师傅把灵车推走，最后直至晕厥。另一家给亲属送葬的人群在一旁观望，见状赞叹："看人家女儿，生前这得多么孝顺！"父亲的好友忍不住，转头相告："哪里是女儿呦，是儿媳！"发感慨的女士瞬间愣神，转身拨开围在母亲身边的亲朋说:"大家让开,我是医生!"这时,母亲已经苏醒,虽没经医生救护,亲友们还是纷纷过来向这位女士致谢。女大夫莞尔一笑回应道:"这类情况一般没啥危险,其实我更想见识一下,什么样的婆媳关系能让人这么悲伤?!"

桃李不言,下自成蹊。任何人的历史,无一不是自己的行为所写就。祖母,这个为毫无血缘关系的家庭守寡一生且带出良好家风,这个从50岁左右就要拄着拐棍走路的毫不起眼的小脚老太太,在周边亲朋和邻里间一直享有极高威望。谁家夫妻吵架,各种邻里纠纷,她都会被视为最具公信力的调停人;每年大年初一早晨,周边的晚辈都会上门给老人磕头拜年;平日里,熟悉的大人孩子见到她,都会主动下车或停下脚步打招呼,向这个有着传奇经历的老人行注目礼。

仔细想来,祖母的传奇其实一点也不神秘。说到底,她不过就是受传统礼教熏陶的普通家庭妇女中的一份子。她一生中似乎没有什么宏大的抱负,在被生活推向绝境之后,出于无奈的选择,最大的心愿无非就是把一个破败的家庭维持住、过下去,并尽可能过得好一点。当残酷的命运、兵荒马乱的生存际遇,接二连三地朝她倾泻下来的时候,她没有任何退路,甚至压根没想过撤退的事。她用单薄且羸弱的身躯勇敢地顶了上去,向命运展开了不屈不挠的抗争。尽管历经千辛万苦,尽管不断遭遇身心几乎支撑不下去的危局,但只要没到最后绝望的那一刻,她都永远不会放弃,都能找到为一线生机坚守下去的理由。

最终，她没有被命运压垮，她成了生活的强者。她之所以不愿意向别人诉说她的苦难，或许因为不幸对她来说早已司空见惯，无论成功还是失败，她都有足够的心理准备，没什么东西值得大呼小叫。特别是在身心倍受摧残之后，实在没必要重新咀嚼曾经远去的苦难，让自己再遭受一次精神的折磨。她风轻云淡般的坦然与平和，或许就是曾经沧海过后的开朗，是艰难跋涉接近终点时的憩息，是生命极致体验后的淡泊，是一种人生悟透的释然。

（三）

事实上，能否详尽记述祖母究竟想过些什么、做了些什么，似乎并不那么重要，但她为家庭付出的巨大牺牲，只要闭上眼睛一想，就能给人带来强烈的心灵震撼。即使我们不去设想祖母在各种灾难突降时何以应对，不去设想在朝不保夕的饥荒年月怎样艰难维系一家老小的生存，仅从后来我们孙辈们亲眼所见、亲身经历的事实中，去感受祖母的所作所为，那个坚韧、勤劳、聪慧、干练、慈祥且富有大爱的形象，足以令人高山仰止！

现在追忆起来，好像从自己有记忆的那天开始，老人手里的针线活从来就没有停下过。在缝纫机尚未普及的年代，我们一家老小由内而外、由单到棉、从头顶到脚底的所有穿戴，全是祖母一手缝制。任何一种新衣款式，只要祖母看过，隔天就能缝制出来。亲戚邻居谁家要做新衣、画鞋样，都会请祖母帮忙剪裁。凡是经她手做出的衣服，总如定制一般的合身得体。在布票限量，人们普遍缺少替换衣服的年月，祖母会操起棉花、纺线织布，给全家每人添置一件粗布衬衣。当年毛线衣十分时髦，在我读小学的时候，就穿上了祖母用拆掉劳保手套得到的纱线编织的线衣，以及用散碎羊毛纺制的毛线编织而成的毛衣。我们兄妹几个有什么生活要求，遇到什么生活难题，一般都不会去找父母，而是去找祖母。在大家心目中，祖母几乎是个无所不能神一般的存在。

祖母晚年的主要精力大都用在照顾孙辈身上。父母出外劳作，我们兄妹几个全是祖母一手带大，连每人的乳名皆拜祖母所赐。她老人家在孙辈身上倾注的巨大心血，特别是她那无微不至的关心、慈爱和教诲，不仅让人终生受益，更令人终身难忘。

第三代的问世给寡居老人带来的喜悦是空前的。这不仅意味着对过往艰辛生活的实际报偿，更是热切昭示着未来岁月的无限希望。故而，作为长子长孙，我的出生让祖母格外上心。未承想，老人千准备万准备，却丝毫不可能形成应对"大跃进"的心理准备。在人们饿着肚皮加班加点大炼钢铁的时光，母亲几乎没有奶水喂养。当时不仅没有购买婴儿食物的钞票，就连家里不足以果腹的口粮也多是无法喂养婴儿的粗粮。一个嗷嗷待哺的饿婴摆在老人面前，这下难坏了祖母。短暂的喜悦，很快被浓郁的忧愁所取代。于是，祖母动用各种资源，不仅把自家和亲属家中所有大米与小米收罗起来，而且还拿出家中勉强度日的口粮，用以多换少的方式与邻里交换大米，因为米汤是那时唯一可以养活婴儿的食物。

待一切准备就绪，感觉稍微可以喘歇一下的时候，另外一个意想不到的坏事接踵而至。集中吃大食堂的风习，一夜之间雷厉风行地全面推开，家家户户要把存粮交出用于集体就餐，个别抗拒者迅速遭到批判。祖母害怕人家过来抄家，赶紧把分装大米小米的布袋放进砂缸，埋到院子里。岂料掩埋的当晚，就被同样饿疯了的老鼠盗走一半。看到好不容易搜集来的救命粮惨遭损失，祖母不由得失声痛哭。母亲说，这可能是爷爷死后祖母的第二次大哭。

她哭天道不公，哭孙子碰上和她同样的凄惨命运。她倍感困惑：难道上苍真的要将这个不幸的家庭赶尽杀绝吗？一辈子不信鬼神的祖母，从此开始烧香磕头，乞求上苍给她家留下延续香火的苗苗。或许是祖母的虔诚感动了上天，抑或是本人的小命儿也足够硬，祖母在锅里煮、在灰烬余热里用瓦罐泡出来的米汤，竟然把一个骨瘦如柴、奄奄待毙的羸婴，喂成了一个胖乎乎的健康婴儿。

从我记事起，几乎一天24小时跟着祖母。在祖母的怀抱里牙牙学语，在祖母的调教中开始了最初的幼教发蒙。我对色彩的辨别是祖母手把手教我指认的，对汉字的感觉是从家里的对联起步，对数字训练是通过睡觉前求祖母挠痒，以数数多少、挠痒多少作为奖励的方式展开的。祖母教育我见人要懂礼貌，尊重别人才能受到别人尊重；教育我不能浪费一粒粮食，无端的浪费会遭天上的雷劈；教育我必须认真读书，人没有学问将来就没有出息……这无疑给幼小的心灵留下深刻的印记。诸如俭省节约之类的习惯，伴随了我大半生。如今虽年近古稀，仍不忍倒掉剩饭，尽管这经常受到学医的老婆批评，但自己永远是虚心接受，坚决不改。依然故我地坚守着祖母调教的"一粥一饭，当思来处不易；半丝半缕，恒念物力维艰"的传统理念。即便这种生活方式有可能对日渐衰弱的身体带来损伤，但相对于心灵的安宁和精神的满足，这些许小节尽可忽略不计、置若罔闻。

因老家祖屋居运河沿岸，出门见水，且运河经常发水，每年都有儿童因水丧命。尽管不要到河边玩水的教育天天有，但水火无情，毁人一瞬，这事最让祖母头痛。为了防患于未然，我六岁那年就被祖母送进了学校。当时，入校年龄基本在八岁左右，招生的老师断然拒绝。祖母只好直接找到校长，再三恳求。鉴于祖母受人尊敬的名望，校长十分为难，只好婉转地劝说：学校接受幼童没有先例，既然老人家这般坚持，我们可否先考考孩子，真不能过关就请谅解，只好明年再说。没想到这个附加的测试结果，令在场老师大吃一惊，除了能张口即来数字和20以内的加减法，还能轻松读出一年级课本上的许多汉字。

这个小插曲不仅助我顺利入学，而且还意外地让我成了老师们关注的对象。

祖母没进过学堂，当然不晓得如何教孩子读书，但她深知学习须下苦功的奥妙。从小学开始，每天放学回家，无论学校有没有作业，祖母都有硬性规定，必须先读书、写字然后才能出去玩耍。其实她并不知道要我读什么，只要求我读给她听，读多长时间。对于写字也不管是语文还是算术，老人只提出页码要求，比如说，本来想让你写3页纸，会说今天要写5张。为了偷懒我会经常缠着祖母想要少写一张，结果老人立马高兴应允，偶尔还会来根冰棍或糖块之类的小奖赏。在祖母的严格管教下，自己占足了笨鸟先飞的便宜，虽是班里年龄最小且永远坐在头排的学生，学习成绩却一直在全年级名列前茅。

就这样，前后用了九年半时间，我就轻松地完成了从小学到高中的全部课程。高中毕业前夕，恰巧是"白卷英雄"张铁生风靡全国的辰光，学校曾拿来那个试卷进行过毕业班测试，本人得到接近满分的成绩。当然，旋即也就滋长出考大学没啥了不起的高傲感觉。想不到，这个错觉差点毁了我的一生。在下乡劳动了四年之后，赶上新时期大学公开招考，我根本没做任何复习准备，就信心百倍地去报考且填报了最好的志愿。在家人、老师和同学们热情鼓励并抱有极大希望的情况下，本人第一场就出乎意料地考砸了，最后落榜的结局可想而知。

高考的失利让我灰心丧气，顿时抬不起头来，一气之下把所有课本全部扔掉，心想平生再也不踏进考场半步。祖母开始只是默默地看着我发疯，什么话也没说。等高考成绩公布后，有天晚上，祖母把我叫到她床前，口气极其平静地对我说："真的永远不想上学了？是不是应该再冷静地想想，十年的辛苦就这样白费了，你真的能够甘心？如果你下定决心不再报考，我也不为难你，会尽快给你找个媳妇，祖母也渴望早日抱上重孙。但是，你必须想清楚再作决定，决定了，一生都不许后悔！人，这辈子会碰到很多坎，如果一个坎过不去就认输，你还能指望自己有多大出息？我们还敢盼着你做个顶天立地的男子汉撑起这个家庭！学习的事情祖母不懂，但我知道无论录取的概率有多低，总会有人抽到上上签。既然人家能有这等志向，我们为什么就轻而易举地认输？大男人不到万不得已哪有轻易认输的道理！你扔的书我给你捡回来了，学不学你自己做主。今天好好睡一觉，再认真想想，不用做任何答复，我会尊重你最后的选择。"说完，祖母转身熄灯睡了。

这一夜，我经历了青年时代的第一次失眠。第二天一早，我从祖母床头悄悄把书搬走。祖母会意一笑，从此不再提一句有关高考的话题。这一年，我花气力从最基础的高中课程开始复习，还参加了一个师范学校开办的补习班，最终以全区总分第一的高考成绩考进了山东大学。接到录取通知的那天，正逢大雨，老人高兴地把盖着学校印章的通知书擦拭干净，正反面看了好几遍，双手放到神龛前，点了一炷香，然后走进厨房，给我下了一碗鸡蛋面条。

祖母是我生命旅程中对我影响最大的人。似乎从我降生起，就从没离开过祖母。在无奶水可吃的哺乳期，我夜里饿哭，祖母起来喂我，我是在祖母怀抱里慢慢长大的。直到读中学之前，我一直睡在祖母床上，听祖母唱儿歌、讲故事，跟祖母学习各种生活常识。后来我长高了，祖母也要带妹妹，父亲就给我买了一张小床横在祖母床头一侧，依然睡在祖母的房间。再后来，我离开家乡去外地求学、工作并定居，但每次探亲回家，无论谁占着那张小床，都会为我腾出来，我依旧睡在祖母身边。直到祖母过世之后，这个习惯一直保持不变。自离乡远游、出外谋生那年开始，每个月我都会给祖母写信并寄些钱去，老人口述、妹妹代笔的回函也会如期而至。老人信中无非都是些家长里短，比如"在家千般好、出门一时难""天热不贪凉、天寒早添衣""做人要大气、交友须坦荡""工作别偷懒、见钱莫眼开""共事讲诚信、夫妻当谦让"之类的叮嘱，前后有九个年头，祖母似乎一直以如此这般的方式守在我的身边，不时给一个涉世未深的孺子以善意的提醒与引导。祖母去世多年后，那些她生前的声音仍旧依稀萦绕在耳。

"眷眷往昔时，忆此断人肠。"作为我生命中感情最深的人，每每念及祖母，总会触及心中至痛！仔细想来，尤有两事最让我一生无法释怀。一是祖母一直渴望抱上重孙，无奈婚后我们生下个女孩。孩子出生后发电报告诉老人，这个结果与她守寡半生企盼香火延续的心愿大相径庭。老人沉默了半晌，嘱咐父亲专门到电报大楼给我打长途电话，告诉我，家里人丁不旺，生个女孩也很好，建议我认真考虑把孩子抱回老家哺养，这样可以再要个男孩。老人的想法虽情有可原，但与国家政策、与我们这代人所受的现代教育不尽相符，当然没法接受。过后，虽然祖母想通了，也高兴地接受了维持现状的事实，但有关传宗接代的话题，从此再也没敢与老人沟通过。二是窘困的生活给祖母遗下了严重的肺痨，她每年冬天都会连续发作。老家冬季没有暖气，生炉取暖难免咳嗽加重。每到冬天，我都会请祖母来京过冬，但老人总拿我们家房子太小且生活不便为由加以拒绝。所以直到老人去世，她也没来过我在北京的小家。每当想到若能坚持请老人来京，祖母或许有多活几年的可能，心中不免产生一种深深的罪孽感。这个本不该发生的过错，是我懊悔不已的终生遗憾。

作为一个无神论者，理智上我根本不相信人有来生；但作为一个世俗的血肉之躯，感情上我更渴望人有来生。有了来生，我就能更加尽心尽力地报答祖母山高海深的养育之恩，最起码也要先把自己终生愧疚的这两笔情感债还上。

(原载自《人民文学》2024年第6期)

第二辑　舌尖记忆

中秋月饼

中秋祭月的习俗肯定源于古老的天象崇拜，这是农耕民族自上古开启的各种祭祀活动沿革固化的结果。

处于原始或半原始状态的人类完全靠天吃饭，日月天地、风霜雪雨，都是上苍赋予众生维系生命的重要依赖物，天象稍见异常就有灾难发生，人间随即必酿祸患。在根本不能认识自然、无法依靠自身力量来改变生存境遇的年代，人类对自然神的崇拜几乎是与生俱来的本能反应。在先人的思维里，只有祈祷上天慈悲，才能确保苍生福祉，这就是各种祭祀活动的由来。据文献所载，中国自周代就有了明确的"春分祭日、夏至祭地、秋分祭月、冬至祭天"的礼制，历朝历代建有各种规制的日坛、月坛、天坛、地坛之类，皆系帝王祭祀的固定场所，民间也有类似的祭奠仪式。官民同祭的共同目的，毫无例外地都是祷告风调雨顺、国泰民安，逢凶化吉、福寿绵长。

古人的祭月活动最早设在秋分时节，因为秋分昼夜均而寒暑平，"暑退秋澄气转凉，日光夜色两均长"，是阴阳时辰完全等分的节气。此时此刻，秋至而禾熟，正是人们告别酷暑、迎来秋凉且收割尚未开始的闲暇时光，祭月既是感恩祈福，又是可酝酿丰收的喜庆。只是后来人们发现，秋分当日有时无月或是月亮不圆，祭月而无月，必然扫兴，因而尝试把祭月活动由秋分改在中秋。成书于两汉的《周礼》，就有先秦"中秋夜迎寒""中秋献良裘"之类的记载。事实上，尽管汉时中秋祭月已渐成风习，但中秋真正成节则始于唐代。《唐书·太宗记》明文写有"八月十五中秋节"的字样，表明中秋节已成为官方认可的法定节日。从此以后，不仅中秋赏月风俗渐盛，留下许多脍炙人口的咏月名篇，而且还将中秋与嫦娥奔月、吴刚伐桂、玉兔捣药等神话传说联系起来，给以天上与人间、月圆与团圆的美好寓意，赋予了浪漫情调和理想化色彩。

至于为何流行祭月、赏月以月饼作祭礼的习俗，没能查到文献实证。我想祭品遴选的原则不外两条：一是表达礼敬的虔诚，二是奉献人间的美味。在那温饱尚难保证的岁月，月饼不仅造型似月，而且肯定还是当时最好的美味食品。因为用麦芽熬制的调味糖，当时应为稀罕之物，甚至可能比肉食还要紧俏。中秋之夜，月明星稀，晚饭过后不用大肆张罗其他饮食，最能拿得出手且又极具意蕴、易于摆放的甜食月饼，或许就是既可拿来祭月，又可在祭月与赏月之后自我享用的美味佳肴。

"月饼"一词，虽然最早见诸南宋年间的《梦粱录》，但从汉代开始，中秋就有敬老礼仪，有赠老年人"雄粗饼"的礼节。其饼何状、何味没有记载，后人不得而知；隋唐以后有所谓菊花饼、五仁饼之类的记述，相传为菱花形，以配料分析照理应为甜品；宋代苏东坡有过"小饼如嚼月，中有酥和饴"的清晰描绘，表明月饼不仅圆如月，而且具备酥和饴的香甜；明清更有"祭果饼必圆"和"向月供而拜"的明确记录。所有这一切，充分说明饼类的甜食一直如影随形地陪伴着中秋祭月赏月的全过程，也说明在逐渐规范的浑圆如明月的月饼造型中，日益明确地蕴含了生活美满、家人团圆的美好寓意。这里，既有对上苍的精神寄托，也有对远方亲人的思念，更有对人世间花好月圆的企盼，而且在敬过月神之后，月饼还可以顺道犒赏一下自己，完全因应了中国人天人合一的生活理念。

尤其是近现代，祭月拜月的习俗早已淡化，赏月几乎成了中秋唯一的主题，这就进一步将意愿与现实、精神与物质浑然凝为一体，那枚承载着无限心灵寄托的月饼，正愈益转化为不断花样翻新的珍馐美食。故而，月饼也就慢慢地固化为今人中秋赏月的象征性符号。

在我的童年记忆中，感觉中秋节似乎是个仅次于春节的重大节日。普通百姓不论贫富，中秋总要买些鱼肉做点好吃的饭菜，全家人围坐在一起吃顿团圆饭。当年我们家祖孙三代，只有老爸一人工作，生活十分拮据，但中秋的礼节不能忽略。每到中秋临近，都要提前半个月买好月饼。放学后或星期天到亲戚朋友家去送礼，可能是我作为长子最早开始承担的家庭义务。

说来有点寒酸，当时买不起贵重礼物，送礼不过两包月饼。但山东人爱面子，礼品一般不全收，通常只留一半。父母会将回礼再配一包新的，转赠另一家亲戚。周转时间一长，月饼的油渍会从草纸中渗出，家长会用新纸重新包装后，再拿出去继续送人。就这样，一圈亲戚送礼完毕，转圈到最后肯定就会剩下一包月饼。记得有许多年，这最后一包月饼，就是全家人中秋之夜唯一的节日美食。

中秋节当晚，祖母指挥大家把圆桌搬到院里，对着皎洁的月光，沏上一壶浓茶，摆上些许瓜果，然后用菜刀把月饼切分四瓣，每人盘中各置一份。记忆中父亲总以吃甜食胃反酸为借口不吃自己的那一份，直接转分给子女。我们几个孩子当然无意于赏月，只眼巴巴地盯着桌上剩下的月饼，显然表示没有吃够，但祖母总是坚持说不能一次吃完，好东西要留点想头才算真正享受口福。剩余的月饼收回去，至少能连续若干天，成为我们兄妹放学回家后获得的甜点奖赏。

或许因为每年只吃一次，或许是每次都没吃过瘾，也或许是被祖母吊足了胃口，我这个一辈子不怎么喜欢甜食的人唯对月饼情有独钟，月饼特有的松软腻糯、甜香馥郁的气息一直牢牢地控制着我的味觉，成为我为数不多百吃不厌的食物之一。

一晃几十年过去了。社会进入物质丰裕的年代，月饼不仅不再是稀缺性美食，甚至还变成众多高血脂、高血糖患者避之唯恐不及的食品，就连小孩子也没有几个稀罕月饼。社会的变迁有时就是这么不可思议，倒也应验了那句"十年河东，十年河西"的老话。

印象最深的是，新世纪过后的某个中秋，月饼是单位发、亲戚送、开会赠、同事交换、外地朋友邮寄，家里一下子摞起十几盒，送谁谁不要，月饼顿时成"灾"。于是节前节后，月饼成了每天家里早餐的主要食物。结果全家人都吃腻了，早餐摆出来再也无人问津。有天下班回来，无意中瞟了一眼门口的垃圾桶，桶里丢弃的全是没有拆封的月饼。心有不忍，感慨万千，立刻弯下腰来如数捡回。不好意思强迫别人再吃，只好悄无声息地将其放入冰柜。至于以后如何处理，想都没想。

忽一日，外出开会提前回家，老婆吩咐晚饭提前熬点粥。瞬间感觉有种神奇的灵感奔涌而至，立刻打开冰箱，悄悄把两块月饼掰碎混入各种杂豆中，熬起粥来。十分意外的是，熬出的八宝粥不仅色香味俱佳，而且还醇香适口。老婆孩子谁也没有发现粥里月饼的存在，反倒纷纷予以好评。后来这个"创举"定格成为家庭膳食秘籍，从此再也无须为月饼的剩余而发愁。

近些年，随着年事渐长，血脂临界，学医的夫人尽管对我贪嘴月饼的嗜好网开一面，却也严格控制总量。中秋之前，家里每见月饼，她都会想方设法送出去，导致留存过节的月饼难以放量地大快朵颐。这就无法不令人心存芥蒂。每逢此时，只能以祖母"好东西不能一次吃完"的谆谆教诲来宽慰自己，心想老婆善意的"饥饿式"供给策略，或许有助于自己将"不良嗜好"保持终生。

尽管始终没有找到过月饼的餍足感，但用阿Q精神这么一破解，内心顷刻也就释然了许多。好在存个美好念想，今年亏欠的月饼，寄希望来年中秋再补。

（原载《中国社会报》2022年9月7日）

茶余侃茶

茶，对于国人而言，总有某种神奇莫名的情缘。尽管茶非生命之必需，似乎可有可无，然而，在物质生活领域，开门七件事"柴米油盐酱醋茶"中有茶；在精神生活领域"琴棋书画诗酒茶"中，茶亦位列末座。这在某个特定的层面上充分表明，茶，确乎已经成为中国人日常生活里如影随形的一个有机构成。

可以断言，茶在走进人类生活之初，肯定不是以饮品的形式出现的，而是某种用于充饥或食物补给的对象。先祖们早期维系生命的主要途径，无非就是采摘和狩猎，依靠原始工具所能猎获的肉食极其可怜，大部分须赖于植物的叶、茎、根来填饱肚皮。虽说地球上有大约40万种植物，但无毒、无怪味、口感好且能充饥者当为少数。人类从采集、选取可食植物，发展到依靠固定种植来满足生命需求，势必有个漫长而又艰辛的探索过程。可以想象，茶叶最初入口的瞬间肯定是苦涩的，不应成为食物的首选；它最终所以被纳入人类的食物链，理应归功于药用价值的发现。药食同源，或许就是茶在人类生活中得以重视并普及的一个重要动因。

中国是世界公认的茶叶故乡。茶，原名苦荼，《辞源》解释为"一种微苦的菜"。《晏子春秋》载有"苔菜而已"，《司隶教》中提到茶粥，证明茶最早是用来煮菜汤的。相传，《神农本草经》有所谓："神农尝百草，日遇七十二毒，得荼而解之"，表明茶的药用价值，是在百草挑选的基础上，才被发现且用于临床的。《枕中方》中有"疗积年瘘，苦茶、蜈蚣并炙，令香熟，等分捣筛，煮甘草汤洗，以末傅之"；《太平圣惠方》中收录的药茶方剂更多；《药书》等更详细记载了茶的止渴、提神、消食、利尿、治喘、祛痰、明目益思、消炎解毒之功效；到了《本草拾遗》，甚至把茶神化到"诸药为各病之药，茶为万病之药"的地步。

18世纪中期，茶叶开始传入欧洲，最初也是药用，只在药店出售，但因其提神解渴、解腻消食的特殊功效，尤其是茶要开水冲泡，迅速阻断了欧洲人长期饮用生水导致的各种疾病传播，一下子使饮茶变成了上流社会趋之若鹜的生活时尚。英国著名学者艾伦·麦克法兰甚至这样评价：茶叶拯救了英国，没有茶叶，英国的工业革命就不可能发生。在中国，尽管历朝历代留传大量以茶入药的方剂，但随着日常饮茶在达官贵人、文人墨客和寺庙道观中风行,"万病之药"恰恰契合中医"治未病"的理念,这就把临床的药用价值让位给了饮食保健,受此影响,茶也开始在民间广泛传播,最终演化成大众化饮品。

茶在中国的发现、发展与普及,经历过上千年的历史延续。古人有关茶的最初的权威性记述当属唐人陆羽,其《茶经》是世界上现存最早、最全面且完整的、百科全书式的茶学专著。书中提道:"茶之为饮,发乎神农氏,闻于鲁周公,齐有晏婴,汉有扬雄、司马相如,吴有韦曜,晋有刘琨、张载、远祖纳、谢安、左思之徒,皆饮焉。"但这个判断由于缺乏必要的史实和史料征信,存疑甚多。正式见诸史料的《华阳国志》,虽有公元前1046年周武王伐纣时南方民族献茶之说,由于书为晋人所著,故也难作定论。幸有学者从音韵学角度考据,认为茶之古音源于巴南,这倒成了巴渝为茶之发祥地,且献茶之说可信的旁证。最有实证色彩的是汉人王褒的《僮约》,其中"烹茶尽具""武阳买茶"的记述,这就毋庸置疑地实锤敲定了,汉代饮茶已成习俗且茶叶开始有了市场化的交易行为。

发展到唐宋时期,"煎茶卖之,不问道俗,投钱取饮",说明饮茶已经在社会上普及开来,也是《茶经》得以问世的现实依据。只不过,受制于当时的物流条件,为方便茶能在更大范围的流通与使用,古人学会了将鲜叶加工成便于储藏和运输的茶饼。在唐代,除了有少量蒸青团茶捣碎煮饮之外,饮茶时,大多是先将茶饼碾末,再加上姜、葱、盐之类的辅料同煮,形状类似今天的抹茶，其方式至今仍应用于日本的茶道。宋代开始有了蒸青散茶，出现了点泡式饮法，在繁华城镇的商业街上，有了各式茶坊、茶肆的规模化经营，说明饮茶确乎进入了寻常百姓家。明清时期，杀青与干燥技术日渐成熟，绿茶、黄茶、红茶、白茶、花茶、乌龙茶之类的散茶品种开始流行，粉碎式的调膏、注汤、击沸之类的传统煮茶方式，开始被先将散茶投入茶壶或盖碗、再以开水直接注入冲泡的简捷易行的饮茶方式所替代。鉴于散茶冲泡，更易于保留茶的本色清香，且能让其滋味与韵味缓缓释放，极大地减少了煮茶方式带来茶汤苦涩且单调的通病，故而，"清饮"之风很快得以盛行，受到普通百姓特别是文人墨客的广泛欢迎，最终发展成为国人普遍采用的一种饮茶方式。

茶叶从菜蔬、药用转化为大众化饮料的漫长过程，既有社会物质文明进步因素的推动，也有公众对茶的认知、炮制和品鉴水准不断提升的因素促成，更与饮茶进入人们精神生活、深深融入中国文化内涵密切相关。随着物质生活的提升与丰富，喝茶作为一种体验闲情逸致的生活时尚，渐次成为人们的习惯性行为；对茶叶药理成分的深入认可，加速了将饮茶作为生津止渴、维系生命活力的保健式餐饮的进化过程；茶树培植与茶叶制作工艺的不断提高，茶叶的品质得到全面优化，丰富的口感、惬意的享受，孵化出日益壮大的茶客队伍；众饮过程中各种程序、礼仪、品鉴、禅悟和吟诗作对之类的文化参与，让喝茶有了更多的仪式感，渐次变成为品茗论道、抒情畅怀的重要媒介和平台，这就极大超越了以茶补水解渴、消食提神的生理层次，进而步入更加广阔高远的精神领域。茶，神奇而有效地将现世的人间烟火与心灵中的诗和远方，毫不违和地融到了一起。

茶之形色归乎水，温顺且谦和，可热饮、可冷酌，可纯饮、可混搭，可庄重、可随意，可清欢亦可群乐，顺其自然，随遇而安。茶秉承了"上善若水"和"君子之交淡如水"的儒文化源流，不论是在私下、公众，抑或外交场合，"清茶一杯"不仅毫不寒碜，而且总有某种自然而然的简洁端庄、造化天成的特别韵致。在一个极具功利色彩的世俗化社会里，很少有哪种物质像茶一样，既平凡又雅致，既出世又入世，无论是自我消解还是群体社交，茶，永远能始终如一地保持着自身超尘脱俗的清流本色。

当然，茶的平实与随和绝不等同于平庸。缘于地域、环境、土壤、气候、树龄、山场抑或台地，以及采摘时段和制作工艺的巨大差异，茶的品质千差万别、大相径庭，这就难免不被世俗利用，导致对茶的额外讲究越来越多。尤其在商品化时代，受各种时尚追逐和情面攀比的陋习影响，好茶的价码不断飙升，最高炒到以数千、数万甚至十万元为单位计价的地步，一度把以清流闻世的茶叶，变成囤积居奇的带铜臭气的商品，这就大大背离了饮茶的初衷。

但凡任何饮茶爱好者，希望喝到高品质、上档次的好茶，当属人之常情，无可厚非；然而，作为平民常态化的大众消费，大可不必爱慕虚荣、盲目攀高。一个普通茶客，若能发现和选择一款或数款，适宜自己口味和消费水准、有较好品质且性价比较高的茶叶，作为自己日常必备、每日必饮的"口粮茶"，就应该感到精神上的莫大安慰与满足。如若抛开世俗化的虚荣与面子，重新回归到喝茶本位，才是客观理性的消费观，也是一种淡泊平和的人生态度。

红尘喧嚣、世事无常，饮茶本身就是一个修身养性的过程。浮生每逢清闲时刻，沏一壶春茶，自斟自饮、放空身心，透过浓淡清爽的口感愉悦，品啧苦涩过后甘洌芬芳的生命滋味。把生活中一切的焦虑、烦恼与忧愁抛到九霄云外，才能尽情享受一份春风过耳、秋水拂尘的人间清福；倘若偶得极品佳茗，也不妨邀上三五好友，"轻涛松下烹溪月，含露梅边煮岭云"，在轻松自在、海阔天空中纵论人世间的炎凉与冷暖，此情此景，不亚于踏上一次心素如简、返璞归真的心灵旅程。饮茶的乐趣，大抵也就蕴含其中。

茶如人生。既然我们选择了以茶为伍，何不手执香茗、人淡如茶，少点世俗的羁绊和功利的纠结，随心、随性、随缘，或许才能在无涯的云水中品出悠闲、品出情调、品出山魂水魄的灵性，活得更洒脱、更通透，更具有茶一般云淡风轻的品性。

（原载《北京晚报》2023年9月25日）

茶添静气涤心尘

如饥似渴地喝了半辈子茶，似乎勉强可以算个茶客，但与真正的茶人相比，总是存在不小的距离。

所谓算个茶客，至少有当年白纸黑字的日记为证，一年曾喝掉过9斤茶叶；正常情况下，一天三轮换茶，饭可以少吃一顿，茶却必须喝；以杯泡茶时，往往满杯的茶叶不见水，若不小心以唇隔挡，随时可能有茶叶入口呛喉的事情发生；若是哪天忙起来忘了喝茶，头昏脑涨的感觉立马就会如约而至。

而所谓算不上真正的茶人，是指作为一个嗜茶如命的人，除了加花或其他配伍的茶（这样的茶丢失了茶之本味）不喝之外，其他不论绿茶、红茶、青茶、白茶、黑茶、黄茶之类，一概来者不拒，既不挑剔也不讲究；受居室狭窄所限，家里至今没有一张单设的茶台，虽曾置办，因无处可摆，木质的台面早已干裂废弃。这在真正讲究的茶人面前，唯实惭愧，更甭说登大雅之堂之类的话题。

其实，发扬一下阿Q精神，倒也不必自惭形秽。虽说中国是茶的故乡，饮茶者估计数以亿计，但绝大多数人并非真正茶客。正好比每人都吃饭，没几个真正的美食家；每人都写字，没几个真正的书法家一个道理。

国人有句俗话："开门七件事，柴米油盐酱醋茶。"茶虽不像其他食物那样作为生命维系之必需，但"餐饮"作为一个固定词组，"茶余""饭后"紧密相连，从另一个角度表明"饮"的必不可少。

除了白开水、各式饮料和酒类之外，茶理应当之无愧地成为"饮"之主体。由于茶中含有多种维生素和氨基酸，具有清热解毒、消食除腻、缓解疲劳、兴奋神经、促进肌体新陈代谢等功效，能在解渴的同时又利于身心健康，这就必然引发出人们对于饮茶的普遍兴致，进而演化成一种极具大众化特征的生活习惯。尽管茶分三六九等，但所含化学成分基本相同，高低贵贱无非就是口感上的差别而已。平民百姓抑或不易经常消费名茶佳茗，但还是可以尽情享用普通茶叶。久而久之，饮茶的普及也就渐渐演变为顺理成章的事体。事实上，茶，不仅融入了个人与家庭的日常生活，成为衣食住行中不可或缺的重要部分，而且还经常性地深度参与到各种送往迎来的社会活动中。请人吃饭会受各种客观条件制约，而饮茶却局限甚少，人们常把小范围会面叫茶叙，大规模聚会叫茶话会，表明茶在社会交往中经常扮演穿针引线的特殊角色。因而，喝茶便成为不同背景、不同场合下最为普遍且简单易行的一种人际交往方式。

应该说，作为普通公民，能踏实地做个饮茶爱好者理当心满意足，之所以还心存几分对真正茶人的向往，自当归结于超乎爱好的惜茶之癖。爱之者，敬之。多年来，每得好茶则如获至宝，密封、冷藏、防异味的各种程序，从来一点不马虎；任何到手的茶叶，无论优劣，从不曾有过丝毫的损失与浪费；通常情况下，只要一泡茶没有喝乏、喝透，宁可喝得胀肚也不忍心将茶叶倒掉。有件小事可以间接证明：早年，家里只有一个小冰箱，贮藏空间极其有限，三格中总有一格用于贮茶。改革开放初期，副食供给还比较短缺，有年冬天，知我有羊肉嗜好的内蒙古朋友送来一只冷冻的整羊，我放在客厅观察了半天不知如何下手，因不懂剔骨，生生砍坏了一把菜刀，分割开的带骨羊肉无处可藏，只好多半赠予住在附近的同学和邻居。不料此事成了话柄。一次同学聚会，分到羊肉的同学在称道肉好的同时却嘲讽我："那么好的羊肉四处送人，家里的冰箱竟然存放茶叶，简直就是老土！"过后不久，这位同学来家里串门，我递上一杯新沏的清茶。他刚喝一口，立刻兴奋地追问："大冬天的，你家怎么会有那么好喝的绿茶？"这下，我算逮住了报当初"一箭之仇"的机会，不无得意地告诉他："知道什么才叫老土了吧？羊肉易得，好茶难寻，二者岂能相提并论！真正的好茶要比羊肉金贵得多！"这事一晃过去了30年，如今，我的这位同学同样也开始把好茶贮进冰箱里。

惜茶之癖，还表现在对茶的用心上。最初喝茶只是为了解渴，一律用茶杯、茶缸之类的器皿冲泡，一度还发展到人手一只保温杯泡茶的程度，想想各类会场上的镜头，概莫如此。北方人家里来了客人，最常说的一句话就是："闷壶好茶。"一个"闷"字，形象地概括出习惯中经典化的饮茶方法。殊不知，无论是杯泡还是壶闷，尽管汤色深厚，且也浓酽煞口，然茶汤中却总有一股被开水沤熟了的、挥之不去的枯叶涩味，茶本身应有的清洌香醇与爽口生津的本色早已荡然无存。

这个认知，源自20世纪末偶然的一次友朋茶聚。当日人多，壶中的茶水没等泡酽，就被大伙分开饮净。我默默地参与其中，一杯一杯地喝着，突然大脑里泛出一种异样感觉，发现尽管茶汤的浓淡前后有异，但茶水的醇香始终未变。于是有了某种顿悟，暗想美妙的口感应该不止于茶叶，快冲快倒或许就是保持好茶品味的重要根源。回家后如法炮制，果然屡试不爽，我欣喜若狂，犹如哥伦布发现新大陆一般。从此以后，我断然告别了传统的饮茶方式，上班时也会带上一把小壶。办公室不宜泡茶，就把茶叶放进壶里冲好后，再随手倒入茶杯，同样可令茶香保持始终。出差时不便带壶，也会把宾馆里的茶杯进行功能分割，一只用于冲泡，一只用于饮用。不经意间将此心得告知他人，深得茶产地朋友略带感慨且也戏谑的赞许：没想到这个北方佬竟如此懂茶！这种认可，让自己暗自得意良久。

爱喝茶的一个重要前提，是神经要有足够的耐受度。许多喝茶的朋友通常过午不饮，因为普遍担心喝茶影响睡眠。其实，对于上班族而言，晚茶才是最好的休闲方式，因为白天一天的劳累，晚上喝茶聊天极利于放松身心，缓解疲劳。过午不饮者过度敏感的神经，让他们无端失去了这一生活乐趣。本人神经好像没那么娇气，皮实到一天三轮喝茶，倒头便睡，从不失眠。这粗糙且坚强的神经线条，为自己赢得了无数次畅饮好茶的机缘。

当然这是一般而论，也有例外丢丑的时候。有一次在福建出差，上午的任务完成后，朋友问我想去哪里走走，我未加思索即脱口而出："来到岩茶故乡，哪有到处瞎转不喝茶的道理？"整整一个下午，我真切领教了福建人斗茶的厉害。他们好像变戏法一样，你一袋，我一袋，争相拿出自己的私房茶，现场比拼谁的茶更好喝。茶好且好客的福建朋友喝茶太过奢侈，一袋好茶冲不过四五泡即换新茶，让我这个惜茶成癖者大呼过分！可人家一点也不在乎，依然故我。不忍心浪费好茶的在下，只好拼命多喝一道，以稍许安抚一下"暴殄天物"导致的失衡心理。其间，朋友不时相劝吃点茶点，免得心慌，我则以不能让点心与茶争肚皮为由，婉言谢绝。一下午七八轮新茶喝过之后，晚饭时突然接到过去报社同事的电话，盛情邀我饭后喝茶。当然慷慨应诺。结果又是一个五六泡喝下来，大伙海阔天空、欢声笑语，直到午夜。在没有丝毫心理准备的情况下，一贯吹嘘喝茶无碍睡眠的本人，平生第一次遭遇到彻底打脸的尴尬，猝然降临的失眠让我辗转反侧、痛苦不堪，搜肠刮肚地检索记忆中助睡的秘诀，最后可能把辽阔大草原上的羊数了个遍，也没有换回一丝睡意，睁着眼睛度过一个通宵。直到第二天，仍然没有任何瞌睡的感觉。这次"醉茶"的经历，算是教我明白了一个道理，即使温顺如茶者也不可视同儿戏，任何能量积聚到阈值都会产生所向披靡的冲击力。

惜茶与爱茶需要宽裕的时间与平和的心态。退出工作岗位，正是"行到水穷处、坐看云起时"的黄金岁月，或许也是最宜品茶的美好时光。有了足够的闲暇，可以从容挑选自己喜欢的茶叶、茶具和泡茶水源，从容地观汤色、闻茶香，从容地在不同季节、不同时段品鉴绿茶、红茶、乌龙茶、普洱茶之类异样的口感与滋味。一杯清茶，一本闲书，悠然自得地享受与茶、书为伴的慢生活，足以让老年人活得更惬意、更充实、更具生命质量。

人奔波一生，匆忙行走于熙熙攘攘、步履维艰的人生旅途，大多来不及细细品味生命的甘苦。步入老年，如果没个回顾、反思与总结，岂不枉过一生？茶，汲天地之精华，沐日月之灵性；一个"茶"字拆开来，"人"位于"草""木"之间，造字时或许就融入了回归自然、天人合一的深刻寓意。常言说"酒躁茶静"，茶生静气，易于入肌肤、涤心尘。人要选择与过往和解，茶，无疑可以充任最佳的催化剂。

若是伴着夕阳余晖和徐徐清风，沏上一壶春茶，沉浮随缘、浓淡随意，细细观察品味，你会悟出：茶犹人生，沉有沉的道理、浮有浮的意境，浓有浓的口感、淡有淡的滋味。若把浮躁的名利心沉下来，融入流年的茶盏，在细啜慢饮、浓淡苦甘的交织中去体味过往，你会发现：曾经的一切成败得失皆属难得的生命体验，一切的苦辣酸甜都是宝贵的人生财富。如若再秉持一种"竹下忘言对紫茶，全胜羽客醉流霞。尘心洗尽兴难尽，一树蝉声片影斜"的恬淡心境，你会更加深切地感受到，灵魂会伴着缕缕茶香、袅袅余韵随风轻扬，一种超乎世外、与岁月共老的轻松感就会油然而生，明了笑看世间云淡风轻的最佳态，再好也莫过于让纠结释怀、与往事告别。倘若佳茗能品出如此情调，生命活得这般通透，岂不就是梦寐以求的人生清福?!

（原载《光明日报》2023年6月2日）

暂凭杯酒长精神

疫情期间，当周边众多人出现发烧症状的时候，自己虽不发烧，也有了不适之感。尽管未做任何医学检验，但"阳"了的嫌疑还是存在的，因为一连数日食欲不振。

为改善胃口，尝试着嚼果味VC、吃水果、喝浓茶，均无反应。于是想到了酒，家人一致反对，说网上盛传"阳"后喝酒十分危险。带着病急乱投医的心理，小心翼翼地喝了小半杯，不料胃口大开，效果极佳。而更为出乎意料的是，一连数日坚持下来，身体状态很快恢复正常。尽管半两不算多，但对一个既不尚酒也不善酒的人来说，既充满了好奇，也隐约生出害怕成瘾的忧虑，故而顺理成章地触发出探讨酒的兴趣。

仔细想来，酒确乎是个神奇且古怪的精灵，在水的柔弱外形之下，蕴藏着火一样刚烈的品格。

可以说，酒是一种情感的催化剂，既让人兴奋也令人迷惘，既能让人释放也能助长精神的悲伤；酒是一种坦诚交往的介质，既利于情感的宣泄与倾诉，也易于把最真实的面目毫无掩饰地呈现在众人面前；酒是人生的象征物，能够有机地把刚柔、冷热、浓淡、苦涩与甘甜混合在一起，在不同场合、不同的心态下，让人品味出截然不同的生命况味；酒还是事业和人际关系成败的助推器，它可以促成生意、强化友情、成就好事，同时也可能导致溺酒失德，伤了感情、毁了身体，甚至贻误了家国大事。作为一种特殊的饮食文化，酒不仅能够满足人类的生理需要，而且还能满足人们的精神需求，它与不同民族或社群的生活习俗、社会时尚紧密相连，经常可以成为观察社情民意的一个重要窗口。故而，大家对酒的爱憎与褒贬永远都是个扯不清道不明的复杂话题。

古往今来，世上流传的许多关于酒的故事，总是那么别具一格，有时甚至惊心动魄。商纣王曾因以"酒池肉林"为标志的奢靡生活与荒唐暴政，导致了朝代的最终灭亡；春秋时期，越王勾践为了实现"十年生聚、十年教训"的复国大略，曾以酒作为鼓励国民生儿育女的特殊奖品；秦穆公为犒赏将士讨伐晋国，把仅有的一盅酒醪投入河中让大家共饮，成就了脍炙人口的"箪醪劳师"的盛誉；鲁恭公因为酒礼太薄惹怒了楚宣王，既诱发了楚国联齐攻鲁，转过来为齐国借机伐赵提供了良机，赵国的邯郸莫名其妙地成为因酒而起的意外牺牲品；刘邦借酒醉而剑斩挡道白蛇，衍生出赤帝斩白帝的民间传说，让他找到了开国称帝的"天意"；鸿门宴上，在美酒佳肴的背后杀机四伏，由此揭开了楚汉争霸的序幕；曹操与刘备煮酒论英雄，说到要害处吓得刘备丢了手中的筷子，只好巧借惊雷掩饰住内心的紧张与慌乱；关羽温酒斩华雄，奠定了他作为武圣的最初地位；卓文君当垆沽酒，成就了她与司马相如一段坚贞不渝的爱情佳话；宋太祖赵匡胤在夺得政权之后，假借酒宴之名，许诺有功将领"多积金帛田宅以遗子孙，歌儿舞女以终天年"，导演了一出兵不血刃、杯酒释兵权的惊天大戏；竹林七贤纵酒酣歌，演化为晋之后历代持不同政见者在动荡年代以酒避祸的秘籍；王羲之醉酒书写《兰亭序》、张旭酒后狂草惊鬼神，十分清晰地昭示出酒与文化悠久的历史渊源；陶渊明更是进一步开启了文人墨客诗酒不分家的先河，醉酒吟出的《饮酒二十首》，诗中有酒、酒中有诗，直接成为李白、杜甫、白居易以及欧阳修、苏轼等后人以酒来激发创作灵感的效仿榜样……

　　从某种意义上说来，酒作为五谷孕育的诗，诗又变成了文字酿造的酒。尤其是杜工部一首："李白一斗诗百篇，长安市上酒家眠。天子呼来不上船，自称臣是酒中仙"，更让李太白留下千古酒仙的美名。此外，还有像古希腊关于酒神的神话传说，中国以清贤浊圣、青州从事、平原督邮之类作为酒之代称的典故，以及丘吉尔、海明威、梦露、古龙等各类名人，用那种"不喝酒，我会一无所有"的嗜酒如命的精神状态，突出渲染酒所具有的超乎常态的价值与作用。无怪乎酒仙李白高歌一曲"古来圣贤皆寂寞，惟有饮者留其名"！这话中，不难看出酒精刺激的味道，醉态无疑是肯定的。然而，社会上确有大量因酒而名的客观事实，谁又能断定这仅仅就是醉话呢?

自从杜康，抑或仪狄，发明且酿造出酒之后，这个聚五谷之精髓、集天地之灵性、汲日月之精华的精灵，再也没有离开过人类生活。尽管因食物匮乏和因酒误事之故，不少朝代曾制定过严厉的禁酒令，但这杯中之物从来也没在人们身边消失过。无论你是爱也好、恨也好，喜欢也好、厌恶也罢，酒总是那样不悲不喜、不舍不弃、不增不减、源源不断地出现在人们的日常生活里。

酒，既不是酒徒心目中的琼浆玉液，也不是清教徒眼睛里的穿肠毒药，作为人类调节生活情趣的一种特殊饮料，不过就是带有一定生理刺激的副食品罢了，人们似乎真的没必要为此经常性地争执不休。

这些年炒得最热闹的，是国际医学杂志《柳叶刀》上的"饮酒有害论"。该刊2021年发布的一项报告中指出："但凡是酒精，喝下去后都会对身体造成不可逆的伤害"，强调"没有安全的饮酒量。想要保证身体健康，必须做到滴酒不沾"。报告发表后，立刻引起轩然大波。养生界高度肯定，而酿酒业则大加挞伐。尽管如此，丝毫也没影响到铺天盖地的酒类广告和酒徒们兴高采烈地狂饮不休。

更戏剧性的是,同是这家刊物,却在隔年的7月16日,再次发表了另一则研究论文,根据204个国家和地区全球疾病负担的大数据分析显示,15—39岁饮酒有害,而40岁之后,在身体允许的条件下,适当喝酒却有助于降低患心脑血管、中风和糖尿病等疾病的风险。这下更让酒友们抓到了把柄,前后两次截然不同的结论,充分说明了"砖家"的可疑。

其实,争议这些并没多大意思,任何事物都有两重性。比如,凡药皆毒,治病即为良药;武器主凶,用于保家卫国即是坚强后盾;水乃生命之源,暴雨成灾就变成了洪水猛兽。酒也同样,科学家不可能动用大量人群做严格而又精准的有关饮酒利弊的科学试验,数据分析只能是大概率测算,很难精确适用于每一个生命个体。几千年延续下来的生活习惯显示,酒已成为某些人生命中的必需品。嗜酒如命,肯定有百害无一利,而强制性干预肯定也是难以解决问题。

小酌贻情,大醉伤身,关键在于每个人的自我控制与把握。正如宋人邵雍所言:"人不善饮酒,唯喜饮之多;人或善饮酒,难喜饮之和。饮多成酩酊,酩酊身遂疴;饮和成醺酣,醺酣颜遂酡。"所谓"和",无非就是适度。既然古往今来饮者不断,且适度而为并无大碍伤身,人们何必自寻烦恼、无端吓唬自己?

作为一个退休老头儿,喝的是闲酒,品的是晚景,没有任何世俗元素的附加以及功利的需求与期待,既无成瘾的动机,更无酗酒的动力,哪里会有什么蜕为酒鬼的担忧?想到这里,心中不免暗自惊喜。

抛开少数具有酒精严重依赖的病患而言，酒在社会生活中确有不可或缺的存在价值。酒，小可独酌，大则群饮。独酌或喜或忧，喜，可以让自我狂欢；忧，可以解愁卸压，所谓"自歌自舞自开怀，且喜无拘无碍"。群饮可以推杯换盏，以狂欢消解一群人的孤单，所谓"桃李春风一杯酒，江湖夜雨十年灯""酒酣胸胆尚开张，鬓微霜，又何妨"！酒能联谊成事，大到国宾招待，小到亲朋聚会，总免不了举杯相见；签约要碰杯见证，事功要把酒祝贺，婚丧嫁娶都要摆上酒席，以尽主人的好客之道，"莫笑农家腊酒浑，丰年留客足鸡豚"。人们心情畅快时要以酒畅怀，"人生得意须尽欢，莫使金樽空对月""白日放歌须纵酒，青春作伴好还乡"；事业受阻时也会借酒浇愁，"艰难苦恨繁霜鬓，潦倒新停浊酒杯"，岂管它"抽刀断水水更流，举杯消愁愁更愁"；天涯海角以酒遥寄相思之苦，"浊酒一杯家万里，燕然未勒归无计""明月楼高休独倚，酒入愁肠，化作相思泪"；久别重逢要用酒接风洗尘，"中军置酒饮归客，胡琴琵琶与羌笛"；婚嫁添丁要摆酒道喜，"唯愿当歌对酒时，月光长照金樽里"；生离死别要以酒致意，"劝君更尽一杯酒，西出阳关无故人"……无论是思乡怀人，还是感慨人生；无论是忧国忧民，还是慷慨悲歌；无论是感物伤怀，还是情寄未来，酒或许都是不可缺席的传情媒介。

常言道：无酒不成局。酒或许是世上最小的交际所，无意中见证了人世间多少的悲欢离合、喜怒哀乐。酒能活跃气氛、流露真情,增进亲情与友谊;也可令人坦诚相见、推心置腹,一笑泯恩仇。酒性见人品,酒桌上可以看清一个人待人接物的真实面目。"花看半开,酒饮微醺",一旦酒酣耳热,微醺之妙,可以让人冲破一切世俗羁绊和思想藩篱,把真正的自我还给自己,连平时神情木讷、沉默寡言者也能够出口成章、妙语连珠,展露诸多生命本真。至于说到一些人逢酒即醉或酒后失态,那肯定是失意、郁闷、忧伤、忘情及悲愤所致,要么是感伤的烈度高过酒精,要么是生活的窘迫窄于酒杯,总归是"醉翁之意不在酒""酒不醉人人自醉",心境使其然也。如若知晓"愁肠已断无由醉"的道理,酒精绝对麻醉不了意志坚毅者强大的神经。

人生不过百,常怀千年忧。既然陶渊明先生无限感慨:"寓形宇内复几时,曷不委心任去留",人们又何必总是那么汲汲名利、怨天尤人,谨小慎微、忧谗畏讥!倒不妨丢弃包袱、卸下面具,找回本真、快意人生,不时来点"诗酒趁年华""酌酒以自宽"的小情调,效唐人刘禹锡"今日听君歌一曲,暂凭杯酒长精神"之雅兴,端起酒杯,笑谈人生。生命如斯,岂不快哉!

(原载《北京晚报》2023年5月8日)

漫漶的口味

口腹之欲纯属人之天性，也是人幸福感的一个重要来源。鉴于个体口味的千差万别，许多口福并非人人都能消受，不少人吃什么、不吃什么，经常成为纠缠一生的心结。幸欤？憾欤？的确是个值得玩味的话题。

童稚时期贪甜，可谓无糖不欢，对各种甜食贪多无厌；稍长，开始喜咸，各类菜蔬少盐不香，寡淡无味的婴幼食品再没兴趣。这个年龄段，人的味觉相对单调且纯粹，与思维的单纯相对应，味道的选择总体上也趋于简单，大致会拒绝各种怪味食物。到了由少年向青年过渡的阶段，味蕾发育日渐成熟，人们开始着意追求更多的味觉刺激，乐于尝试更为复杂多样，尤其是略带怪味的口感。有些人闯关成功，单纯的口味渐次漫漶开来，有了更为宽广的食物容纳尺度，从此混乱不挡、胃口大开，成为各类酸、辣、苦、麻和臭味食物的积极拥趸；有些人则尝试失败，从此对诸如略带苦辣酸臭味的食品望而却步，注定了一生与许多美食无缘。

其实，人类对于食物的选择既受所处生存空间的制约，也受个人生理状态和心理因素的影响。特殊的在地资源、气候、环境等自然条件，决定了食物的供给品类和结构，促成了地域族群固有的饮食习惯。排除先天的抑或由某种疾病造成的特殊味觉感受，大部分人饮食口味的选择，都是在长期生活习惯中逐步培育形成的。比如，生活在北方的人们普遍口味偏咸，江浙沪一带更偏向于清淡鲜甜，即便在贪辣的大西南，重庆四川一带喜欢麻辣，而云南贵州的民族地区则嗜好酸辣……如此这般，不一而论。尽管现代社会流通渠道和供给方式发生了巨大改变，但人们的生活习惯仍然十分顽强地延续着。普通食物还好说，它们有着广泛的接受群体，而那些略带怪味的食品被接受与否，则存在巨大的个体差异。

从某种意义上可以说，口味不仅是生理现象，而且还需要心理的深度参与，有时候心理接受要比生理接受来得更加困难。这或许也是许多怪味食品相对小众的诱因。

事实上，只要突破了心理障碍，生理上的接受尺度肯定具有更大的伸缩空间。本人经历的两次尝试苦瓜和臭豆腐留下的痛苦却也难忘的记忆，或许就是最好的佐证。

20世纪80年代中期，单位有位南方籍的老大姐每天带饭来上班。中午和同事一起吃饭,她会非常热情地把当时北方很少见到的苦瓜与大家共同分享。我之前不仅从未吃过苦瓜,而且心里还存有小时候被长辈捏着鼻子灌中药遗留的对苦味浓浓的恐惧感。当半勺苦瓜入口的瞬间,一股如同中药般的苦涩滋味顿时溢满口腔,不仅其苦直冲大脑,而且咽喉立刻有了反胃的液体上涌,我转身跑进洗手间,把吃的东西几乎全部吐光。大姐不但没有与同事一起嘲笑我,反倒一脸认真地开导说,苦瓜味苦性凉,是夏季清热祛暑、益气明目、健脾开胃的最佳食品,不仅要吃,还要多吃,年纪轻轻的小伙子这点苦算得了什么?说完她把饭盒里的苦瓜悉数拨到我的碗里,鼓励我拌着米饭继续吃。这位经历过革命战争洗礼的老前辈既然把吃菜上升到能否吃苦的高度,七尺男儿岂能这般怯懦!众目睽睽之下,我只好鼓足勇气、屏住呼吸,把一口配上米饭的苦瓜硬吞下去。出乎意料的是,这次苦瓜下肚之后,口腔反馈的不再是苦涩,而是略带甜味的清香气息。脑子里好像迅速明白了那个所谓"苦尽甘来"四个字的真切含义。从此,我接受了苦瓜。从最初需加辣、加糖、加醋以祛苦,到后来直接清炒,最后发展到凉拌生吃,苦瓜成了家里一年四季离不开的常备蔬菜。这次对苦味的生理跨越,极大增强了我的味觉耐受力。与此相关的一个重要收获,就是嗜苦成了家常便饭,比如可以尽情享受不加任何牛奶与糖的,所谓意式"一口香"的苦咖啡。

  另一个吃臭豆腐的嗜好,是在皖南山区支教时留下的。20

世纪80年代，山区的生活较为清苦，一帮年轻人会不时相约去城里改善一下伙食。一进屯溪老街，立马有股奇怪的臭味袭来，循味望去，饭店门口有一排张罗着卖臭豆腐的小摊，掩鼻走近细看，大半盒块状豆腐，悉数长着灰茸茸的菌毛。臭了的东西竟敢公开叫卖，我着实被吓了一跳。走进饭店，依然心有余悸，但无法抵挡大家争相要去品尝臭豆腐的热情。上菜后有赞赏的、有摇头的，我属于态度坚决的反对派，宁死不屈。就这样，好几次饭局下来，同事们全部失陷，只有我成为孤立的顽固派。为彻底解决最后的堡垒户，他们使出坏招，派女士端着臭豆腐坐我身边敬酒，连哄带骗让我"入坑"。

美女同事充分施展其特有的巧舌如簧本领，不厌其烦地向我灌输各种有关臭豆腐来源及营养价值的说辞。先讲当年朱元璋做乞丐时，如何因饥饿难耐，捡起别人丢弃的变质豆腐油煎而食，滋味刻骨铭心。后来从戎当了统领，一路凯歌高奏，攻占了安徽，全军即以嗨吃臭豆腐来庆功，从此让臭豆腐扬名天下；又讲，抗日战争时期屯溪属于后方，因为逃难人口众多无法保障食品供济，物以稀为贵，炎热夏日发臭的鳜鱼舍不得扔掉，遂以臭豆腐工艺作参照，试着加辣烹制，未承想不但没有吃坏身体，而且还奇香无比，由此创出一道安徽特色名菜臭鳜鱼；再讲，臭豆腐如何跟酸奶成分接近，含有大量植物性乳酸菌，不仅具有极高的营养价值，而且还有良好的和胃健脾、调节肠道之功——硬是苦口婆心、不依不饶，公然要在大庭广众之下挟持相喂。碍于情面，只好闭着眼睛咬下一小块，虽然开始有点恶心，但咀嚼起来却臭味全无，吞下去也没见反胃表现，平生就此与臭豆腐结缘。而后，臭豆腐、臭鳜鱼、臭苋菜，一概来者不拒，一发而不可收。此事一晃过去了将近40年，吃徽菜的习惯一直保持下来，追忆每年的饮食清单，臭豆腐和臭鳜鱼的身影从未缺席。

两次特殊的餐食经历清晰表明，人的味觉和饮食的选择确乎受着生理和心理双重因素的作用与驱动。尽管人们存在由生存环境造成的饮食习惯和味蕾发育不同阶段形成的口味差异，但人所共有的生物结构决定了这种差异微乎其微。除了一些对特殊气味和食物有过敏反应者之外，大部分人只要敢于冲破自我预设的心理屏障，接受怪味食物的潜在可能还是巨大的。

既然饮食是生命的燃料和原动力，轻易给口福设限岂不可惜！早在马王堆出土的帛书《老子》甲本中就有"五味使人口爽"的记载；《周礼》也有"以五味五谷五药养其病"的说法；《黄帝内经》更有"草生五色，五色之变，不可胜视；草生五味，五味之美，不可胜极。嗜欲不同，各有所通。天食人以五气，地食人以五味"之说；《管子》中亦特别强调："滋味动静，生之养也。好恶喜怒哀乐，生之变也……是故圣人齐滋味而时动静，御正六气之变。"可见，辨五色、食五谷、尝五味、调六气，顺生而养气，皆生命之本，人们没有任何理由不尽最大努力去善待自己。既然辣椒、苦瓜、臭豆腐归于美味，既然榴莲、蝉蛹、飞蝗、毛蛋、豆虫蛹和竹节虫之类的食物别人可食，只要下定决心、拿出勇气，忌食者也不妨大胆尝试一下，说不定尝试本身，就是一次难得的生命体验。

人生既然经常遭遇千辛万苦，被动的生命体验人们都能承受，品尝点自己不那么待见的美味，一定比经受来自自然和社会强加的各种磨难会轻松很多。

尽管美味的定义因人而异，但美味的标准却是变动不居的。少不更事的年月，人们年少不识愁滋味，经历过人生的风雨和世事的沧桑之后，五味杂陈的酸甜苦辣吞咽多了，浓浓的苦涩滋味便会弥散到心灵深处。沉痛的挫折和教训，既让我们变得聪明，也教会了我们隐忍、抗争、收敛和自我调适。

一个人跌跌撞撞地一路走来，慢慢也就如此这般、理所当然地成熟起来。当年视为畏途、难以入口的苦瓜、麻辣和臭豆腐之类，比之人生的苦痛简直不值一提。正像《红灯记》里李玉和被叛徒出卖后遭日寇抓捕，李奶奶以酒为儿子壮行时，李玉和留下一句名言："有您这碗酒垫底，什么样的酒我全能对付！"当生活的苦酒一饮再饮过后，回头以此为基奠，使出抗拒生命苦难的勇气再去品尝各种异味食物，肯定感觉今天的味道早已不再像过往那么辣、那么苦、那么臭了。是味觉已迟钝？还是心理更强大？抑或二者皆有。

此时此刻，漫漶的口味告诉你，味觉上酸甜苦辣咸，已经不再是昔日单向的生理感觉，而是倾向于更为复杂的心理感受。

因为多彩的人生曾经这样昭示过：被生活一再淘洗且遍体鳞伤的你，笑的时候未必高兴，也许是无奈；点头称是的时候未必是赞赏，也许是客套；痛的瞬间未必受伤，也许是心动；怒的发泄不一定是仇恨，也许是释放；哭出来的看似泪水，实际更可能是发自内心的情感波动。谁能说，这口中的滋味，心中的意味，不是源自人生况味的心理投射？

（原载《工人日报》2023年3月19日）

家乡的糊粥

粥，在全国各地，或许都是作为大米、小米和玉米面之类食物所熬制稀饭的通称；唯独在山东济宁，粥是个独一无二的专有名词，只为由豆浆和小米浆糊混合熬成的一种液体汤食所独享。

济宁位于京杭大运河的中段，是河道由江南水乡进入北方平原地带的航运枢纽，唐朝开始成为北方繁华都市，李白曾迁居此地20多年，元代开始作为运河衙门的驻扎地，明清时代发展为融南北经济、社会、文化和饮食于一体的北方重镇。

鉴于运河大码头频繁的物流、商贸和人员往来，各种商品、食宿供应自然丰富而充足，素有北国小江南之美誉。尽管运河作为南北水上运输大通道的功能日渐式微，但市民的生活习惯却非常顽强地延续了下来。仅就早餐而言，当地很少有人在家做早饭，遍布全城各个角落、熙熙攘攘、特色鲜明的早餐铺，堪称城市的一大风景：糁、羊汤、胡辣汤、丸子汤、咸糊涂以及油条、馓子、菜合、缸贴、壮馍、夹饼、生煎包之类的饮食应有尽有。而粥，就是其中流传最广、接受度最高且最具特色的早餐食品。

粥的用料十分平常，主要是大豆与小米，而熬制的工艺却非常复杂，属于典型的粗粮细做方式。大致是将黄豆和小米按照2∶1的比例，分别浸泡三四个小时，然后上磨逐一磨成水浆并过滤，熬制时先将大铁锅烧热，取少量豆浆在锅底炝出豆香，然后把剩余豆浆倒入锅中，大火烧开后撇出泡沫，待豆腥味消失后再把小米浆水倒入豆浆锅里混煮，大火烧开一刻钟左右转小火慢熬，整个过程约两个时辰。其间要不停顿地用勺子按顺时针方向在锅内搅拌，以免煳锅，直至熬到浓稠似岩浆状，且发出淡淡的糊香时方可出锅。

成品的粥呈淡黄色，形状若豆腐脑一般，混合着豆米交融的浓浓香味，入口滑顺，唇齿盈香。盛碗时，粥可以高出碗沿而不流淌，能让汤类食物在碗中"冒尖"者，唯此无它。因其稠而保温，无形造就了一个"心急喝不了热糊涂"的民间谚语。喝粥的常客从来不用勺子，而是用嘴沿碗边转着圈喝，目的在于避免烫嘴，通常喝到最后每一口都是热的。即便是寒冬腊月，冷风入骨，室外摊铺里的粥依然滚烫，故而成为普通百姓冬季祛寒的首选餐饮。

济宁的粥，浓而不黏，稠而爽口，一碗粥喝完，碗上一丝不沾，干净如洗，属百姓早餐必备，进而成为典型的特色小吃。有人戏称：郑板桥的著名手书"难得糊涂"，就是当年路过济宁地界喝粥之后留下的赞语，如此之演义，无非意在强调粥之滋味的神奇。唯其闻名，初到济宁的外地人都会踊跃品尝，或感于锅底留存的些许煳味，故以"糊粥"称之，当地人也不争辩，反倒渐渐演变成有别于其他粮食作物熬制的液体汤食的专有称谓。

"糊粥"是物美价廉的大众化食品，经营的理念是薄利多销，粥店赚的是辛苦钱。因为粥的熬制费工费时，所以大部分经营者只能供应早餐。截至目前，绝大多数粥铺基本上都是路边小店，极少有悬挂粥铺的大饭店。据母亲回忆，在父亲去水产公司工作前，家里一贫如洗，祖母就带着全家开过粥铺。买粥成本较低，利润靠的就是工夫和力气。祖母熬粥有绝招，小米事先上锅炒焦，熬出的粥有一股特殊香味，所以格外受到食客欢迎。母亲说，熬粥要头天晚上泡上豆子和小米，深夜三更起床推磨磨浆，为节省成本，豆渣和米渣要反复研磨、反复过滤，熬制过程又要一刻不停地搅拌，经常困得睁不开眼睛。天亮之前要出摊，为的是赶上第一批早起的顾客。自己没钱做主食，父亲就去别人家的早点铺赊些油条和大饼，卖完后再去结账。有时碰到意外情况生意不好，赊来的早点必须沿街叫卖，因为小本买卖一点也亏损不起。每每说到此处，老人总是面容戚然，泪水在眼眶里打转。

当下，机械化程度越来越高，做粥既不用推磨，也不再烧各种植物秸秆和劈柴，一律半自动化操作。有的商家为了省事，干脆直接用豆面和米面来熬粥，由于粮食在机磨过程中温度过高，用不经泡发的豆米面来熬制，豆米的原味会大量流失，所以熬出的粥淡而乏味。是故，懂行的人喝粥经常会舍近求远，穿过一条又一条的马路去寻找心仪的粥铺。另外，一些青年人不满足当年简易饮食的吃法，经常在固有的配餐主食如油条、馓子、生煎包和豆腐丝之外，再往碗里添加许多卤制的牛羊肉，借以彰显超越温饱水平的富裕豪横。这类时髦，本人曾经尝试过一次，吃后完全无感，反倒把喝粥的胃口破坏殆尽。

幼年的舌尖记忆可能影响终身，所以，我们总会怀念过去老粥铺那种挥之不去的口感。为了重新捡拾童年的口味记忆，有一天，家人团聚，我们特意动员母亲亲自上阵，重操旧业，为自家做一次原汁原味的粥。在老人的指挥之下，我们按老规矩泡发大豆和小米原粮，只是改用打浆机磨浆，其他都严格按传统方式把握火候，依固有步骤操控流程，终于成功地熬出一锅色香味俱佳的糊粥，不出所料地找回了曾经的口感和味觉。看着忙碌大半天的劳动成果，大家兴奋异常，一点也舍不得剩下，把一锅粥喝了个精光，撑得省了一顿午饭。

老人坐在一旁一边看着大家狼吞虎咽，一边抿嘴偷乐，嘴里一直不无得意地唠叨着：不就是一碗粥嘛，哪至于！

（原载《工人日报》2022年6月26日）

喝羊汤

"走,喝羊汤去!"这是在山东老家,亲戚、朋友和家人经常相互邀约,一起到外面吃便饭的口头禅。

有人专门做过考证,在鲁南地区,有文字记载的煮羊肉汤的历史超过200年。在济宁、枣庄、临沂、菏泽、泰安等地,都把羊汤作为地方名吃。其中,叫得最响的是单县羊肉汤,因以"汤"而入中华名食谱的荣耀,被当地人称为"中华第一汤"。鲁南各地开设的羊汤馆基本以路边小店为主,除了相当一部分打"单县"的招牌外,大多数店铺名号用自家姓氏或在地称谓来命名。羊汤馆一年四季开着,一日三餐随时有饭菜供应(除羊汤外,菜品只有羊肉、羊杂与凉拌菜之类,极少有热炒),属于大众普遍可以接受的经济型快餐。

多年来,我心中一直有个疑问,为什么在一个并不是规模化养羊的地区，却以羊汤作为民间美食？后来到了内蒙古、新疆、青海、宁夏等地一对照方才明白，"喝羊汤"的最大关节点，恰恰在于缺羊。鲁南地区要么丘陵，要么湖泊，羊群很难大规模饲养，不具备草原羊产地那种大块吃肉的客观条件。一家一户养几只小羊，两三年才能长大，宰掉吃肉两顿即光；若是改为煮羊肉汤，一家人半个月都有荤菜享用。由此扩展至社会层面，充分发挥羊肉味浓性温的特点，化肉为汤，自然成就了"以少胜多"的大众化餐饮。

把稀缺的食材做成大众美食，靠的就是匠心独具地让羊肉功能放大的效应，粗放的操作不可能达到。正宗的羊汤在选材、烧火、添水、放肉、配料方面都十分考究。肉要挑选鲁南当地的青山羊，个头小、生长慢、肉瓷实，熬汤后香味浓郁。宰过的羊剔骨后，须清水浸泡半日，中间换水，确保肉中余血悉数浸出。清水加老汤入锅后点火，水响时投进用刀背敲断的骨架和切成斤半左右的肉块，接着用急火烧开，顶出脏气和血沫后再添够足量的热水，待开锅再次撇去血沫，大火猛煮半小时改中火炖煮，按一定比例加入姜块、葱段和花椒、白芷、小茴、黄芪、防风、丁香、草果、干辣椒、白胡椒粒等各种佐料，尔后改为小火慢炖，适时加盐，肉熟后提前捞出，晾凉放冰箱速冻半个时辰拿出来，趁半冻状态切成薄片备用，剩余骨架继续熬制两三个小时方可最终出锅。

纯正的羊汤呈白色乳状，鲜而不膻，浓而不腻，香醇可口，功夫全在配料和火候的掌握之上。主要是水量的多少，火候的大小，佐料的筛选，等等。水多了，熬出来的汤汁不浓，水少了，卖不出碗数；火小了，水油分离，汤色寡淡，火太急则味道不厚，同样熬不出理想效果；佐料少了，羊肉的腥膻难除，如果加了八角、桂皮、酱油之类，不仅汤色变黑，而且羊肉鲜味尽失；熬制过程须先猛后慢，羊汤始终处于沸腾状态，直到羊肉、骨髓、蹄髈、羊脑和羊油中丰富的胶原蛋白与沸水达到水乳交融的程度，熬出又白又浓的汤汁才算合格。

每天清晨，是羊汤馆最热闹的时刻。寅时开煮的羊汤，此时已在空气中弥漫着扑鼻的鲜香，门口等待的顾客早就排起长龙。汤馆掌柜扎上围裙，把灶台上一摞摞的大碗依次取出，加些许薄如硬币的肉片和芫荽、葱蒜末后逐一添汤，一整天流水线式的生意就此开张。

羊汤价格以肉量的多少来确定，配汤的主食是大饼或锅盔，顾客可根据自身需求购买主食和羊肉，汤可以随时添加，不另收费。羊汤因其汤鲜味美、香飘四季，故而成为老少皆宜、备受欢迎的大众食品。过去，干力气活的青壮劳力可以自带干粮，买一碗最便宜的羊汤，图的是以汤泡馍，直至吃饱喝足为止。能把单调的饮食吃出浓郁的肉香，估计这就是羊汤馆始终受到普通顾客青睐的重要原因。

需求决定供给。巨大潜在的客户群，造就了羊汤馆一年四季的生意兴隆。从常规分析，羊汤味甘性温，对于地处温带内陆性气候的鲁南而言，当属适宜秋冬季节温中散寒的滋养食物，春夏季食用则易于生热上火。但生活方式可以改变人体对食物的适应能力，羊汤馆四季不歇就是习惯成自然的最佳诠释。尤其是吃"伏羊"的习俗更说明问题。所谓"伏羊"，就是把喝羊汤视作入伏的一种庆祝仪式。为凸显其历史依据，人们不惜搬出《汉书》中的"伏日，诏赐从官肉"作证，强调自汉代开始，皇帝就在入伏时节与大臣们共享羊肉。不仅宫廷，民间也如是炮制，"田家作苦，岁时伏腊，烹羊炮羔，斗酒自劳"，以此表明，伏天食羊合情合理、自古皆然，这恰与以热制热、排汗解毒的中医学理论不谋而合。一碗热气腾腾的羊汤下肚，淋漓的汗水有利于祛除冬春两季积于体内的湿气，进而把喝羊汤纳入夏日食疗的范畴。

其实，在生活贫寒的岁月，羊汤即使便宜也归属上档次的肉类饮食，平民百姓大多没有经常消费的财力，因此，喝羊汤亦是不可多得的口福。孩提时代，羊汤通常作为节庆日或者考试成绩优秀时，家长给予的特别嘉奖。这难得一遇的可以让人大快朵颐的犒赏，足以给那个时代过来的孩子留下终生难忘的味觉记忆。以至于离家经年、品尝过世间诸多美食之后，羊汤依然是游子念念不忘的家乡美味。每逢外地出差偶见羊汤招牌，总是忍不住进去品尝，结果每每大失所望，从未喝出过童年的味道。

或许因为童年那种说不清道不明的羊汤味道总是挂在嘴边，

内人受这种反复渲染的鼓动,头一次回婆家即提出喝羊汤的要求。为显示庄重,我特意选了一家著名老店。出乎意料,学医的夫人一看羊汤锅台上那斑驳的油渍,忧其卫生状态欠佳,立马转身就走。我只好第二天改用饭盒打回家来,告诉她是卫生条件极好的另一家羊汤(其实未换门店),品尝后,果然赞赏有加。其实这家是从我记事时就存在的老字号店铺,据说有上百年的老汤传续的历史,确实堪称本地羊汤的头牌。因为传统的熬汤灶台都是由石灰水泥砌成的,由于羊油黏腻难洗,容易给人造成油渍斑斑的错觉。实际上,由回族同胞开设的清真羊汤馆通常都格外注重食品清洁,他们清洗消毒的程序一丝不苟,从未发生过任何饮食安全问题。不知这样的解释夫人能接受多少,但她对羊汤的好感从此确立。每年冬季,我们家总会煮上几锅羊汤,聊补对家乡美食的渴望。

在生活普遍富裕的当下,羊汤早已成为普通百姓随时可以消费的日常饮食。大家隔三岔五、成群结队地去喝羊汤,已成为类似广东人吃早茶一样的生活方式。店铺虽然越开越多,但生意却一个比着一个红火,而且还有不断向外扩张的势头。

前不久,那个码字的老朋友陈建功不知受谁蛊惑,竟然老夫聊发少年狂,决定自驾去山东喝一回羊汤。临行前咨询我,何处才有羊汤的品牌老店?本人坚定不移地告诉他,羊汤纯属民间小吃,无须察看门脸辉煌与否,只要见到人头攒动的门店,即便是路边的"苍蝇小店",也可勇敢地进去,肯定不会让人失望。同时叮嘱：喝羊汤时，务必添加半勺羊油烹制的辣椒，这是本地喝羊汤的标配！如此这般实地体验之后，这位以美食家著称的老兄高度评价了羊油辣子对于羊汤口感高度提升的特殊功效，感觉找到了激活羊汤鲜香沁人的奥秘，意犹未尽之余，与我相约择机再去鲁南喝一回羊汤。

（原载《光明日报》2022年9月30日）

甏肉干饭

米饭搭配猪肉类菜品是家家户户最常见的普通饮食。然而，把米饭配肉作为一道地方名吃，将五颜六色的"甏肉干饭"招牌悬挂于大街小巷，进而成为城市一景，确是山东济宁的一大特色。

所谓甏肉，顾名思义，就是以甏作灶具炖煮猪肉的称谓。甏，是一种口小腹大的陶制品，也是当地百姓用来贮存米面或者腌制咸菜的常备器皿。为何要用甏烹制猪肉呢？地方史志中没有找到明确记载，询问过有关民俗学家和甏肉老店的大师傅，答案也不尽相同。一种说法是，把甏当砂罐使用，因为陶器制作工艺简单，器型虽粗糙，却瓷实耐高温，尤其是在以干柴燃料为主的年代，更易于发挥陶器慢火入味的效能，让烹制的肉食馥郁醇香；另一种说法是，为满足小本经营者走街串巷叫卖的方便，以甏作盛肉的容器能够长时间保温，一根扁担的两头，分别挑着甏肉和米饭，确保顾客随时吃得上热腾腾的饭菜；还有一种是民间传说，讲的是大宋年间，随着水泊梁山的声势渐涨，各路英雄豪杰纷纷投奔而来，为解决人多锅小的饮食难题，厨房伙夫无奈之下用腌咸菜的大甏充当炊具，将甏置于灶坑之上，把切成方形厚片的猪肉投放甏中，添老汤、配佐料，细火慢炖、汤浓肉香。虽系司空见惯的平常食材，却能烹出别具一格的独特口感，真切诱发出众多绿林好汉大块吃肉、大口喝酒的滚滚豪情。后来这种烹制方式传至民间，逐渐演变成一种地域性的风味美食。

山珍海味被推崇，在于资源的稀缺，靠着物以稀为贵把自身抬上了食物链的高端；而大众化美食受欢迎则反其道而行之，走的是另一条食材普通、味道独特而又物美价廉的低端路线。尤其值得一提的是，历史上北方不产水稻，赖于京杭大运河南粮北运的便利，方有少量大米流入运河沿岸，十分金贵的米饭只有佐以当地最具知名度的甏肉，才能称得上天作绝配，再浇上两勺汤淳味厚、咸香适度的甏肉汤汁，米香与肉香交相辉映、浑然一体，岂能不逗人馋涎欲滴？久而久之，由饕餮食客大快朵颐的美味佳肴，慢慢也就演变为普通百姓的名牌小吃。

传统美食之所以能延续千年，靠的是烹饪的独门绝技和一代代食客们的味蕾加持。甏肉的赓传，同样离不开它特殊的烹制器皿和精致的工艺流程。做甏肉，首先要选肥瘦适度的五花肉作原料，切成大约10厘米长、3厘米宽的肉块，焯水去血沫后捞出，以线捆扎，防止煮熟之后散溢。热锅放油，投花椒、桂皮、八角、肉蔻、白芷、草果、砂仁等佐料，炒出香味后再加黄面酱炸出酱香，把捆绑好的五花肉入锅翻炒，待有肉酱交融的香气溢出，再依次投入酱油、料酒、糖以及葱段、生姜、良姜和辣椒皮等佐料混炒，等肉入味变色后加水，猛火烧开一刻钟，用大马勺连汤加肉一起转移至有老汤翻滚的甏中，改微火慢炖两小时左右即可出锅。

新出锅的甏肉红白相间、色泽红韵，质地软嫩、肉香扑鼻，肥而不腻、烂而不糜、入口即化、唇齿留香。与甏肉搭配的干饭，绝不能用普通的大锅蒸米饭，必须精选上等的优质新米，按份单碗上笼屉蒸煮。一个"干"字表明蒸熟的米饭不能太软，以米粒饱满晶莹且稍微偏硬为宜，确保在浇上卤汁后依然能够嚼出米香。肥瘦相间的大块甏肉配上浸透汤汁的筋道米饭，形成甏肉干饭别具一格的独特口感，进而成为大众尤其是体力劳动者借以解馋的首选佳品。

当然，在物资匮乏的年代，甏肉当属平时难见的高档食品，并非普通百姓想吃就能消费得起的美食。那个以写词闻名的济宁乡党乔羽乔老爷，耄耋之年说起童年往事，总会对当年吃不起甏肉干饭而唏嘘不已。鄙人小时候同样也将甏肉干饭视为稀罕之物。记得初中时节，有次参加学校组织的忆苦思甜教育活动，饥肠辘辘的中午走过一家甏肉馆，奔溢的肉香令人难以挪步，可翻遍所有的衣兜也凑不够买一份甏肉的六角钱，只好吞下口水恋恋不舍地惶惶离开，内心的渴望经久难去。放寒假时，我在家居南阳湖农场的叔叔家依然念叨此事，两个长辈听后哈哈大笑。正巧赶上农场宰杀自养猪，不收肉票，于是叔叔就买来一大块五花肉亲自加工，虽没有专卖店的口味地道，却也鲜香诱人，半碗米饭添上两勺膘肉吃了个精光。不料用力过猛，一下子给撑着了，感觉喉咙里不时往外冒油，致使很长一段时间，看到肥肉就反胃。这毛病一直延续到上高中时住校，吃了一个学期的不见油腥的水煮萝卜白菜，再看见肉食则眼睛发绿，才算给根治过来。

类似状况，直到20世纪80年代后才有了根本改观。目下，社会早已告别了副食短缺的时代，老百姓餐桌上每天都有荤菜，甏肉干饭早不再是什么稀罕食物，餐馆开遍城市各个角落。然而，由于饮食结构的快速改变，大块吃肉的习俗早已变为历史，高油脂类的食品正在成为人们有意识远离的餐饮对象。所以，为了更好地适应现代人的饮食习惯，许多悬挂甏肉干饭的餐馆也不断改变原有的单一品种，选择以甏肉为主打的多种经营模式。由于肉块在不断有意识地缩小，过去甏肉锅里作为辅料添加的那些豆腐、鸡蛋、面筋泡、豆腐皮、海带卷和用油皮卷制的卷尖、面筋包制的肉丸之类的食物，现在经常达到与甏肉平分秋色的地步。另外，门店还要专门配制各色用以消解油腻的素菜冷盘。这样，既能借助老汤丰富醇厚的口感，令附加菜品更具特色，又注重荤素搭配，让营养成分更加均衡。同时，鉴于燃料已统一使用天然气，且餐厅营销量日益增长，陶甏灶具也逐渐被铁锅或特制的不锈钢锅所替代，以利烹制和清洗的方便与卫生，但工艺流程不仅丝毫不减，而且还更加讲究膳食科学。传续千年的老口味，依然故我地成为市井百姓难以割舍的美食享受。

作为一个离开家乡40多年的游子，每每忆起故乡美食，总不忘甏肉干饭散发的独有醇香。每次探亲回家，总是经不住舌尖诱惑，很快把血脂临界的医嘱抛出九霄云外，奋勇且忘情地饱餐一顿甏肉干饭，借以找寻并补偿饥荒年月留给自己的口福之憾。

（原载《工人日报》2022年7月31日）

辣子鸡

辣子鸡在四川、重庆、贵州、云南和山东等地都颇负盛名，总被清晰无误地标记在各地菜单特色名菜一栏里，拥趸的食客估计是个天文数字。然而，到底哪里才是辣子鸡的正宗产地？似乎从来没谁认真追溯过。好在大家相安无事，从未发生过任何产权归属的纠纷。

客观评判，目前市面上叫得最响的，当属川味辣子鸡。这主要得益于川菜的广为流布。因为川菜用料宽泛、口味独特、丰俭适中、物美价廉，大众化接受程度较高，故而让辣子鸡成了各地川菜馆的招牌菜品。川味辣子鸡，因歌乐山的做法最能凸显重庆人的饮食习惯，所以重庆人更愿意称之为歌乐山辣子鸡。贵州辣子鸡的做法与重庆接近，其所谓独一无二的口感，无非是去掉麻味之后加了特制的糍粑辣椒，把辣放到了更为突出的位置，用糯香的辣味吊足了吃货的胃口。云南的沾益辣子鸡，则是在贵州辣子鸡的基础上，加了少数民族泡制的酸味辣菜蔬翻炒出来，以酸辣见长，因为人家配方保密，这只能算是我们的"哥德巴赫猜想"，说错了理应免责。

而山东的辣子鸡，则是另一番景象。与西南地区重在凸显各自辣味的独特全然不同，山东辣子鸡的词汇属于典型的偏正词组结构，重点在鸡，最终落脚到具有辣味的炒鸡身上。山东辣子鸡食材挑选十分考究，通常选择生长期在一年左右的家养笨鸡，绝对不能用鸡场出栏的肉鸡；做法上，与川味辣子鸡事先腌制鸡丁、然后下锅油炸不同，山东辣子鸡要用新鲜生鸡，整鸡剁块、连头带爪一起下锅爆炒；配鸡块的辣椒不是川菜的红干辣椒，而是采用新鲜的青尖椒（根据口味需要，也可适度增加柿子椒或小米椒），放少许的干辣椒也只起色彩搭配的作用；在味道效果追求上，山东菜不太在乎辣味的强度，更在乎炒出鸡的鲜辣香味。如果炒鸡的鲜辣香味出不来，废话少说，这道菜就算彻底搞砸了。

在我25岁之前的记忆里，川味辣子鸡只是个美丽传说，不仅没吃过，连见也没见到过。在我本能的想象中，天下的辣子鸡理当如出一辙。第一次亲眼看到川味辣子鸡的实物，是20世纪80年代的中期。那时候工资不高，下饭馆无非就是吃碗面条或者肉盖饭之类的快餐，如果能点个冷盘，配瓶啤酒，就算是高标准消费了。有一次中学好友来京，我鼓足勇气破费款待，心怀忐忑地走进单位附近的四川饭店,菜单一来,最先点了个自己熟悉的辣子鸡。不料菜一上桌,大惊失色,红彤彤的一盘辣椒端上来,只见辣椒不见鸡,翻来翻去,不大点的若干鸡丁,沉浮于辣椒和花椒的海洋之中。这算是第一次长了见识,知道了天下还有如此这般的辣子鸡。尽管菜量明显不足,但对从未吃过的满盘焦脆的麻辣配料,还是极为赞赏。那时候,社会上尚不时兴打包,感觉如此美味倒掉可惜,于是就询问服务员可否带走,得到满意的答复后,高兴地把剩余的配料悉数装兜。回家后尝试用豆浆机粉碎,废物得以合理利用,吃了大约小半年的麻辣调料。这事一晃过去了几十年,当时的情境依然历历在目。

说实话,尽管自己也非常喜欢麻辣味道,但出于强烈的家乡观念和少年时代的味觉记忆,内心还是更倾向于山东口味的辣子鸡。在云贵川三省,辣子鸡或许就是一道极为平常的家常菜;而在山东,辣子鸡却是一道标准的硬菜。婚宴上更是巧取鸡字的谐音和干椒的色彩,寄寓了红红火火、大吉大利的美好祝福,有它上桌表明宴席已够档次。更兼一年左右的家养笨鸡,价格比肉鸡贵一倍不止,而且每道菜基本上都是一只整鸡的量,满满一大盘,足够两个男士吃到撑,故而它在鲁西南菜系里占有十分重要的位置。

由于山东辣子鸡重在吃鸡,所以,整个选料和烹制的过程都必须十分讲究、格外精心。比如说,仔鸡通常要现吃现宰,保证鲜活肥嫩，一般情况下绝对不会使用冻品；各种新鲜的青红辣椒、葱姜蒜、花椒大料、料酒黄酱、酱油醋和香油之类的佐料必须齐备，保证生鸡出锅不留任何腥气；整鸡剁块后要洗去血水或用开水焯一道沥干；用热油将花椒、大料炒香，再放入鸡块猛火爆炒，待鸡肉变色后加葱、姜和干辣椒继续爆炒，稍后顺锅边滑入料酒和少许醋（料酒和醋有收敛、降辣、脱骨之效）；翻炒三分钟左右改中火，加黄豆酱将鸡块均匀包裹后，再依次投放酱油和盐；炒至九成熟时倒入青红尖椒混炒，适量加水后，大火烹炖两分钟即成；起锅前投放蒜片，翻炒两下马上出锅，讲究些的还要在装盘时，撒上一撮香菜、淋上几滴香油用以提鲜。这样炒出的辣子鸡，把生鸡的肉鲜与辣椒的清香相互激发与吸纳，经猛火热油的强烈催化，综合各种味道而最终呈现的浓郁的鲜香辣味，顿时溢满在场的全部空间。加之色彩搭配的鲜亮抢眼，未及动筷，扑鼻而来的香气，已令人垂涎欲滴。仔鸡全程爆炒的做法，保证了肉质细嫩而又颇富嚼劲，醇厚鲜辣但辣而不燥，滋味饱满且又辣香爽口，让人食欲大开、欲罢不能，餐后依然会唇齿留香、回味良久。通常，饭桌上这道菜很少有剩菜留下。但凡吃过山东辣子鸡的人，深刻的味觉记忆一般很难被大脑删除。

山东流行吃辣子鸡的地区主要在鲁西南，尤以枣庄、济宁和临沂为盛。烹制方法虽大致相似，却也略有差异。济宁因有玉堂酱园的调味优势，辣子鸡要加黄酱烹制；临沂山区盛产土豆，鸡里经常烩入土豆片，这些做法在枣庄辣子鸡里好像不大见到。三地均把这道菜作为地方名吃推广，菜单上的地域冠名权似乎也各不相让。有一次去枣庄出差，饭桌上聊起此事，作为济宁乡党的本人当然会讲济宁的辣子鸡正宗，枣庄的朋友并不反驳，只是微微一笑，然后十分郑重地告诉我：早在2016年，枣庄已经成功申报了"中国辣子鸡之乡"，板上钉钉，无须争辩。同时，还有根有据地讲起相关故事，说是清朝末年，枣庄所辖临城有一徐姓宫中御厨，晚年告老回乡开了一家饭馆，根据自己多年御厨心得创制出"辣子鸡"菜品，每日高朋满座、座无虚席，令食客流连忘返，号称"鸡香飘十里，客坐十里外"。直到如今，枣庄依然流行两句著名笑谈：一是没有一只鸡能活着离开枣庄；二是世上有一半的鸡是被枣庄人吃掉的。借此表明，枣庄才是真正的辣子鸡故乡。

饭桌趣谈，未置可否，大家也就一笑了之。岂料枣庄朋友却十分认真。今年春节，突然收到一件来自枣庄的快递，打开一看，纸箱内有两个真空包装的辣子鸡礼袋。开始并没太在意，因为，这些年真空包装食品大多高压烹制，为保质期考虑，口感基本上酥烂且毫无原味。忽一日，外出归迟，现做饭有点来不及，于是想起朋友相赠的辣子鸡。上锅一热，大大超乎意料，除了青椒略失翠色之外，原汁原味、鲜香四溢，浓烈的家乡味道瞬间唤醒了沉睡的味觉记忆。未等主食上桌就急不可待地大快朵颐，直吃得满头大汗，痛呼过瘾。其贪嘴饕餮之状，令家人侧目称奇。毫不夸张地说，节前疫情放开后，居家憋屈太久的亲朋好友报复性聚餐，节日期间山珍海味吃了不少，回头想来基本无感，唯有来自家乡的辣子鸡，留下了与众不同、最为深刻的印象。

由此漫想，世间的食材或许差别甚微，各国烹饪手段也不过就是烹、煎、蒸、煮。唯中餐多出一个"炒"字，靠食材的匠心匹配和火候的精准把控，把同样的原料捣鼓出截然不同的风味与情调，以其妙手天成、花样迭出、色香味俱佳的优良品质吊足世人胃口，赢得广泛声誉。中国人变化无穷的口福享受，无法不令人对博大精深的饮食文化发出一声由衷赞叹！

（原载《中国妇女报》2023年3月23日）

醋熘肉丝

不知是因为困难时期好东西吃得太少,抑或幼年饮食习惯培植的特殊味蕾,在走南闯北大半生、品尝过各种山珍海味之后,仍然念兹在兹的还是山东济宁老家的醋熘肉丝。

童年记忆里,百姓婚丧嫁娶的喜忧大事总要摆上几桌宴席。经济拮据的岁月,谁家都不那么富裕,进饭店设宴似乎过于破费,几乎都是找个比较宽阔的公共场所,搭一大棚,请来专门料理这类事务的厨师团队,支炉盘灶,现场操作,用来宴请亲朋好友。宴席不论丰俭,有几道湖乡特有的菜品,像醋熘肉丝、糖醋鲤鱼、汪虾仁之类总是不可或缺的。尤其是醋熘肉丝的刀工和口感,经常成为客人评价厨师技艺高低的重要参照物。如若肉丝粗细不匀、口味不佳,宾客纷纷表达不满,那么,这个厨师团队从此会丢掉方圆十里八乡的一大串生意。

炒肉丝因其食材普通易选，且几乎可以同所有蔬菜搭配，故而成为人们日常生活中最常见的菜品。生活窘迫时，肉类食物紧张，切肉成丝，易于在满盘菜蔬中突出肉的存在；物质过度充裕时，以肉为丝，纤维类蔬菜做主角，反过来便于减少脂肪与蛋白的摄入，有益于体态丰满的人们减肥，所以肉丝照样风行。尽管当下许多高档宴会很难再找到炒肉丝的身影，但在大众饮食的菜单里，像京酱肉丝、鱼香肉丝、酸菜肉丝、青椒肉丝之类，仍然是各家宾馆饭店必备的家常菜肴。品类多样的炒肉丝因其配料与做工的差异所呈现出的缤纷口味，以及荤素搭配、物美价廉、老少皆宜的固有品格，一如既往地受到平民百姓的普遍青睐与欢迎。

与各地肉丝做法同中见异，老家的醋熘肉丝确乎别具一格。尽管配料亦极为平常，无非就是精肉、豆芽、芹菜、干辣椒以及相关佐料，其鲜明的特色主要还在原料的精心搭配与炒制的工艺上。做法大致是：先将里脊或五花肉切丝，加少许料酒、生抽，拌入蛋清和淀粉抓匀，腌制十分钟；将豆芽掐头去尾、芹菜剖梗切寸段，下锅焯水，捞出放进冷水中激一下（防止菜蔬焯得过熟），然后沥干。进入炒制程序，当炒锅中油温五成热时，投入肉丝炒至棕黄色，盛出备用；锅中留底油，中火将花椒、干辣椒丝、葱姜丝、蒜末爆香后，添少许黄酱、老抽，炒出香味，再放入芹菜、豆芽和过油肉丝，大火翻炒半分钟，加入适量的盐、糖和足量的醋，爆炒入味后立马出锅。一道酸味浓郁、香辣扑鼻的醋熘肉丝即宣告成功。

这样炒制出来的醋熘肉丝，将芹菜的绿、豆芽的白、干辣椒的红与肉丝的酱黄色有机搭配，色彩斑斓多姿，在满桌的菜肴中显得分外抢眼；更兼全程大火爆炒，既能保持过油肉丝的滑嫩筋道，又能保留豆芽和芹菜的清脆爽口，再加上各种佐料与肉菜相互激发而产生的混合鲜香，让它在众多大众化菜品中独树一帜。尽管选料平淡无奇，但因组合精心，堪称一道真正意义上色香味俱全的美味佳肴，瞄一眼就有馋涎欲滴之感。这道醋熘肉丝，可下饭、可佐酒，更适合卷饼，它把豆芽的甘爽、芹菜的清洌和肉丝的醇香巧妙地交织在一起，形成特有的清香馥郁、微辣酸爽的丰富口感，只要亲口尝过，定会留下经久难忘的印象。

离家40多年，每每想起故乡，除了亲情的惦念，总也忘不掉老家的美食。虽曾多次现场观摩，也请教过大厨老师，思乡之际，自己在家反复尝试过醋熘肉丝的烹制。尽管程序完全一致，但没有一次达到心目中的理想效果，估计是火候掌控水平不到位，口味总觉得差了那么几成。所以，只要回乡探亲，醋熘肉丝总在必食之列。每当亲友相聚，大都晓得本人饮食癖好，拿起菜单，经常不约而同地首先点上一道醋熘肉丝，以解归来游子的味觉乡愁。最为可笑的是，每每饭后，至亲好友似乎怕我解馋不够，总不忘盯着将醋熘肉丝打包，虽然盛情难却，但也略显尴尬，心中总不免泛起一丝叫花子般接受"施舍"的醋意。可回头一想，谁让自己老把馋这一口儿挂在嘴边的呢？遭此窘境，岂不也是自作自受！

（原载《新民晚报》2024年1月18日）

添油加醋

前不久，为《新民晚报》写了一则介绍家乡醋熘肉丝的短文，不想引发圈内友人的集体围观，好事的"吃货们"甚至声言要结队去济宁品尝，无意中让自己额外欠下一桩潜在的招待义务。

本来，这事热闹一阵也就烟消云散了。岂料春节回乡，在一次同学聚会的饭桌上，这则小文再次被大家提起，饭局组织者特地把醋熘肉丝点作聚餐的第一道菜品，算是对本人传播家乡美食的特别奖赏。就在大家争相褒奖的同时，一位默默坐在饭桌一端的餐饮界同学突然发话：云德的文章我看过，一直没吭声，今天也想借机讲两句。客观上，文中所写基本是准确的，大伙的附议也在理，但文章有一大缺陷，就是只写了菜品的皮毛，没抓住问题本质。关于醋熘肉丝的选材、配料、刀工等属于基本常识，烹炒时除了火候不易把控之外，还有两个最为关键的环节，就是添油与加醋，文中却没有深入涉及。第一，炒菜添油前必须先热锅，食油沸点低、吸热快，若是冷锅添油，油热了，锅还没有醒透，这时再把大量冷菜一股脑地倒进去，温吞吞的一锅菜，神仙下厨也炒不香！第二，醋的加法不是一次也不是最后一次性加足，炒醋熘肉丝必须两次加醋。首先要在热油爆过葱姜、花椒和黄酱后加醋，把醋香炒出来，这样既可防止芹菜和豆芽炒过火候，又能促成菜对醋的充分吸收，利于增强醋香的浓度；菜炒毕，起锅前还要再次沿锅边淋些醋，这叫"锅边醋"，目的是为肉丝进一步提鲜。有了这两道工序，肉丝的醋味就有了丰富的层次感。不信各位回去试试，这样炒出来的醋熘肉丝肯定大不一样。

大厨的话音未落，坐在我身边的女同学可能怕我难堪，慌忙以戏谑的口吻替我圆场。她说："徐厨子，你别那么苛刻，人家文章写的是美食，不是要给读者上你的烹饪专业课！"厨师同学或许也担心误解，立刻接茬予以解释。我赶紧站起打断他致歉的话头，真诚地表示：自己搞了半辈子文艺评论，经常对别人的作品评头论足，老兄尽可放心，在下肯定有足够的接受批评的胸怀。更何况学长所言有理有据、直击要害，既解答了本人屡试屡败的难题，又向大家传授了烹饪秘诀，给人不亚于拨云见日、茅塞顿开之感。本人不仅不会介意，还要表达最为诚挚的感谢！

为显示谢意确乎发自内心，在恭恭敬敬鞠躬的同时，转身端起酒杯朝他走去。边走边说："俗话说得好，行家一出手，就知有没有。看来，学长一级厨师的称号不是花钱买来的，绝对货真价实！"并借机向同学们隆重提议："这第一杯酒，先敬我们的掌勺大师！"于是，大伙纷纷响应，饭桌上立马热闹起来，以我们每人一小杯换取厨师一大杯的起哄方式，迅速掀起了一轮喝酒高潮。

酒过三巡，大家余兴依然未尽，有人郑重提出：徐大厨关于醋熘肉丝的一番高论，大有"画龙点睛"之妙，这等精神财富不应该让我们这些不下厨房的老朽私下贪污。如果不属于祖传秘籍、独门绝技，不知是不是可以公之于众，让世人分享？酒酣耳热之际，徐大厨毫不迟疑地慷慨应允，十分爽快地表示：这等雕虫小技既非祖传秘籍，更不是独门绝技，甚至只能算作醋熘肉丝炒法的入门功课。公之于众的事情非我所长，理当交予云德。本人能做的，就是事后请大家来我们饭店，我会亲自掌勺，让各位亲口尝尝俺徐厨子的手艺。

多一次口福享受的机会当然是件大好事，大家一致举杯通过。本人认领的广而告之的任务也不难，无须多余废话，照章实录即可。唯有其间带给我的两点触动，倒是值得借此讨论一番。

触动之一是，术业有专攻的常识务必时刻牢记。当今世界，社会分工越来越精细，隔行如隔山的分界愈益鲜明，世上没什么全知全能的神灵，一个人如若不能时刻清醒、保持谦逊的学习态度，妄自尊大、自以为是，就会随时出丑，掉队落伍也是必然的。每个专业都有自身的科学规律，是无数次探索、实践、创造与积累的智慧结晶，来不得丝毫的马虎、轻慢与懈怠。只有真正懂得尊重知识、尊重人才，才能切实放手让专业的人，做专业的事；只有充分尊重每个从业者独立的个性，最大限度激发与保护他们的创新创造热情，既分工协作、又相互促进，才能保障每个专业乃至整个社会不断走向成熟与进步。

触动之二是，细节决定成败，分寸和尺度的把握本身就是高难度的人生哲学。世上许多事，材料与流程或许大体相当，但怎样拆分组合、何以适时操作、工序的轻重缓急，方式稍变，结果可能截然不同，正所谓差之毫厘，失之千里。像添油加醋这类的烹饪细节，时机与分寸的把控，更是直接决定着菜品的高下与优劣。如果我们由烹饪向着社会领域稍加推展，人们日常生活的言行举止、社会交往的尺度与分寸把握，或许同样可以成为衡量社会风气好坏的"试金石"。尽管鉴于醋与"吃醋""醋意"有较高的关联度，"添油加醋"引入生活用语时亦多属贬义，常与背后讲人坏话、风评添枝加叶、遇危落井下石之类的坏事联系在一起。然而，如若我们抛开醋的贬义指向，仅从"加油"与助力的正面效应去理解，呼唤人际少点冷言冷语、少点相互提防、少点恶意拆台，在他人困难时多一些帮助、迷惘时多一些疏导、误解时多一些规劝、坠落时多一些警告、奋进时多一些鼓励,"加油"的细节累积,即可慢慢形成强大的历史推力,友善、信任与和谐的滚滚暖流就会不断涌入社会生活,让世界充满爱的美好理想势必就不再仅仅停留于向往的层面上!

(原载《新民晚报》2024年4月11日)

糁与糁汤

"糁",在《新华字典》里有两个读音:第一,读shēn,泛指各种谷类碾成的颗粒儿;第二,在方言中读作sǎn,专指煮熟的米粒。而在鲁、苏、豫、皖四省交界的相当一大片区域,糁字却有第三个读音,读作sá,特指由动物骨头佐以麦糁熬制的一种肉汤。这是京杭运河中段沿岸颇负盛名的传统小吃。在当地林林总总、五花八门的各种饮食招牌中,"××糁汤"的幌子比肩接踵、格外抢眼。但凡新来乍到的外地人,十有八九会发错读音。

既不属异体字,又不归于方言,"糁"字何以读sá?这或许要从当地流传的几个不同版本的民间段子谈起。在鲁西南一带,传说是乾隆下江南时,随行妃子患了热症,水米不进、茶饭不思,地方官员献上糁汤,妃子吃后不仅胃口大开,而且病情迅速好转。乾隆问：这是啥？官员们讳于皇帝的金口玉言，不敢说shēn，立马迎合改口称之为sá汤！从此，"糁（shēn）"就有了sá的读音。

到了临沂，却另有一说。道是当年一对贫困夫妇经常得到王羲之接济，有次羲之患病，卧床不起，夫妻二人急忙将自家下蛋的老母鸡杀了，用家传秘方加麦糁熬了一锅汤送去，王食后顿感气爽神定、不日康复。为表谢意，大书法家信手写下"糁汤"二字。乡下人不识字，顺嘴以"sá汤"称之，由此开店谋生，把sá音叫响。

到了安徽东北部，传说变为：乾隆夜间微服私访，一时饥饿难耐，向一农妇求饭。农家正巧炖了一只母鸡，见求食者众，随手在汤里加了一些麦糁同煮，乾隆食毕盛赞不已，询问是啥？妇人答曰sá汤；再问sá字写法，村妇无以对。随行的大学士纪晓岚，看到天子在前、天上有月，灵机一动接言：此字当是月字旁，加一天字头，下面一个韭字（意为天子月下救命汤），无形中硬造出一个所有词典永远也查不到的生字来。为表明此说可信，可拿宿州一带依然到处悬挂的"腟汤馆"为证。当然，今人对此也有更切合实际的新型诠释：取其"天天煮、月月熬、非一日之功"之谓也。

不管这些坊间传说合理与否，糁字改读为sá，就这样约定俗成地被当地固化了下来。

糁汤究竟起源何时，史志不载，我们也无法断言。仅凭想象猜测：把植物类的谷糁与动物类的肉汤搭配一起混吃，不是源自肉食十分紧俏的远古年代，就是传自于以畜牧为主的草原或西域。无论出自何处，当年借助某些稀缺的肉类食材与主食搭配，让口感更丰富、营养更均衡，抑或把本来并不宽裕的食物加水混煮，以变相膨胀的数量增长来换取饱腹的生理愉悦，其中倒也蕴含着极为深奥的生存智慧。即使到了物质相对丰盈的岁月，尽管主副食的分工日渐明晰，但传统的烹饪方式，依然作为一种饮食习惯被牢牢地保存下来。

过往的糁汤什么模样，无实物稽考，更不敢妄猜。但现今市面流行的糁汤做法，绝不是字面上理解的谷糁与肉汤的简单混合，而是别出心裁地把肉汤煮法与民间开水冲蛋花的餐饮方式相互嫁接，进行了全新的重组与再造，让糁汤与传统的鸡汤、羊汤、牛肉汤等有了更加个性化的实质差别，进而成为鲁、苏、豫、皖交界地段独一份的特色小吃。

其实，肉汤和鸡蛋水同属当地流行的两种不同餐饮方式。肉汤不必说，鸡蛋水更是一种极其平常的民间饮食。无非就是把一颗较为新鲜的生鸡蛋敲破放进碗里，加少许香油、食盐（或白糖）与蛋液一起打散搅匀，然后用滚烫的开水猛冲下去，让蛋液瞬间变成满碗的蛋花。因为香油极易被鸡蛋吸收，所以蛋花中只闻油香，并无油腥漂浮，既遮去了鸡蛋的腥气，又极大提升了蛋汤的口感。这种极为简易且便于操作的饮食方法，既可快速为急于上班的早起人群补充能量，又是民间惯用的医治咽干口燥、食欲不振的败火良方。说到底，糁汤，就是把普通家庭日常生活中常见的开水冲鸡蛋，升格为较为高档些的、用精心熬制的骨头汤冲鸡蛋的另一类汤饮方式。

各地糁汤烹制的原材料和方法大致类同。大抵都是：头天晚上将所需的牛羊骨头（有些店也加猪骨）及块肉或是鸡架与白条鸡洗净，滤去血水后，置入特制大锅中加水烧开，撇去浮沫后，放入葱、姜以及花椒、大料、丁香、小茴、桂皮、草果、黄芪、党参、枸杞、陈皮、辣椒等佐料。为防止佐料满锅乱窜，须统一装入布袋下锅，大火煮2个时辰左右，加麦糁后再续水，待大火煮沸、麦糁溶解到即将鬻锅的时分，改文火再煮1—2个钟头，其间，肉块或整鸡适时捞出备用。糁汤熬制全程须锅盖紧焖，尽量减少香气流失，出锅前，添加少量胡椒及鸡精。售卖时，汤锅要始终保持沸腾状态，先在碗里打散生鸡蛋，然后以沸汤浇注，汤面点几滴香油，撒一撮姜末、香菜之类，即可大功告成。

然而，鉴于地域饮食习惯和传续流程的不尽一致，具体做法也有些微差异。扼其要者，至少就有清浊、稀稠之分。

一般说来，在山东临沂、枣庄、菏泽以及江苏的徐州等地，糁汤大抵保持着早年的"肉粥"模样，多为混汤；若是麦糁放少熬出的汤不够浓，出锅前店家还会勾上一些水淀粉，出售时再往汤里加些鸡丝或肉片，保证糁汤有足够的黏稠度；配汤主食多以油条、馓子和烧饼为主。

而我们老家济宁的糁汤店，则以清真居多，基本以清汤示人；考究的招牌老店，牛、羊糁汤多用大麦仁为辅料，鸡糁则以小米为辅料，进锅前会如处理佐料同样的方式以纱布包装，熬制时既能让麦米开花溢出淀粉，又防止糁粒入汤影响汤色的观感，出锅前绝不勾芡；调味的胡椒必须是白的，姜葱切丝，一般不放香菜；如若加肉，则另盘盛放，确保汤色乳白且清亮；配汤的主食以发面汤饼为主，力求尽可能降低早餐的油腻感。

淮、豫北部交界地区的糁汤，似乎介于二者之间，半清半混，混汤居多，通常会把诸如麦糁和肉片、鸡丝之类的附加配料直接投入汤中，多以烧饼、包子和油条作为配餐主食。

各类动物骨头、块肉等由于历经长时间的熬煮，不仅有效祛除了原料中固有的膻腥之气，而且还把动物骨髓及配料中的各种有机物大量渗入汤中，卓有成效地将肉和粮的不同香气相中和，无疑成就出糁汤浓香馥郁、味美诱人的核心诱惑力。春秋季节饮用似可温中补阳、养血益气；夏天适宜中医以热制热的药理，益于通窍消渴、开胃去湿；冬季饮用更利于祛风除寒、调养滋补。故而，一年四季，都受到普通百姓的喜爱与欢迎，名牌老店更是接龙排队、供不应求。

说来惭愧，作为在地居民，自己对糁汤的真正认知，却从离家30年之后方才开始。记忆中，年幼时曾坐着叔父的铁牛车去远郊的农场运粮，时值盛夏，敞篷车酷热无比，一路上挥汗如雨、汗流浃背，在既渴又饿、生理需求几乎接近极限的时候，走进一家糁汤店，未等服务员把汤碗放稳，我就急切喝了一口，嘴唇瞬间被烫出个燎泡来。这顿饭，不仅没留下什么美味印象，而且自此与糁汤绝缘。读书后，虽然认识了糁（shēn）字，但从未把糁与sá挂起钩来。望着满街的"糁汤"招牌，心里一直觉得那肯定是卖玉米糁粥的店铺。贫寒年月，下馆子是难得的生活改善良机，谁愿意去花钱喝家里三餐离不开的玉米粥？所以，从来没有进过店门。直到退休后回乡探亲，与几个中学同学相约早茶，按照事先给定的门牌号，走进一家糁汤馆。猛然发现：此"糁（sá）"，绝非彼"糁（shēn）"也，始知"糁汤"不再是原来想象中的玉米渣粥。这才平生第一回把糁与sá音联系到了一块。恰是这次的早茶经历，让我一改曾经的不快记忆，从此变成糁汤的"铁粉"顾客。后来每每再回乡，必定不断去照顾糁汤馆的生意。

不过也有例外。前年疫情时，因准备回京急于排队做核酸检测，匆忙中随意进了一家路边小店。一碗糁汤喝过，一整天口干舌燥、肠胃不适，咨询行内友人，告曰可能是糁汤问题。据说一些不法商贩为缩减经营成本，根本不用或用极少骨头熬汤，而是改用所谓"浓缩骨汤宝"之类的化学制剂勾兑糁汤，不仅营养全无，还会给身体带来伤害。

有了这次教训，从此再也不敢轻易到不熟悉的店铺去喝糁汤。进而想到，面对市场上良莠不齐的所谓化学调味品、添加剂之类的泛滥成灾，人们无法不就当下的食品安全和百姓的饮食健康，生生地捏出一把冷汗来。

（原载《人民政协报》2024年4月20日）

海赐的口福

怎么也没想到，为退休后躲避北方的雾霾，而在北海购置的两间小房子，却让自己过上了每天迎着海风、俯瞰海景的向海而居的惬意生活，竟然把寻常日子过成了一种从晨曦到黄昏的诗意栖居；同时也莫名其妙地，成了外孙逃离秋季蒿草过敏的安乐窝，成了家人密集品尝海味的"口福居"。

每年立秋既临，我和老婆都会收拾行囊，带上外孙来北海住上俩月。且不说小外孙一到北海，过敏症状立马全消，晴天在银滩戏水、挖沙、捉沙蟹，雨天到万达游乐场疯玩，活蹦乱跳的自由天性得以尽情发挥；仅就北海特有的餐桌不离海鲜的时光，几年下来，几乎全新重塑了一个北方孩子的饮食结构。从此，"北海的味道"，塑造出小家伙未来辨别水产品好歹的基础性标准。

哥哥时常挂在嘴边的北海，让妹妹甚为不爽。每每提起这事，外孙女总会噘着小嘴抱怨说："为什么哥哥老去北海，不带我去？"不满之情溢于言表。为了显示姥姥、姥爷不重男轻女、一碗水端平的公允，我们国庆前夕趁着哥哥上学难以脱身的空档，以超越往年的逗留时长，全方位弥补小妹妹积聚数年的缺憾。

其实，时间的长短仅仅是个物理概念，我们对小丫头的补偿更格外注重实质内容。在三个多月的时间里，为避免孩子产生想家的念头，我们围绕"吃好玩好"的主旨，不仅带她走遍了北海，而且还变着法子购买各类海鲜，以便参照小朋友的好恶来考虑家庭餐桌的取舍。无形中，这倒也给我们自己开了一堂迅速普及海鲜知识的启蒙课。每天一个品种，很快把鱼市上可以见到且能问清名字的诸如：黄花鱼、鲈鱼、石斑、多宝、蝶鱼、金鲳、银鲳、白腊、黑腊、鲴鱼、红头鱼、大黄鱼、海鲶、海鳗、赤魟、带鱼、鱿鱼、章鱼、青虾、蝼蛄虾、梭子蟹、青蟹、牡蛎、扇贝、文蛤、赤贝、象拔蚌、海蛎壳、带子、蛏子、海螺和钉螺等，几乎吃了个遍，很快发现，孩子的味觉与成人十分接近、共同的爱好不难寻找。只是偶尔也有例外，比如说对于活鱼与死鲜、野生与养殖、深海鱼与浅海鱼的口感，儿童的味觉往往比大人还要敏感，这从他们爱不爱吃、吃多吃少的表现中就能看得出来。一次外面饭馆吃饭，小朋友看上了充氧鱼缸里游弋着的色彩鲜亮的竹节虾，下单后白灼端上来，我们几乎没动嘴，一盘虾就被小家伙一扫而光。意外的结果是吃虾的胃口由此调高，此后对其他虾类再无兴趣。

事实上不仅是孩子，密集品味海鲜的结果，无意中也在不断改变着我这个水产家庭长大，且吃惯了淡水鱼的北方人，对海味的固有偏见。原有印象里，海鱼似乎比淡水鱼腥味更重、肉质也更为僵硬。岂料到了海边，吃到大量真正的海味方才明白，刚捕捞上市的海鲜不但没有腥气，而且味道还更为鲜美纯正，肉质也更加瓷实、有弹性，即便是贝壳类的海鲜也同样如此。平常家里做饭，买斤车螺，加勺盐上锅一煮，放一把芥菜，撒一撮胡椒，点几滴香油，随便一弄就是一锅鲜汤。将这种感受告诉友人，北海朋友毫不掩饰对于家乡的自豪感，调侃道：你们平常在北京吃到的海鲜根本不能称之为海鲜，最多只能算是海货标本或者是海产品！北海人的口福，无法不令人称羡。

鉴于北部湾所处的地理位置和自然环境，可以说，这里已变成我国海域条件最好且污染最少的海域。得天独厚的自然资源成就了北海海洋生物的独特优势。记得有一年接母亲来北海小住，老人回家后一直夸儿媳做鱼好吃。最初我觉得母亲只是客气，因为作为水产公司家属的母亲，鱼做得好吃是出了名的。因上了岁数，如今家庭聚会时老人早已不再动手，但每逢做鱼，总会请老人亲自掌勺，虽然看上去工序、调料完全一致，但老人烹制出的鱼，口味总比别人更胜一筹。故而，能得到母亲的赞赏实属不易。几年下来，吃惯了海鲜后方才慢慢意识到，老太太所说或许并不是单纯的客气话，除了夫人厨艺确有长进的因素之外，新鲜原材料的加持同样功不可没。事实上，刚出海的海鲜有时只要一撮盐，怎么做都照样鲜美。

最典型的要数带鱼。在北方超市的海产品中，带鱼的销量通常最大，而吃带鱼的标准方式一律红烧。唯有红烧，用浓油酱汁、花椒大料之类才能压得住带鱼的腥气。可能因为带鱼太多、太平凡，北海人似乎并不那么喜欢吃带鱼，故而带鱼十分便宜。卖鱼者一看你询问带鱼，立刻热情推销，而且还特别告诉你，清蒸最好。这一完全超出生活经验的推荐，立马激起我们浓厚的尝试兴趣。买回来，心怀忐忑地试验了一下，不期获得了超出意料的成功，小朋友吃过还要再吃。清蒸带鱼细腻滑嫩、肉质松软、鲜香可口，一改红烧带鱼的操作匠气与呆板色相，回味中还略带一丝肉质的清甜，如同不谙世故的少年，泛着蓬勃的青春朝气，充分显示出鲜鱼与冻鱼的巨大反差，完全颠覆了我们对带鱼的常规认知。

如果说海鲜品种与做法，沿海各地或许大同小异，但讲起叫作"一夜情"的咸鱼配粥的吃法，可能算是北部湾地区独到的一大特色。所谓"一夜情"，其实就是把清理好的红杉鱼、金线鱼之类，用少许盐腌制一晚（其实两三个小时即可），吃前用足油微火，两面翻转、徐徐煎透，待外表焦黄时即可出锅。或许因为腌制时间恰到好处，加之红杉鱼或金线鱼没有横刺，依此炮制的咸鱼既保留了鲜鱼的鲜美，又增强了肉质的嚼劲与口感，吃起来咸香适口、唇齿生香。无论是居家早餐，还是友朋聚会，咸鱼配粥——都是北海人必不可少的常备餐食。正是因为其特殊的制作方式和超常的"点击率"，人们送了它一个极具戏谑感的"一夜情"绰号。或许由于这一戏称的别致与响亮，让这道菜在当地特别出名，由此也闹出过不少笑话。

前些年，有位东北老哥刚刚迁来北海，第一次聚餐就吃到这鱼，极为赞赏。尤其在酒酣耳热之际，来一碗咸鱼配粥，醒酒解腻，通体清爽。不知因其名头儿太响，还是吃后留下的印象太深，这老哥儿急于自我操作，隔天就去市场购买。一进鱼市，看到卖鱼的鱼婆，不分青红皂白，直接发问：你有"一夜情"卖吗？鱼婆听后面红耳赤、十分愤慨，厉声呵斥这位仁兄，忿恚地说，如果不是看在这个北方佬一把年纪，不像个吃豆腐占便宜的小流氓，肯定要叫警察过来。得众人相劝，方才和解。此事在坊间流传甚广，虽过去多年，但每逢有外地新来的朋友聚会，大家总要以此经典笑话作为隆重推出这道名菜的噱头。哄堂大笑之余，更让这菜名扬四方。

各类海鲜中最具特色的海鲜是沙虫。沙虫是北部湾独有的高蛋白海洋生物，以北海产出最为著名。沙虫学名叫方格星虫，含有丰富的氨基酸和微量元素，营养价值很高，素有海洋虫草、海珍至味之称。沙虫生长于北部湾沿海沙滩之中，对海洋生态要求极高，稍有污染则难以成活，属于"海洋环境的标志生物"。沙虫看上去像蚯蚓，比蚯蚓略微短粗些，每天退潮时，渔民会熟练地盯住沙滩上的虫洞,用锄头和铁锹快速挖出。20世纪末第一次来北海,银滩上挖沙虫者众多,现在已经很难见到。沙虫因其稀缺而独特,近年价格迅猛攀升,但市场需求却愈益旺盛。

沙虫加工是个精细的工夫活,要先用水搓洗,拿竹筷从沙虫一端穿入,将沙虫由内向外翻转后,再用流动清水把体内的沙肠和杂质清除干净。清洗稍不认真,细沙留存,牙碜的感觉就会大大败坏品尝的胃口。新鲜的沙虫可作刺身生吃,也可拌入蒜蓉粉丝清蒸,嚼起来爽脆清甜,鲜香无比。

市面上见得最多、用途最广的是干沙虫。干沙虫可煲汤也可油炸。煲汤时不能直接下锅,须剪掉头尾,剖开虫身,热锅焙干后,用手指弹除隐约留存体内的细沙,然后再用少许温油慢火炒至变色,趁热加水,把鲜味彻底调出来,再加入配汤的冬瓜或者煮粥的米类混煮,起锅前加盐和小葱、香菜即可。如果说海参、鲍鱼之类需借助鸡或肉类才能提升鲜味的话,沙虫则完全不用,纯粹沙虫煲出的汤,不仅汤白似奶,而且味道极其鲜美独特,故而享有"天然味精"的美誉。

而直接用油炸的沙虫焦黄锃亮、酥松香脆,是宴会上难得的下酒佳肴。凡食过沙虫者,其独一无二的鲜香气息会让味觉记忆经久不失。若是夜阑人静之时,独自一人坐于阳台,眺望远方点点渔轮灯火,听着近海时断时续的涛声,持一碟油炸沙虫,酌一杯加冰洋酒,惬意畅怀、乐而忘忧,神仙般的逍遥也不过如此。

　　事实上，忘掉世俗的名利，乐享粗茶淡饭的人间烟火，就是真正的幸福晚年。只不过，中国老人最难放下的还是世代相续的家长责任。考虑到孩子工作的压力和持家的辛苦，长辈总不忍轻易放手。当春节临近、疫情放开之际，我们还是断然放弃了北海过年的计划。虽细雨霏霏，依然不断清洗衣物、清理房间，以便坚壁清野，避免夏季生虫长霉，做回家准备。

　　临行当天，我们匆匆打理厨房剩余食物，做了些简单的饭菜。不料小朋友看着寡淡的食物，明确表达了拒绝态度，嚷着要吃沙虫冬瓜汤。考虑到孩子秋季即将入学，再来长住实属不易。我们只好满足她的愿望，倒掉所有饭菜，到侨港码头吃了顿辞行的海鲜午餐。尽管不晓得这顿饭满意与否，能否留下深刻印记，却也算为她的初次北海之旅画了个圆满句号。

（原载《北海日报》2023年11月26日）

闲话咸菜

外出公差或旅游超过一周,即使宾馆、饭店的伙食再好,也会令人产生几近腻歪的餍足感。回家后,最渴望吃的第一顿饭就是稀粥和咸菜。以清脆爽口的咸菜配上香糯松软的稀饭,几乎成了肠胃要宣告回归正常生活状态的某种既定仪式。

正像目下春节,一家人好不容易聚在一起,天寒地冻,又怕出门被病毒击中,七天长假只好蜗居在家,山珍海味、鸡鸭鱼肉一通猛造,几顿下来,等新鲜劲儿一过,最想吃的东西同样还是稀粥和咸菜。

把咸菜和稀粥作为调剂口味的首选食物,如果放在40年前这样讲,会被人骂惨的,至少认为你脑袋进水了。不是说大伙没有对未来生活的想象力,而是当时的生存条件决定了大家根本不可能持这等不切实际的幻想。

那时候，国家经济困难，口粮、副食品乃至日常生活用品大多凭票供应，能不愁吃穿、稳定解决温饱的家庭已属社会的中上水准，若是子女多、收入少的工薪阶层，如果不把细粮倒手换成粗粮，抑或采取"忙时稠、闲时稀"的调剂方式，每月30—40斤不等的口粮供应，的确很难让青壮年填饱肚皮。按当下人的平均饭量计，当年的口粮指标肯定绰绰有余。要害在于，那时根本没有充足的优质蛋白和副食补给，人们肚子里没有任何"油水"贮备，粮食是真正且唯一的主食。普通市民每月只有半斤肉票，蔬菜又不丰富，即使丰富也没有购买实力，这就注定了每家饭桌上基本是清汤寡水，咸菜成了人们日常生活中必不可少的佐餐副食。因为没有咸菜，粗粮窝头根本无法下咽。所以，当时人们对于咸菜，那可真是又爱又恨，既深恶痛绝又无法割舍。如若当时畅想未来的美好生活愿景，估计脱口而出的就是，企盼有朝一日能够彻底告别咸菜配窝头的苦日子。

在那科技不发达、人们一年四季无法吃到新鲜蔬菜的时光，在那物资极其匮乏、人们普遍为温饱发愁的年月，咸菜堪称国人最为重要的下饭菜，几乎是每个家庭餐桌上始终不离席的"千年配角"。

每到秋季，每家每户都会提前把腌制咸菜的沙缸清洗干净，频繁往来于菜市场，购置各种用于腌渍的适季蔬菜。洗净晾晒的红红绿绿的菜蔬，挂满各家小院。品种以青红萝卜、雪里蕻、芥菜疙瘩为主，其他像黄瓜、辣椒、莲藕、包瓜、芋环、洋姜、大蒜和豆角之类一应俱全，印象中似乎一切多纤维的茎果类蔬菜皆可腌渍。咸菜作为每个家庭来年一整年的看家菜，如果腌少了，第二年餐桌上就会发生饥荒，这等玩笑没人敢开，也开不起。通常人口少的家庭至少备有一个缸，人口多的甚至要准备三五个，咸菜缸是居家必不可少的基本家当，如同今天家里不能没有冰箱和电视机一般。

尽管咸菜是用盐（包括酱和酱油）来腌制的块状或茎叶类植物，但腌制技术却颇见功力，这是一个家庭主妇的看家本领，也是衡量其烹饪水平的一个重要依据。比如，器具的清洁度、盐与水的配比、添加辅料的品类以及多少等，虽没有固定标准，却十分讲究，全凭女主人的爱好、感觉与悟性。如若器具消毒不彻底，或者水多盐少，咸菜会变味发臭；盐太多则齁，蔬菜的颜色与本味将消失殆尽；辅料配少了不入味，加多了，则口感混杂难辨主次。能腌制出受四邻称道的咸香可口的咸菜，那是一个家庭天赐的福分和足可对外炫耀的资本。

记得读高中时住校，每次回家都会用罐头瓶带回一瓶咸菜。同学们挤在一起吃饭，打开各自的咸菜罐就会发现，虽然都是咸菜，各家的做法却大不相同。有的比较粗放，一个完整的咸萝卜或菜疙瘩，每次按需割下一小块；有的切成细丝，还要点上几滴香油；有的会加上花椒大料和葱姜蒜之类，上锅炒熟食用；有的则切成碎丁，再配上同样丁状的香干、辣椒、青豆和些许肉末混炒，这种粗料细作的咸菜往热米饭里一拌，立刻鲜香四溢。所以，谁家的咸菜好吃，谁家的咸菜难吃甚至有股怪味，大家一清二楚。众目睽睽之下，咸菜立刻成了家庭生存技巧和幸福指数高低的比拼道具。

咸菜作为日常生活必需品，不仅每家每户腌制，稍大一点的城市都会建有专门生产调料和咸菜的酿造加工厂，直到今天，这种格局依然没有改变。全国各地有许多上规模的名牌酱菜企业，像北京的六必居和天源酱园、江苏的三和四美、山东的玉堂酱园、河北的槐茂酱菜、重庆的涪陵榨菜、浙江的景阳观和秋梅倒笃菜、福建的国圣、安徽的金菜地、云南的通海，还有像上海的三林塘、天津的玉川居、四川的饭扫光、江西的武功山等……大多既是中华老字号之类的全国驰名商标，也是列入省级以上的非物质文化遗产名录的授牌单位。记得5年前，曾见过的一个统计数字，其中讲到我国腌菜行业的规模年产量超过450万吨，零售收入超出60亿元，且呈现加速发展态势。足见咸菜在中国民间，依然有着广阔而深厚的生存根基。

这是一个生活侧面，现实生活中还存在另外一个侧面。那就是改革开放进入到20世纪90年代，随着人们生活水平的大幅度快速提升，尤其在告别多盐生活、追求身体健康的新潮助推下，加之百姓对过往贫寒生活的厌倦心理，咸菜一度遭到普遍性舍弃。吃咸菜，甚至成了生活抠门，或者没本事过富裕生活、不那么光彩的象征。早些年，济宁老家的亲戚、同学来京，经常会捎上一盒玉堂酱菜。多了，自然就分给周边的朋友和同事共享。一开始很受欢迎，后来大家听说要送酱菜，立马婉言谢绝。尽管人们保健惜命的心情可以理解，但盛情遭受无情拒，多少也会让人生出几分尴尬。

当有人狂热地把高血压、高血糖、心脑血管、癌症之类的疾病，尽数归咎于食盐和腌渍食品的时候，尽管二者之间会有一定关系，但他们却未承想过缺吃少喝的年代，类似的疾病并不多见。我想，这些"富贵病"的出现或许与盐、环境、饮食结构和生活节律的改变等都有密切关联，是各种因素综合作用的结果。若简单化地归咎于盐，岂不冤枉？

事实上，有科研成果确凿证实，许多生命都是从海洋中演化而来的，盐与人类的生存、发展与赓续休戚相关。食盐作为人类食物链中最为重要的调味品，其中所饱含的钠离子，还是人体赖以维系肌肉运动、神经传递、心肺功能、细胞内外液渗透压平衡与新陈代谢等生命特征的，必不可缺的营养素。没有食盐就没有生命，没有食盐也就没有健康，下这样的判断或许一点也不过分。倡导合理的低盐饮食，防止亚硝酸盐可能的侵害当然没错，但不分青红皂白地将食盐描绘成各种疾病的罪魁祸首，毫无科研支撑地随意提出所谓进盐标准，视限盐为保健的万能密钥，好像一限盐各类疾病就会销声匿迹。甚至一度鼓噪到，几乎不让人戒盐就不罢休的恐惧地步。如果不是这些甚嚣尘上的限盐论，不断被科研成果证伪，那么，普遍化的寡淡无味的饮食，早已把严肃的养生话题，变为荒诞感十足的笑话，无情剥夺了人类本该尽情享受美馔的口福与乐趣。

生命可贵，理应珍惜。健康与饮食都是为了维系生命，如果为了一个可能的健康理由，而无故牺牲实实在在的美味享受，那么，生命的状态岂不过于憋屈？人们当然应当尊重科学，但一味地把食盐和腌渍食品妖魔化的做法，或许并非科学的态度。

我们必须看到，盐历来都是人类的朋友，而不是敌人。不能因为它的平凡与普通，就轻易藐视它的重要价值。早在春秋战国时期，朝廷就设专职的盐官，甚至把盐当作货币使用。《周礼》就有"掌盐之政令，以共百事之盐。祭祀共其苦盐、散盐，宾客共其形盐、散盐，王之膳羞共饴盐"的清晰记载。直到盛唐，盐仍然还是稀缺珍贵的美味，李隆基曾以"盐梅已佐鼎，曲糵且传觞"，来炫耀自己的皇恩浩荡；李白更不掩饰对盐这一美味的格外青睐，用"人生达命岂暇愁，且饮美酒登高楼。平头奴子摇大扇，五月不热疑清秋。玉盘杨梅为君设，吴盐如花皎白雪。持盐把酒但饮之，莫学夷齐事高洁"的酣畅诗句，来显示他对盐渍青梅下酒的激赏，显示他看到美食不拘礼仪的豪放。如果我们顺延一下诗仙的这种豪放，盐渍青梅似乎也可归类于今日的咸菜之列。

历史进化到我们这一代，有关"白毛女"的传说，还有诸如百姓冒死冲破封锁线为游击队送盐巴的种种革命故事，同样如雷贯耳。所有这些，无不一再表明，盐自古至今，从来都是人类须臾不可或缺的生活必需，也是众多调味品中最不能替代的味觉宠儿。

珍馐美味固然令人向往，粗茶淡饭更是生活常态。所以，人们在饱餐大鱼大肉之后，来点稀粥咸菜，或许也是生活中口味调剂的精彩插曲。尽管以粗盐大酱腌渍的咸菜比较低端，但人类几千年遗传下来的味觉记忆告诉我们，腌渍的食物或许并不那么可怕；尽管咸菜似可再适度清淡些，但作为日常生活中不可替代的调味品，总不该那么轻而易举地退出历史舞台。既然如此，物美价廉的小咸菜，我们不妨一如既往地继续吃起来。

（原载《中国社会报》2023年2月6日）

嫩白鲜羹玉面条

最早出现在黄河流域的农作物规模化种植，不仅哺育且壮大了炎黄先民的族群，而且塑造了这个民族以面食为主的饮食结构。在种类繁多的面食构成中，面条虽不像馒头、米饭和饼类的主食那样每餐必备，然因其操作简捷且兼具饭、菜、汤于一体的食用便利，故而深受国人的普遍欢迎。

面条尽管是一种极为普通的大众化食品，但它在中国的覆盖之广、拥趸之众、样式之多、品类之盛，可以毫不夸张地说，当今世界无出其右者。国人对面条情有独钟，据说品种已超过2000种。即使抛开配料的千差万别，仅面条制作上，就有手擀面、生鲜面、半干面、挂面、拉面、伊面、碱水面、手排面、刀削面、饸饹面、浆水面、乌冬面、杂粮面、旗花面、蝴蝶面、夹心面、蝌蚪面和面疙瘩之类的区分。具体到吃法上，也包括汤面、拌面、蒸面、炒面、冷面、捞面、焖面和烩面等多种类型。由于全国各地、家家户户皆有吃面的嗜好，日积月累、口碑相传，造就出数量众多、声名远播的面条品牌，比如四川担担面、重庆小面、兰州拉面、北京炸酱面、上海阳春面、山东炝锅面、河南烩面、山西刀削面、陕西臊子面和油泼面、江苏奥灶面和锅盖面、武汉热干面、浙江片儿川、延吉冷面、安徽板面、新疆拉条子、福建沙爹面、贵州肠旺面、广东云吞面、港式仔面和虾子面，加上南方各地风格迥异的各种米粉等，共同构成了面条王国汪洋恣肆的荦荦大端。

除了作为国人不可或缺的主食外，面条还是特定纪念日、特定时间节点上的专有食品。比如，中国多地都有吃寿面的习俗，不论男女老少，到了出生纪念日，通常都会下碗寿面，取其健康长寿、长命百岁之美意，即便在西式蛋糕盛行的当下，生日的面条，依然还是必不可少、照吃不误。再比如，谁家添丁生子尤其是头胎降生，都会请亲朋好友聚会庆贺，面条定是宴席上必备的主食，谓之吃"喜面"。元好问曾有"人家欢喜是生儿，巷语街谈总入诗。我欲去为汤饼客，买羊沽酒约何时"的诗作，生动鲜活地道出他期待赴席喜面的欢愉之情。又比如，华北与东北地区流行"起脚饺子落脚面"的风习，游子出门前要包饺子，保佑外出平安；远游回家要吃面条，告慰顺利归来。还有，在晋、陕、豫交接地带流行吃定亲长面、隔年面和宽心面的习俗，定亲长面寓意情深意长；隔年面和宽心面则是除夕擀好面条，大年初一或初二食用，寄寓丰收连年、吉庆有余，一年到头顺心如意的美好企盼。一碗普普通通的面条，就这样被中国人赋予了诸多意味独具的神圣感，硬生生地吃出浓郁的文化风情和人生况味来。

当然，面条作为人类饮食的一种简易操作方式，亦算风靡世界的食品。恰因其东西方共有，故而有关面条源起，一些文明古国长期以来各执一词、互不相让。学术的争论一直延续到2002年，中国考古队在青海喇家，对一处四千年前石器遗址进行地下发掘时，意外出土了人类迄今为止最古老的面条实物。这一重大考古发现，不仅令世界震惊，也让面条源于意大利、阿拉伯或韩国的种种争执，迅速地平息下来。

喇家遗物的惊艳亮相，再次引发了世人探秘面条起源的浓厚兴趣。学界纷纷翻箱倒箧、引经据典，很快勾勒出中国面条源远流长的沿革线索。普遍认为，东汉刘熙《释名》中称为"索饼"的一种手撕面片，当是中国最早见诸文字的面条雏形；明代张岱《夜航船》给出的定义则是"魏作汤饼，晋作不托"；北魏贾思勰《齐民要术》收录的筷子般粗细、韭叶状的"水引"之物，或许更接近今天的面条；《演繁露》记载唐朝虽沿用汤饼、索饼、馎饦和不托之名，但以刀切的方式代替了手撕；宋时《东京梦华录》中已经出现"面条"二字，成为各类集贸市场、茶楼酒肆的流行食物；唐宋以降，有大量文人笔记佐证，不仅面条品种渐多，而且有了挂起晾干可随时食用的面条，而正式命名为"挂面"一词，直到元代《饮膳正要》中才首次出现。从此，面条与挂面的标准概念至今未变。

坦白地说，作为一种餐饮方式，面条起源何时何地，发明权归谁所有，虽具有特定学术价值，但对现实生活本身并没多大的实际意义。因为普通的饮食男女，更关心哪里的面条好吃，哪种面条能让人趋之若鹜、大快朵颐，这似乎才是食品市场的真正王道。

事实上，作为人类对高面筋口粮进行精细加工的特殊手段，在食物相对匮乏的年代，面条，理应列入稀罕紧俏的美食范畴。因为除了小麦之外，大多粗粮无法做成面条，米线只能靠机械挤压，依赖开水来定型。刘禹锡这样描述："吾王昔游幸，离宫云际开。朱旗迎夏早，凉轩避暑来。汤饼赐都尉，寒冰颁上才"，可见面条与盛夏稀缺的冰，同样都是皇帝馈赠大臣和贤才的贵重礼物。官居礼部郎中的陆游，理应不缺吃喝，他的那句"一杯齑馎饦，老子腹膨脝"的戏言，足以说明他对面条的喜爱与贪嘴。吃顿面条竟快活如此，在当今孩子眼里，肯定是天方夜谭。

古人暂且不论，仅就我们这代经历过饥荒年月的人而言，面条亦属童年舌尖的美好记忆。当初口粮实行供给制，粗粮过半，如果不是什么节庆日，吃顿细粮面条，堪称难得的生活改善。常言道："饼省馍馍费，常吃面条卖了地儿"，表明常吃面条，近乎不会过日子的败家般奢侈。记得20世纪70年代，龙须面刚上市，我生日那天，祖母特意给下了一碗清汤龙须面，如丝的挂面配上葱油混激的清香，吃罢留下了过年般的惊喜。以至自己独立生活后，龙须面一直成为常备食品。

这一特殊爱好，尤其在天津生活期间，被我发挥到了极致。当时工作单位，设在一处国宝级文物大楼里，楼内不能生火炒菜，伙食只能由餐饮公司配送。由于自己只身离京，晚餐只能靠中午多打一份快餐凑合。冬春时节尚可，到了盛夏，忽一日吃过单位带回的盒饭，半夜里胃痛难忍、腹泻不止，未及天亮，就紧急敲开了药店的窗口，服下加倍的止痢药方才消停。有了这次惨痛教训，再不敢带饭回家，龙须面适时派上了用场。于是乎，晚饭千篇一律的面条，前后坚持了四年之久。

应该说，前一二年还志得意满、感觉良好，因为面条好吃、省事，最适合单身一族。尤其是自己独创的快速煮面法，堪称一绝，几近申报专利的潜力。大致步骤是：每天下班在菜市场买把绿叶青菜，进家洗手的同时，洗净青菜，顺手拿出钢精锅加水点火，切些许葱花姜丝、拍一瓣蒜泥，加盐和香油腌制，稍后加适量生抽和醋。待锅开，先投放面条，煮沸后打一鸡蛋进去，待鸡蛋成型，再将整棵青菜下锅，约一两滚，青菜变色后马上熄火，把腌制好的佐料倒入面条中稍作搅拌，端起饭锅直接浸入洗菜的水盆，这样既加速了面条冷却过程，又能防止葱蒜和青菜煮老。如此这般，前后不到十分钟，一顿干稀兼备、营养齐全的晚餐，即大功告成。

唯可惜，繁忙的工作、渐老的躯体加之单调的饮食，却悄无声息地蚕食着自己对于面条的忠实度。尽管其间也会隔三岔五改善一下饮食，但对面的餍足感悄悄滋长起来。特别是再次转任回京之后，家里基本不再吃面条；偶尔有朋友聚会，大伙在点主食的时候，通常都会替我把常规的面条，改作米饭或馒头。

面条的再度回归，缘于一次偶然的旅途。十年前，与著名音乐家徐沛东一起出差苏州。办完入住手续的瞬间，沛东兄郑重叮嘱：明早千万不要吃饭店的自助，我们去吃面条。本人毫不迟疑地立马婉拒，回说：北方人吃了一辈子面条，岂有来南方吃面之理！不料这老兄态度比我更坚决，毋庸置疑地说：别争了，等你吃后再下结论！第二天一早，我们结伴去了一家知名的奥灶面馆。抬头一瞧，惊讶地发现，店里竟然排着长队。犹疑中，我们走进预订房间。沛东兄再次不由分说地吩咐服务生：鱼面、肉面每人两份。我赶忙打岔说：大清早哪来的胃口？一份即可。沛东兄果断回应，一切听他安排，摆手让服务生离开。等面一上桌，扑鼻的鲜香即刻满屋弥漫，诱人馋涎欲滴。面条吃起来，口感滑嫩细腻、味道馥郁醇厚，让人欲罢不能。两碗面几乎全部消灭，沛东兄脸上流露出得意的笑容。询问方知，一份早点，人家竟用新鲜的鱼头、鱼架、田螺和脊骨、棒骨之类长时间熬制汤头，面里除了美味的鱼片和卤肉，出锅前，还要再次用秘制的酱料吊汤。南方人做事的精细，确令粗犷如吾者汗颜。这不期而遇的口福，不仅让我深切领教了一回南北饮食的巨大差异，而且重新唤起了对面条的美好记忆。

人到暮年，告别了曾经纠缠不休的世俗名利和荣辱得失，生活开始了新一轮的向本真回归。何不仿古人"明月垂杨独树桥，桥西熟酒好良宵。红香细剥莺哥嘴，嫩白鲜羹玉面条"之境，趁清风明月、良宵莫误，置老酒一壶、鲜面半盏，借以品酌桑榆非晚的生命滋味，岂不也是物我两忘的惬意人生？

（原载《人民日报》2024年8月5日）

第三辑　谈天说地

让心灵安宁

在一个以社会地位和金钱多寡来衡量成败的话语空间，若讲"做事要凭良心"之类的话，总难免有几分不合时宜的陈腐味道。

前不久，与一同事聊起善与恶的话题时，随口说出这句话，立马被批了个狗血淋头。朋友说："世上哪有善恶得报这等好事？何处不是作恶者呼风唤雨、享尽荣华富贵；而善良的人却饥寒交迫、忍气吞声？若讲历史公正，为什么那么多恶人没受到任何惩罚？说是将之交由历史评价与诅咒，他们能感受得到吗？讲良心，这样的心灵鸡汤是有毒的，好人主义要不得，会让年轻人误入歧途。把这类话语挂在嘴边，纯粹就是弱者阿Q式的悲鸣。"本人虽据理力争，持坚决反对态度，但总感觉确也少了些过硬的实例证据予以斩钉截铁、理直气壮的反驳。

论辩过后，一连数日困惑萦怀、挥之不去，心中委实想不明白，难道我们既往追求和坚守的人生理念，真的如此不堪一击？难道我们要将人类信奉的良知、正义、情感、信仰、道德和契约精神，弃如敝屣？难道我们真的要奉行弱肉强食、适者生存的丛林法则，重新回到低等动物自相残杀的世界？倘若以此为旨归，文明进化的步履怎能不倒退？人类未来生活的美好期待岂不化为泡影?!

思来想去，最终仍然觉得曾经持守的观念一点没错！窃以为，不能因为有人作恶成势，人们就从恶如崩、随波逐流；不能因为持善者吃亏，人们就不顾亲情、友情和社会公义，肆无忌惮地去坑蒙拐骗、恃强凌弱、恣意妄为。尽管文明进化的历程可能十分遥远，但人类追寻真善美的理想之旅，绝不能半途而废。不然，我们将永远没有未来。

人类脱离动物世界进入文明社会，摆在首位的，当然要属族群的建立、工具的使用和文字的创造之功。倘若进一步深入溯源，或许只有政治共同体的形成，才是人类由野蛮转向文明的根本标志。因为有了政治生活，人类才需要协调不同的利益关系，建立并制定相关的秩序、规范和制度，架构不同的社会文明。归纳各类教科书上的观点，人类摆脱兽性走向文明的特征大致有五：一是公众安全感的提升，抢劫、暴力与战争等同类相残事件愈益受到谴责；二是边界明确的权责意识，私有财产受法律保护；三是较高程度的社会开放与协作；四是契约精神与法治观念得以普遍遵守；五是公众具有共情理念，弱小的存在与个体的自由选择，受到承认和尊重。所有这些无不显示，文明社会作为文明个体的组合体，个人行为必须符合社会的文明规范并时刻受其制约，无论是尊重他人、和谐相处，还是协作共事、共谋福祉，抑或遵纪守法、趋利避害，任何人、任何时候，都不能跨越社会规范的红线。触碰红线者，必然会成为世人议论和指责的对象。而良心和道义，就是履行文明规范、维系道德秩序的精神基石。因而，办事凭良心，既是做人的基本准则，也是维护社会正义的客观要求。

这里讲的办事凭良心，就是要遵循被社会普遍认可的行为规范和价值标准，对自我行动中的是非曲直以及道义责任，做出清晰判断和明确选择。尽管每人的选择总会朝着于自我有利的目标，但是，由于取舍中牢固的道德意识对手段合法性的使用做出质的规定，所以，尽管结果往往不一定能实现预期，但这个过程中唯一不变的恒量，就是对他者的无害和自我良心的安宁。如果有人以出卖良心和名誉来换取金钱（马克思语），那么，他们也就丧失了起码的伦理情感，突破了基本的道德底线；如果有人自作聪明，把别人守规矩的行为视为傻子，尽管可能一时获利，其公众口碑肯定糟糕，笃定要遭到大家唾弃；如果人们竞相效法，争做无视规则的"聪明人"，为一己私利不惜践踏公序良俗，那么社会的价值取向就会发生畸变，进入一种"互害"模式，那些初期为损人利己而沾沾自喜的规则破坏者，最终也会沦为道德失序的受害人，人间就变成了他人的活地狱。

同理，如果没有公平正义的良知呼唤，没有扬善惩恶的法规制约，各种丧德失道的行为，就会一路绿灯、畅行无阻，社会文明遭受践踏，公共道德必然滑坡，民族精神势必枯萎。严重时，甚至可能导致国家与民族走向衰亡。到头来，当雪山崩塌的时候，每个雪片都不再是无辜的。从这个意义上可以说，一个人最大的悲哀莫过于良心的泯灭，一个社会最大的悲哀无甚于正义的沦亡。

实际上，在具体的社会生活中，良心不是表演给外人看的行为艺术和道德秀场，而是由世界观、人生观和价值观所决定的道德心理以及知行一体的个人修为。诚如孟子所言："虽存乎人者，岂无仁义之心哉？其所以放其良心者，亦犹斧斤之于木也。"在孟夫子心目中，良心与仁义之心同义，包含恻隐、羞恶、辞让、恭敬和是非之类的心理认知，就是人之为人的性善道义。进而倡导"非外铄我也"，即把按良心办事，视为犹如斧头伐木一般自然而然、水到渠成。

依此推论，如果人人皆有仁义之心，公民普遍的道德养成变为日常功课，社会良好的道德风尚则不难形成。所以，只要将心比心、以心换心，牢固树立我为人人的观念，才能出现人人为我的共赢局面；只要不让老实人吃亏，有了法规制度性的措施保障，就能减少投机坑人者自肥的怪象，进而营造出自由民主、包容多样、诚实守信、公平竞争的良好社会氛围。所谓讲良心，无非就是强化公民的自律意识，让公民在对社会和他人道义与责任的履行过程中，不断积累道德情感体验，涵育养成个人与群体交往中高度的心理自觉，稳固建立人与人、人与社会相互依存、真诚合作的互信机制，最大限度地挤压各种失德失范陋行的滋生蔓延空间。

我们不是冥顽迂腐的冬烘先生，倡导做事凭良心，无意于搞空洞的道德说教，而是尊重每个人的自由选择，尊重公民合理合法地谋取个人利益的神圣权利。在此基础上，特别强调进行个人自由选择和利益谋取时，始终保持清醒头脑，严格恪守道德自律，时刻把良心坚守作为自己最珍贵的精神资产，自觉履行对他人和社会应尽的道德义务，尤其在碰到利益诱惑时，能够经得住良心考验，不在名缰利锁的香风迷雾中迷失自我。不为选择的过错，找寻逃避良心谴责的借口，更不能在各种道德的困境中，败私德于无形，于潜移默化中走向精神的堕落。

在汹涌澎湃的市场经济浪潮下，商品交换原则无孔不入，凭良心办事的理念受到严峻的现实挑战。像摔倒的老人扶不扶、见义勇为要不要，以及良心秤、放心菜和童叟无欺之类的话题一再成为舆论热点，说明道德滑坡问题已经到了令人无法容忍的地步。如不格外重视、及时补救，必将出现严重的社会信任危机。唯其良心坚守的困难，所以才迫切呼唤沧海横流中的英雄本色。

如果说，在外族入侵、国破家亡时，我们企盼民族气节；

在生死关头挺身而出时，人们敬慕英雄豪杰；那么，同样道理，在市场交换原则浸入公共领域，人们普遍经受名利与权色的诱惑之时，社会肯定最亟须坦荡的君子情怀和无私的绅士品格。因为，每个公民都希望有个安全稳定的生活环境，每个诚实劳动者都希望获取合理报酬，每次商贸经营都希望实现公平交易，每个鳏寡孤独、老弱病残者都希望获得社会救助，每个蒙冤受屈者都希望得到公正申诉的正义，所有这一切，绝不可能从天上掉下来，也不会在尔虞我诈的"互害"中诞生，唯一可能的保障，或许就是共同的社会良知与道义的固守与支撑。

红尘与烟火是上苍赋予人间的福祉，人们无须争做不食人间烟火的清教徒，但世间每时每刻，都离不开身处红尘且心存良知的干净灵魂。不然，世人将无法共处，世界则永无和平。

良心肯定不能当饭吃，但良心是无价之宝，是人品高低贵贱的试金石。退一万步，良心至少能让我们享受到金钱、权力和地位等身外之物，永远买不来、换不到的心灵安宁。

（原载《中国社会报》2022年7月22日）

良知与懿行

处于历史大变革时代，社会在狂飙突进的同时，各种污泥浊水也难免沉滓泛起；大家在交口称赞生活水平大幅提高的同时，也不断感慨安全感和信任度的隐约降低。面对公共领域道德失范、诚信缺失现象时有发生，面对各种投机取巧、弄虚作假、见利忘义风习屡禁不止的现状，人们对社会公平正义和公民良知懿行的企盼，显得愈益强烈与迫切。

良知是人类所秉持的某些合乎公德的人生态度。在儒学的经典论述中，良知是一种顺应天道而赋予的智慧。《孟子》强调："人之所不学而能者，其良能也；所不虑而知也，其良知也。"发展到王阳明那里，良知成为心学的核心理念。心学理论体系可用六个字、四句话集中概括为："心即理""致良知""无善无恶心之体、有善有恶意之动、知善知恶是良知、为善去恶是格物",从中足见良知的重要。应该说,王明阳的"致良知",意在强化人的心智锤炼,追求做人知行合一的根本目标,与儒家修齐治平的理念一脉相承,这是值得充分肯定的;但他延续了孟子关于良知来自先天、是不学而得的良好判断力的观点,本质上忽略了后天的养成和环境的再造,肯定也是唯心的、偏颇的。殊不知,人之初、性本善固然美好,但在后天修为和社会浸淫的作用下,人性是完全可以变恶的。所以说,良知虽有天赋因素,更有后天养成之力。有没有良知、能不能坚守良知,本质上是由人的认知、志趣、品德以及全部生活方式所共同决定的。

如果说良知是人的内心世界关于善恶美丑的价值取舍的话,懿行则是良知主导下的合乎人性与公理的善举。而在良知与懿行普遍受到挑战的当下,大力倡导与涵育人民大众的良知与懿行,对于扭转不良风气、推动文明社会建设,无疑具有十分积极的现实意义。

首先,倡导良知与懿行是维护社会正义的客观需要。社会作为不同个人和族群组成的命运共同体,良好社会秩序的建立与维护,是全社会每个成员共同的职责与义务。公民普遍化的良知与懿行,任何时候都是社会公平正义的坚强基石。尽管社会治理的主要手段来自法律,但伦理道德也是不可或缺的重要因素,而法治与德治结合的完美实施,永远都离不开高素质人群的集体参与。这里所说的群体性参与,有时是共同行动,像人民代表大会、乡规民约、公决投票、集体活动等，更多的时候还是独立的个体化行为。公民日常生活中各式各样的言行举止，最后都会转化为社会风气的积淀物，并对社会秩序的演进起到特定的推动或阻滞作用。

良知与懿行的作用与影响，或许在波澜不惊的和平年代不太明显，但在社会动荡的岁月里，某些善念和行为包括那些素常不被留意的言行，可能影响一群人、影响历史走向，让人受益终身。

我在中直机关遇到的第一个领导是位新中国成立前就参加革命的老同志，资格老、级别高，却没任何官架子。她对每个同事都很关心，尤其对受到批评产生思想情绪的同志，一定会登门问候并听取意见。我不大理解，询问缘由，她讲了一个自己亲身经历的往事。"文化大革命"时期，她被打倒，罪名是特嫌、"走资派"、资本家小姐，经常是白天劳动改造，晚上接受批判。由于营养不良，她有严重的低血糖，时常昏厥，心里十分悲观，一度有过轻生念头。有一天夜晚批斗正酣，突然停电了，黑暗中猛地有人将一块糖果塞进她的嘴里。灯亮时，周边没任何人有任何异样反应，她心知肚明，顿时泪流满面。后来，她不断发现有人在她枕头底下塞糖，但从未有人对她公开承认过。由此，她深知人间正义没有泯灭，不仅坚定了活下去的信心，而且认定了一个死理儿：受委屈的人最需要的就是关心与温暖。良知和善举就这样在她以后的岁月里得以延续。

19世纪中叶英俄战争期间，有个叫南丁格尔的女护士，每天在前线替伤员清洗包扎、换药喂饭、洗涤带血的衣物，晚上提一盏气灯在长达4千米的巡诊线上，挨个查看病情，给伤员送去安抚和爱心，每天工作超过20小时，累得满头青丝几乎掉光。由于她的尽心尽责，伤员的死亡率从50%降为2.2%，从此改变了军人对医护人员的理解与认知。战后，她被称为"英国历史上最伟大的女人"，人们为她塑起"提灯女郎"的巨型铜雕，联合国以她的名字设立"南丁格尔国际护士奖"，将其奉献精神推向世界。

再就是抗日战争时期，中国著名爱国实业家卢作孚，在宜昌沦陷前夕，不计个人得失，指挥他的民生公司，经过40天的日夜奋战，把聚集宜昌的职员、学生和各界流亡人士150万人和100余万吨战略物资运抵四川。其间，公司有85艘船只被日寇炸沉或炸伤，117名员工壮烈牺牲。这个被誉为中国版的"敦刻尔克大撤退"行动，几乎挽救了抗日战争时期整个中国的民族工业，为保存当时的国家政体、经济命脉以及教育文化事业作出了巨大贡献，毛泽东称他为"中国近代史上万万不可忘记的人"。上述事例，无论面向的是个人、群体，还是社会，均系出于公心、道义和良知的选择，而非一己的贪欲和私利，他们的懿行善举不论大小，都在一定范围内滋润着人们的心田，产生了不同程度的"破圈"效应，进而向全社会辐射出浓郁的爱国、正义、仁爱和利他的积极能量。

其次，倡导良知与懿行是涵养公民素质和社会公序良俗的必然要求。作为一个历史悠久的文明古国，传统文化中特别注重礼教。文人士大夫追求立德立功立言，普通百姓讲究做事先做人，现代社会强调德才兼备、以德为先，一脉相承地把修身养性作为国人的立世之本。孔子讲"己欲立而立人，己欲达而达人"，《礼记》讲"修身、齐家、治国、平天下"，都把修身作为做人的第一要务。在儒学经典看来，修身的核心要义在于"内圣外王"；而实现内圣的主要途径就是正心诚意、格物致知，强调要以慎独慎微的敬畏之心，"静以修身、俭以养德""吾日三省吾身"，以寻求不断提升并完善自我的道德修养。尽管"不以恶小而为之，不以善小而不为"的修身行为属于私德范畴，但每个社会成员优良私德的有效培育和实施推广，就是全社会良好道德风尚建立的无限希望。

关于私德，杨震的事迹影响巨大。据《后汉书》记载：东汉名吏杨震在赴任东莱太守途中，路经昌邑。早年的旧部王密在昌邑做县令，为报答恩公当初的提携之情，趁夜晚谒见之机，送去十斤白银。"震曰：'故人知君，君不知故人，何也？'密曰：'暮夜无知者。'震曰：'天知，神知，我知，子知。何谓无知！'"王密听完，愧疚离去。杨震言行一致，一生为官清廉、事业有成，老来过着平民百姓般的简朴生活。有老友看不过去，劝他也为子孙置些产业，杨震不肯，自豪地回答：如若后人视他们为清官子孙，我留给后辈的这份遗产，不是也十分丰厚吗？

当然，像杨震、包拯、海瑞这样载入史册的清廉人物并不太多，因为私德属于个人隐秘的修为，大多不为外人所知，故而只有这些知名人物的道德风范，才成为后世争相效法的楷模。

实际上，在整个社会生活中，秉持良知与美德之人并不少见，不然，中华民族不可能维系五千年。笔者曾结识过一个师范大学教授，早年毕业于国内著名高等学府，作为优秀人才派进师范教书。当年，因发表不同意见被打成右派，"文化大革命"时下放农村，受尽了苦头和屈辱。两个孩子患上急性脑膜炎，受乡村医疗条件所限，一个治愈，一个脑瘫。平反后全家回京，生活一度十分困难，但先生并没有呼天抢地、自怨自艾，而是迅速投入师职培训的紧张工作之中。编教材、做教案，沉迷于师范教育的规范化进程，以缓解当时教师青黄不接的困境，把丢失的时光补回来。感其高风亮节，专门就此向他请教。老人推心置腹地深情表示：遭受过那么多的打击和灾难，如果说没有委屈、怨言甚至愤怒，那是不可能的，但一味地愤怒又有何用！青春能回来？事业能补就？孩子能康复？不能！老祖宗讲以德报怨。20年的坎坷，想通了、悟透了，冤冤相报何时能了？只有善长恶消，社会才能进步！他说：一登上四尺讲台，看一眼台下一个个渴望求知的眼神，一切的烦恼和恩怨都会抛向九霄云外，因为良知告诉我，只有让文明的种子生根发芽，才能杜绝人间悲剧的再次上演。"亦余心之所善兮，虽九死其犹未悔"，这就是一个普通人高尚的精神境界！

正所谓修合无人见，存心有天知。无数过往事实充分表明，每个人心中的良知和善意的自觉，才是做人凭良心、干事守本分、处世循规则的基本前提。尽管普通人的所思、所虑、所行，可能经常藉藉无名，湮没于岁月的长河之中，但他们所传递出的文明正义的曙光，却会在潜移默化中不断助推着社会佳风良俗的形成。

再者，倡导良知与懿行是固守公共伦理的最后防线。人要融入社会，就必须遵循人类基本的伦理纲常，不能为满足一己私欲而肆意妄为。如果没有良心的自我约束，脸厚似城墙、心黑如煤炭的厚黑哲学就会大行其道。人性沦丧的结果，良知必然泯灭，行为也就失去了道德底线，社会势必走向混乱。章炳麟认为"道德衰亡，诚亡国灭种之根基"，言辞固然尖锐，但其理不虚。因此，有必要让良知成为人类的第三只眼睛。诚如英国作家毛姆所言：良知是每个人心头的岗哨，它时刻为人值勤、站岗、把关，监视着我们不要做出失德违法的事情来。若是每个社会成员都能秉持敬畏、戒惧之心，多一点自警、自律意识，坚守良知与道德底线，各种违规失范的不良行为自然日益减少，公然挑战人伦纲常的丑恶事件就会销声匿迹。

良知既是防范失德的卫士，也是纠正行为失范与偏差的制动器和矫正仪。人非圣贤，孰能无过。不是说秉持良知、心存戒惧，就有了天生的道德免疫力，就能把每件事情都做到最好；即便做了错事，只要不昧天良，就会用自我反省意识重新审视是非曲直，做出合乎人性和社会公理的正确选择。著名作家巴金在"文化大革命"中遭受迫害，走出"牛棚"之后，有感于自身境遇，设身处地地联想到其他受伤害的同志，勇敢地站出来反思自己在以往政治运动中的不当言行，情真意切，发人深省。薄薄几册《随想录》在社会上引起强烈反响，其坦荡心胸和高尚情怀感动了无数国人，也让那些参与整人却不思悔过者无地自容。

还有，法国的著名思想家卢梭，小时候为求生计，受雇进伯爵家当佣人。有次鬼使神差偷拿了别人一条漂亮丝带，后被告发，害怕被雇主辞退，推说是厨娘所偷，导致二人同时遭到解雇，这件事给卢梭带来终生的痛苦。40年后，他专门写了本《忏悔录》坦陈此事，说："这种沉重的负担一直压在我的良心上"，经常在残酷的回忆中彻夜难眠，"看到这个可怜的姑娘前来谴责我的罪行"。所以他要采用向社会公开坦白的方式表达，对厨娘予以深深的忏悔。

在1986年墨西哥世界杯1/4决赛中，马拉多纳借助"上帝之手"带领阿根廷队进入决赛，引发了世人经年不休的议论，也成为球王遭人诟病的口实。22年后，马拉多纳坦承事实真相，说"上帝之手"实际上就是自己之手，"我愿意为当年的举动公开道歉"，请求所有球迷予以原谅！也算正式给了英格兰球队一个"沉冤得雪"的补偿。

所以说，历史是最公正的。古语有言："人间私语，天闻若雷；暗室亏心，神目如电。"人在做、天在看，若要人不知、除非己莫为。任何昧着良心的坏事，任何暗室欺心和瞒天过海的陋行，有时可以瞒过世人的耳目，却逃不过天理的法眼，逃不过自己良心的谴责。世上再没有什么能比良心煎熬更加痛苦的审判了。

同样道理，生命没有高低贵贱，懿行善举不论明暗大小，只要你心怀善念、真情付出，行小善便是积大德，良心安宁就是最大的福报。

因而，我们真诚呼吁每个公民都能正心诚意、坚守良知、守望公德！多一些、再多一些良知导引下的懿行善举，坚决遏制见好处就上、见问题就躲、见困难就让的不良风习，遏制恃强凌弱、狐假虎威、恣意妄行、毫无悲悯之心的平庸之恶，遏制各种坑蒙拐骗、见利忘义、贪赃枉法的丑陋行径，祛除形形色色的"道德寒冬"，从我做起、从小事做起，不捐细流、不拒细壤，积少成多、聚沙成塔，努力在全社会营造一个风清气正、温馨和谐的道德家园。

（原载《人民政协报》2022年6月11日）

礼尚往来话人情

"你敬我一尺，我敬你一丈"，乃国人普遍信奉的人生哲学。这让"人情社会"的标签，妥妥地安在这个文明古国的头上。

礼尚往来历来都是中华民族的优良传统。早在《礼记》中就有"往而不来，非礼也；来而不往，亦非礼也；人有礼则安，无礼则危"的明确记载。再往前追溯，这传统或发端于氏族社会早期。当时生产力极为低下，为减少内部摩擦，协调部落人群之间的生产与生活步伐，同心协力抗御自然灾害以及兽群或外族侵袭，迫切需要建立起以血缘加上沾亲带故的旁系互相衔接起来的亲情链条，经过漫长的历史演进，最终形成了以盘根错节的血缘关系来维系族群共同利益的宗法制度。这对后世构建起超稳定的家庭与社会关系，发挥着极为重要的支撑作用。尽管历经几千年的岁月淘洗和朝代更迭，这一制度与日后渐成阵势的儒家崇礼重教的意识形态相结合，把立纲常、尊礼教、讲道德、重人情的文化传统根深蒂固地强化下来。诸如长幼有序、男女有别、老恭少敬、赡养老人之类极富情感色彩的人伦礼仪，几乎成了东方民族约定俗成的风俗符号。

源于血缘、人情与礼仪的极致是忠孝节义，最后定型为整个封建社会意识形态的核心。上流社会、达官贵人会把君王的赏识，看作谢主隆恩、报效国家的机缘；江湖上也把"士为知己者死"的说辞挂在嘴边，为报施恩者的大情大义，可以衔环结草、生死不负，假若此生难报，来生再效犬马之劳；民间照样有滴水之恩，当涌泉相报之说。在这里，情义成了超乎世俗的物质和生命至上的精神高地。

目下，这传续千年的文化传统，正在遭遇商品交换意识的严峻挑战。新年假日期间，来自各地的亲友串门走动、聊天聚会时经常谈道，不少地方人情往来早已超越了情感联络的范畴，水涨船高、不断攀升的礼金重负，已成为人们望而生畏的人情畏途。除了过去常规的婚丧嫁娶普遍大操大办之外，各种名目繁多的筵客随礼令人应接不暇，像婴儿出生、孩子升学、子女定亲、老人祝寿、新房搬迁、工作调动等，凡是涉及当事人以及家属的一切可以搞出名堂的事体，都要广发邀请、大摆宴席，凡沾边的亲戚朋友和同事都在邀请之列。受邀之人碍于情面，无论赴宴与否基本不可回拒，且须送上拿得出手的份子钱。风习所趋，若有人不搞或者操办小了，就有人缘不佳之嫌，受到莫名的鄙视与嘲讽。通常工作单位人数众且交往广的活跃分子，每月送出三五个、七八个份子钱皆属平常，不少人经常会发生每月的薪水都不够随礼，需要四处举债过日子的事情。人情，正在变成普通民众巨大的经济压力和沉重的精神负担。

联想到我们当年大多一贫如洗即可"裸婚"的历史，顿时冒出一身冷汗。如若当年也是如此这般的高价彩礼，估计我们这代人中，很多人至今只能是光棍一条。

平心而论，受传统儒学浸润的古人，普遍具有浓郁的人情味。然而，他们讲的人情更多的是情面，而不是物质。因为脸面与节操相关，为了神圣不容侵犯的脸面，他们可以奋不顾身，牺牲一切。

稍作梳理不难发现，历史上许多耳熟能详、惊心动魄的传奇故事，都与知恩图报、崇节尚义的社会伦理有着千丝万缕的内在联系。荆轲刺秦，就是典型案例。当年，燕国为解除秦国日益迫近的战争威胁，太子丹拜江湖义士荆轲为上卿，极尽情感笼络之能事，赐高等馆舍，每天登门问候，还置办奇珍异宝、华服美镒、豪车骏马以及美女任其享受。游东宫池时，见荆轲以瓦片投向乌龟，太子丹就送以金丸；乘千里马时，荆轲说一句"千里马肝美"，太子丹就杀马取肝以奉；更过分的是华阳台酒宴上，荆轲夸一句鼓琴美女"好手"，太子丹竟斩美女之手相赠。因为这种残忍的笼络，荆轲欠下"太子遇轲甚厚"的人情，只能充当刺客，慷慨赴死。同样，豫让也因对自己有知遇之恩的智伯被害，决心刺杀赵襄子为其报仇。第一次行动失手，怕暴露身份，于是以漆疮烂身、吞炭弄哑喉咙，残身苦形，再寻时机。在第二次行刺同样以失败告终的情况下，豫让仍坚持"明主不掩人之美，忠臣有死名之义"的理念，请求赵襄子借给衣服，让他砍一刀，得到成全后，欣然伏剑自刎。深究起来，这二人都与当事人无冤无仇，奋然冒死行刺的根由，皆因为情所困。尽管从现代文明的角度判断，这些毫无是非原则的知恩图报是荒唐的，但他们舍生取义的侠客精神却被冠以忠义之名获后世称道。

抛开这些极致的事例，韩信"一饭之恩赠千金"和胡雪岩"投桃报李"的故事，或许更能说明问题。韩信少年失怙，家道贫寒，虽刻苦用功但无以为生，迫不得已吃别人的"白食"，遭人冷眼。韩信不忍，尝试以垂钓换饭吃，温饱依旧无法保障。淮河边替人漂洗纱絮的漂母见韩信可怜，常把自己的饭菜分食与他，韩信深受感动。直到发达封侯之时，仍念念不忘漂母的一饭之恩，派人四处寻找，并以千金赠予。胡雪岩的经历也如出一辙。在尚未出道的学徒期，胡过着入不敷出、朝不保夕的生活。恰赶上外地来杭州谋事的表叔突然病倒，急需就医，他身无分文无力相助，又不忍心抛下病榻上痛得死去活来的表叔，只好心怀忐忑地向友人求助。不料朋友之妻丝毫未考虑他的偿还能力，毫不犹豫地借他五两银子。胡雪岩感激涕零，把老娘留给他的一只风藤镯子作抵押。镯子不值钱，作为母亲遗物相押尤显郑重。还钱时，友妻要归还镯子，胡却婉言谢绝，认为钱虽还了，但自己落魄时友人慷慨解囊的人情还没还，表示将来有机会补上这份人情时再取不迟。若干年之后，朋友遭人暗算，生意陷入困境，未及张口，胡雪岩闻讯立马行动，出钱出力，帮朋友成功脱险。胡雪岩用投之以桃、报之以李的具体行动，实践了他情义、诚信至上的价值准则，不仅为自己积累了人脉，也成就了他庞大的商业帝国。此外，还有像晋文公重耳以退避三舍的践诺，来报答楚成王在自己走投无路时收留厚待的情谊；当年盗马食肉者，日后群体出动解救秦穆公，报穆公当年不究杀马之过、反而以酒相赠的恩情；特别是诸葛亮以大半生鞠躬尽瘁、死而后已的丰功伟业，来回报刘备当年三顾茅庐、求贤若渴的宽厚襟怀和用人不疑、从善如流的高尚品德。从中，我们不仅可以看到人情在国人心目中的实际分量，而且还精辟诠释出物债易偿、人情难还的深刻道理，表明以心换心、以情交情的心理补偿机制在人们社会行为中的巨大影响力。

当然，为了偿还一个人情，动辄以命相许，或者终身背负精神重荷，确乎过于沉重。尤其是现代社会，科技的发达、物质的丰富、生活节奏的加快和公民个性的解放，都给人情往来的方式提出了崭新要求，传统的人情世故早已不再适应现代人交往的需要。我们要继承崇礼尚义的优良传统，不让日益扩张的水泥森林把人际关系搞得冷若冰霜，目的是借助其乐融融的人情交往和人际关系来加强心灵沟通，这对增进人与人之间的情感关联度和精神凝聚力，维系社会共同价值观念、伦理道德和行为规范，推动和谐社会建设都有一定的积极意义。

但同时必须强调，现代文明不再有人身依附关系，平等的人情往来不应掺杂任何以交换为前提的功利因素。社会在倡导和谐人际关系的同时，更应重视法律制度建设，任何有人情味的公共社会活动都不能超越法理，必须依法依规、照章办事。即使在法律制度难以规范的私人交往空间，世人也不应让正常的人情往来，有违于公民的基本道德准则。高价彩礼和各种名堂繁多的大操大办的筵客行为，如果忽略了人情中"情分"的主旨，把广为散发的请帖变成收罗钱财的告知书和催款单，将正常的人际关系异化为充满铜臭气的物欲奴隶，这就极大背离了人情往来的初衷，属于典型的人性的堕落。

婚丧嫁娶活动需要一定的形式和氛围的烘托，亲朋好友的相互参与当然会给当事人带来荣光和温暖，但参与的方式重在情感交流而不是物质交换，礼金只是某种仪式化的一点象征。如果以礼金的多寡来衡量亲疏，那么人情必然一文不值。

全社会都应该大力呼吁健康的人际关系，移风易俗、新事新办，防止新时代的礼尚往来重新滑入旧社会"世情看冷暖，人面逐高低"的窠臼，不能让人情在无限度的亏欠与偿还的轮番交替中不断加码，把加深亲情友情的渠道，变成人们普遍难以忍受的精神累赘，更不能让那些徇私枉法、利欲熏心者有可乘之机，把正常的人际交往变成他们搜刮钱财、贪污腐败的脱壳平台。

重情重义本是人性之美，假若人情变成人情债，人性的美好必将荡然无存。

（原载《中国艺术报》2023年5月24日）

说尊严

幸福快乐有尊严地活在这个世界上，相信这是每个人心中的梦想，也是社会治理追求的目标，当然更是社会主义核心价值观中富强、民主、文明、和谐、自由、平等、公正、法治的应有之义。

"尊严"一词，出自《荀子·致士》，"尊严而惮，可以为师"，是讲为师者要尊贵、庄重、肃穆且有威严。后人推而广之，广泛指涉有关国家、民族、团队和个人的身份、地位与价值的认同，进而彰显他们享有神圣不可侵犯的自由平等受尊重的权利。

毋庸置疑，在尊严类别的范畴中，国家与民族的尊严涵盖主权、领土、内政、外交各方面，属于国家的至高利益，是国家经济实力、政治建构、国防力量、文化软实力和国际影响力的综合体现。而公民尊严则是人赖以生存发展的生命立场，是受宪法和法律保护的包括人格、言行、财产和安全在内的不容侵犯的神圣权利。公民尊严既是国家尊严生成的基石，又需要国家提供公共服务和社会保障；民族尊严须有国家机器和人民大众的鼎力支撑和共同维护，否则就可能凌空蹈虚、无所附丽。如果国家不能提供良好的生存空间、自由的创新创造环境、宽松的精神文化氛围和安全稳定的生产生活条件，公民整体的尊严就得不到保证；如果公民没有体面的、有尊严的生活，社会就会死气沉沉、丧失活力，或者争斗不休、危机四伏，国家与民族尊严最终也难以维持。因而，在建设强大的国家经济、政治、文化和国防实力的同时，强化公民的尊严意识显得十分必要。

仅就个人而言，人的尊严首先源于自爱、自重与自尊。尊严既是主体的内在感受，更是外部世界对于主体对象的价值判断。爱惜自己羽毛，珍重个人声誉，是个体获取并享有尊严的前提。人，生而平等，不论贫富尊卑，不论种族职业，只要遵纪守法、自食其力，都是现实生活中丰富个性精神不可或缺的一部分，都是一种有价值、有尊严的社会存在。如若妄自尊大、盛气凌人，目空一切、恶性膨胀，自以为尊贵，自我标榜过了头，在别人眼里则一钱不值。严而无尊，何来尊严？而蓬头垢面、放浪形骸，自暴自弃、胡作非为，自轻、自贱、不自尊，同样无法赢得他人的尊重。正如《孟子》所说："人必自侮，然后人侮之；家必自毁，然后人毁之；国必自伐，然后人伐之。"自尊、自爱、自重是人类自我完善的内在动力，没有自觉清醒的个性修为，个人的尊严当然也就无从谈起。

其次，人的尊严来自情怀、节操与骨气。人远离动物本能的本质在于情怀与信仰，其中最能显示人格魅力的品质是节操与骨气。悲悯与博爱的情怀让人超尘脱俗，自带威严；高尚的气节与操守让世人敬仰，受大众追随效仿。有了这样的品格，人的尊严即可不树而立。春秋战国时期的伯夷、叔齐不食周粟，齐国义士不吃黔敖的嗟来之食，东晋陶渊明不为五斗米折腰，朱自清宁可贫病而死也不接受洋人的侮辱性施舍，梅兰芳蓄须明志，程砚秋断然拒绝日寇义演的邀约，贝多芬坚决不给入侵维也纳的拿破仑军官演奏等，他们高尚的行止，展示着情怀、操守和骨气的磅礴力量，也把做人的尊严诠释得淋漓尽致。

再者，人的尊严在尊重与善待他人中形成。谦恭是做人的美德，敬人者人自敬。尊重是平等理念深入内心的自然外露，是基于理解、包容和接纳之上的行为准则，它不仅表现在对待长辈、上级、偶像和显贵的态度上，更是体现于平辈、下级、普通人和弱势群体交往的行动中。摒弃任何不合时宜的虚荣心和优越感，真心诚意地对待每一个人，承认每个人都是独特的个体，尊重他们的身份、职业、兴趣与爱好，不以个人观念和喜好为标准来臧否他人，不把个人的意志强加于人，真诚宽容并接纳与自己不尽合拍甚至相左的思想与行为，尤其是设身处地地理解和包容处在弱势状态人们的想法与诉求，尽可能求同存异、摆脱执念、从善如流，寻找社会最大公约数，在一视同仁、真心实意地平等相待中得到他人的尊重，建树自我的尊严。

此外，人的尊严还需要坚持不懈、始终如一地持守。尊严不在乎一时一事，而在于一生一世。人生如幻，从来没有永远不败的赢家。尊严在顺境时易于把握，逆境时最难掌控，尤其是在生活极度贫困和强力逼近生命极限的时候，屈服和妥协的诱惑具体而强烈，信念与尊严的固守则尤为艰难。当年在南加州逃难的年轻人哈默，虽然饥肠辘辘、疲惫不堪，仍坚持以劳动换取食物，他极具尊严的品格被杰克逊一眼看中，慷慨接纳并以女相许，最终成了世界首屈一指的石油大亨。幼年失怙的清贫少年傅雷，第一次走进同学家的花园洋房，为别人那好过自家睡床百倍的高档木地板震惊不已，回家向寡母哭诉。母亲平静地告诫他：不必羡慕人家漂亮的地板，只要我们不亢不卑有尊严地好好活着，任何漂亮的地板都可以踩在脚下。一句话改变了傅雷自卑的心理，成就了他一生傲视群雄的翻译事业。也正是因为这种根植于骨子里的不屈意志，让他在"文化大革命"中选择了士可杀而不可辱的决绝行动，为世人留下无尽的唏嘘、感叹与崇敬。

贫贱不能移、富贵不能淫、威武不能屈是国人崇尚的美好品德，也是锻造和锤炼个人尊严的试金石。那种在权贵面前摇尾乞怜、恶势力之下为虎作伥的卑劣行径，历来为中国文化所不齿。得意不忘形、失意不沉沦、身处逆旅不随波逐流，即便是卑微如尘埃，也决不可扭曲似蛆虫。这是做人的基本底线！诚如齐国太史不惜杀头，坚持把"崔抒弑君"写进史书的铮铮铁骨，才成就了史笔如铁的历史神话；恰如苏武留居匈奴19年持节不屈、不辱使命的浩然正气，方书写出中华民族爱国主义的辉煌篇章。他们的代价固然巨大，却把"尊严"二字深深地镌刻在历史的丰碑上。我辈虽不能至，但也心向往之。

尊严是个关乎民族和人民生存与发展的大问题。一个国家没有了尊严，就失去了民族自信；一个公民没有了尊严，就失去了内在灵魂，生命只剩下生物学意义。所以，维系国家和公民的尊严是全社会的共同责任，只要每个人都具有清晰自觉的尊严意识，文明进步的火种就永远不会熄灭。

处在波谲云诡的社会变革时期，我们要学会并增强在错综复杂的社会现实中辨别真伪的能力，真诚呼唤社会良知，切实捍卫公民的合法权益与人格尊严，勇于抵制各种冠冕堂皇旗号下的违法乱纪现象，坚决同那些践踏公民权利的不良行为作斗争，努力让每个靠诚实劳动立身的百姓，都能过上有尊严的体面生活，让和谐包容、相互尊重的谦谦君子清风重新吹拂神州大地。

（原载《中国社会报》2022年7月7日）

论惜物

现实生活中，许多在潜移默化中形成的生活方式虽受人诟病，我却往往乐此不疲，很难改变。

比如说，在"剩饭有害"之说甚嚣尘上的当下，依然故我地坚持不轻易倒掉剩饭；穿上新衣浑身别扭，一件旧夹克衫穿了快20年，领口袖口均已磨出毛边，每年仍会翻出来穿上几次；袜子破了，补一次袜底，总感觉比换一双新袜更耐穿；羊绒衫袖子磨出洞来，不忍心当垃圾处理，捡回来剪掉袖头，变为短袖毛衣，结果成了肩周炎护理的必备物，穿到单位被同事发现，还被认作流行新款式……诸如此类，在家总被老婆骂作没出息，常在谆谆教导后声色俱厉地质问：这么抠门，你能活几辈子？

与此相反，在外面碰到乞丐，无论多少舆论质疑他们的真假，十有八九忍不住出手施舍；凡朋友、老乡和同学聚会，每每都会抢着买单；请客吃饭，总是把菜点得比较丰盛些，觉得盆干碗净的标准有点寒碜……此时此刻，又常被朋友调侃为死要面子、活受罪，改不了山东人穷大方的臭毛病。自个到底算是小气还是大方？心下总是困惑不已，永远掰扯不清楚。

认真想来，既不必对此叫冤，也无须为之辩解。实质上，对己对人的不同标准，二者之间看似矛盾，实质上却是一体的，无非就是一个敬人惜物的生活态度而已。自我节俭，固有恋旧惜物的成分，更多是个生活习惯问题；待人大方，必是出于礼貌与尊重，稍有破费，最多也不超出物尽其用的良善初衷。诚意于让人尽人性、物尽物理，充其量不过是尽一份做人应有的待物之德罢了。

在各种消费品产能接近饱和、物质极大丰富的当下，惜物似乎成了一个冷僻而又过时的字眼。然而，对于我们这代历经饥荒、饿过肚皮的人而言，常怀惜物之意，理应归于不忘本来的初心。如果说在物资匮乏的年月，人们因贫穷而惜物，省吃俭用、节衣缩食，对钱与物的使用力求做到极度的节省，肯定是一种囊中羞涩的无奈之举；那么，在普遍解决温饱，有了足够的经济支配能力之后，惜物一般既无涉于贫富也无关乎价格，而是出于井涸始晓水之可贵、兵燹才知和平难得的感恩之心，出于对身边所用之物珍视的情缘，此时的节用无疑也就成为道德理性的主动选择。

一般而论，平民百姓惜物自不必说，也有不少富豪同样终生保持着惜物节用的良好习惯。石油大亨洛克菲勒虽然富可敌国，常年进行巨额的慈善捐赠，自身却坚守清教徒般的生活自律，儿子入学前竟一直穿着姐姐轮替的裙子；宜家创始人卡姆普拉德会经常去跳蚤市场买衣服，出门开一款老旧汽车，甚至乘坐公共交通工具；被誉为股神的巴菲特一直住在20世纪50年代购置的老房子里，几乎每天吃廉价汉堡；就连贵为女王的伊丽莎白老人，仍坚持牙膏挤到一滴不剩，每天深夜还要亲自熄灭白金汉宫走廊的灯。这些良好的生活方式，似乎与抠门、吝啬和小气不可同日而语。

我们倡导并坚守惜物本色，无非就是要发扬前人的生存智慧和优良风习，富时不忘穷时忧。凡事以够用为度，少一点穷人乍富的暴发户心态，摒弃那些肆无忌惮挥霍金钱、浪费粮食、斗富摆阔的不良行为，守住"富贵不能淫，贫贱不能移"的处世底线，施而不奢、俭而不吝，在纸醉金迷、物欲横流的世界中始终保持一份常人的本真。

惜物尽管惜的是物，但绝不是物欲至上的商品拜物教，而是对自然和社会的一份沉甸甸的感恩与尊重。天地生万物以养人，这是大自然给予人类的巨大恩赐。如若没有万物的养育，就没有人类的生命，世人理应秉持虔诚的敬畏之心，回报这无私的馈赠。我们日常生活中使用的每一件物品，大多是他人辛劳的成果，珍惜且尊重他人的劳动与付出，也是起码的为人之道。半碗残饭、几件陈物、一袭旧衫不值几何，每人皆可付得出、丢得起，然而，只要想到生产与制作过程中诸多人为之付出的劳作与汗水，我们就没有任何理由和权力不为之珍惜。每个人都是社会劳动者中的一份子，尊重他人的劳动，同样也是对于自我的尊重。

如果我们日复一日、习焉不察地以各种不喜欢、不新鲜、不时髦为由头，把上好的食品与物品当作垃圾随意扔掉，社会上的侈靡之风必将随之蔓延，渐次陷入肆意挥霍、暴殄天物甚至于穷奢极欲的危险边缘。

有了对自然与社会的尊重与敬畏，才能摆脱对于物的贪欲之心，真正把惜物，升华为一种高尚的道德情怀。大自然固然可以满足人类生存发展的各种需求，但自然资源是极其有限的而且多数不可再生，永远不可能无限地满足人类的所有欲望。唐人白居易早就断定："天育物有时，地生财有限，而人之欲无极"，所谓欲壑难填、人心不足蛇吞象就是这个道理。无休止地攫取、挥霍与耗费，竭泽而渔的结果，必然导致资源的严重匮乏。

敬畏天地、敬畏苍生，就要珍视各种自然资源与社会财富，既节用个人资产，更珍惜公共财物。当俭则俭、宁俭勿奢。如果我们能够认真检视且反思普遍存在的对自然资源的无节制开采，检视且反思各类楼堂馆所的铺张，检视且反思大量低水平重复建设的无谓浪费，包括国人在餐桌上倒掉的接近2亿人一年口粮的食品等，诸如此类触目惊心的事实，难道不足以让一个刚刚从温饱线上走过来的民族感到羞愧？那些图一时之快，既慷国家之慨、又殃及子孙后代的各类炫富行径，岂不是一种罪过！故而，只有惜物，也唯有惜物，才是保全社会可持续发展的长治之策。

这里必须强调，惜物不是提倡禁欲主义，而是善意提醒人们勿失应有的理性与节制。热情洋溢、理直气壮地追求美好新生活，是我们雷打不动的奋斗目标，这是定而不疑的。但同时也要强调，高质量的生活并不以山珍海味、胡吃海喝为标志，而是物质与精神的双重满足。既然我们知晓人类存有贪婪的动物本能，就不该恣意让炽烈的欲望将人性焚毁。人生的幸福不是无止境追求财富的占有，幸福的感觉取决于人的心态。有时做做减法才会发现，真正的幸福，恰恰蕴藏在平平淡淡才是真的朴素生活之中。

倡导惜物，就是要重新审视人与物的关系，不能把人变成物欲的俘虏、成为拜金主义的奴隶。常言道："凡不能俭于己者，必妄取于人。"现实生活中，我们经常看到，不少人正是从小节的失检开始，发展到在贪赃枉法的大节上失足，虽方式各异、程度不同，但堕落的轨迹大致相似。只有学会自我约束，才能做到"知足不辱，知止不殆"，养成良好的生活习惯和严谨的行为方式；才能把惜物变成一种惜福之举，变成一种从容的处世态度和生存哲学。在灯红酒绿、纸醉金迷的世俗社会中，自觉抵制各种金钱、名利和美色的诱惑，经受住名缰利锁的严酷考验，达到事能知足意常惬、人到无求品自高的自由境界。

虽粗茶淡饭，却也香甜如饴；虽两袖清风，却也无怨无悔；虽波澜不惊，却也信心满满、悠然自得。有了这样恬淡的心态，我们还用得着再为那些庸俗又浅薄的虚荣、面子和名利而苦苦挣扎吗？

（原载于《文汇报》2024年5月16日）

浅议德行

生活中人们经常看到这样的情形：有人在街上被匆忙赶路的骑车人轻轻剐蹭了一下，虽毫发未损，却立马卧地不起、插科打诨，既不让人离开，也不让送医院，直到骑车人掏出钞票，方才不无得意地扬长而去；有人在公共场合大呼小叫，买点稀罕玩意或上下公共交通任意插队、你争我夺，对各种约定俗成的规章制度置若罔闻；有人用花言巧语拼命把假冒伪劣的产品塞给顾客，等发现问题回头找来时，却说顾客胡搅蛮缠，死不认账；有人表里不一，说一套、做一套，表面上冠冕堂皇、背地里行事龌龊，属于典型的"两面人"；有人不着边际地吹嘘自己的本领和业绩，信誓旦旦地发出宏愿，而在实际操练中或差之霄壤或一败涂地，旁观者都感觉无地自容，当事人却装得满脸无辜、毫无愧色；有人把特殊岗位上应负的职责当作自身的特权，推三阻四、吃拿卡要、横征暴敛；还有人占据要津，欺上瞒下、贪赃枉法、不行正道，灵魂与肉体全方位堕落……

这些不良社会现象和个人丑行，深层里既涉及当事人的私德、公德和官德，也涉及公民的文明素质和职业操守等问题，核心都与具体行为人的德行与素养紧密相关。

一个有着几千年文明发展史的君子国度，德行如若这般任人践踏、成为稀缺之物，岂不是历史笑话和民族悲哀？对待此类现象和行径，如果只从现象而不从本质入手，头痛医头、脚痛医脚，那么，长此以往必将严重败坏社会风气，让世道人心变得难以收拾。社会确实到了必须从根本上重视且提升公民德行与素养的重要时刻。

这里所说的德行，泛指公民的道德与品行。按亚里士多德的说法，就是人们习惯行为中的品格特征。德行绝不是一个抽象的概念，而是现实生活中人们所表现出来的知、情、意、行合为一体的活生生的人格。总体说来，德行不是天生的个人禀赋，而是在后天日积月累的生活实践中逐渐养成的。尽管不同族群、不同阶层、不同职业的行为方式会有所差异，但社会对人的道德与品行的要求是共同的，它在每个公民身上的表现与所处地位和职业无关，绝不会因为你的出身、学历、族群、阶层和社会地位的高低，而相应提高或降低。

中国古人评价一个人的能力、品性和功过时，总是把德行的好坏放在第一位。《易经》讲"君子以制数度，议德行"，主张以德行优劣用人才。《礼记》曰："是故昔先王尚有德，尊有道，任有能"，强调先王的英明在于崇尚有德行之人；进而提出"故君子尊德性而道问学"，倡导以至性至诚问道治学。《左传》有"太上有立德，其次有立功，其次有立言，虽久不废，此之谓不朽"之说，把立德放在"三不朽"之首。《抱朴子》进一步发挥，提出"德行文学者，君子之本也"。到了王安石，他在《上仁宗皇帝言事书》中总结历代王朝执政得失后得出结论："朝廷礼乐刑政之事皆在于学，士所观而习者，皆先王之法言德行治天下之意。"这都充分表明，德行在古人关于做人、治学和执政等评价体系中占据的重要分量。

我们要改变一些人在义与利、言与行、德与能、勤与绩关系上，存在的认知及行为偏差，就必须高度重视公民良好的德行养成。首先，社会要切实加强法规制度建设，法律面前人人平等，不容许任何组织和公民凌驾于宪法和法律之上，真正做到有法可依、执法必严、违法必究；同时又要切实维护和保障个性独立和人身自由，鼓励创新创造，激发社会活力，在全社会建立一个公平正义、法治严明、惩恶扬善、政通人和的良好公共秩序和生活环境。

其次，要加强普通公民的理想信念、价值理念和道德观念的目标培育，建构起全社会普遍认可且共同遵循的行为准则和价值规范，坚持以高尚的善恶观来统领社会成员在公共领域、职业领域、家庭领域的行为与操守，借此疏通、调整、规范与维护和谐的人际关系和社会秩序，不断促进人的全面发展和自我完善，提高全体公民的精神境界、思想品格和社会公德，努力在全社会营造出一种崇德向善的良好氛围。

再者，就每个公民个人而言，则必须努力培育自己作为一个合格新时代公民的健全人格。按照联合国教科文组织提出的面向21世纪教育的四大支柱理念，在"学会求知、学会做事、学会做人、学会生存"上狠下功夫。要树立科学文化知识的终生学习理念，不断加强思想道德的修炼和健全人格的养成，把遵纪守法、明礼诚信、老实做人、踏实干事作为个人始终不渝的行为准则，让团结友爱、尊老爱幼、好善乐施、扶贫济困、诚实守信和见义勇为等，成为人们共同遵循的社会规范。

同时，要加强个人的自我约束、自我控制和自我心理检视，慎独慎微、勤思敏行，严于律己、宽以待人，确保每一个个性鲜明的公民都能在宽松而又有秩序的社会大家庭中和谐相处。这就足可让那些见利忘义、违法乱纪、坑蒙拐骗、鲜廉寡耻的丑恶行为自惭形秽，至少不再有横行无忌的生存空间。

倘若如此，我们又何患清风正气不会徐徐而来？

（原载《人民政协报》2023年12月2日）

感受换季

去岁入冬，朋友送来几盒市场上很少见到的青绿细长、脆甜可口的沙窝萝卜。大半个冬天，这些萝卜与苹果、香蕉、橘子一起摆在茶几上当水果食用。

春节过后，又有客人造访，看到萝卜喜出望外，主动申请尝鲜。不承想切开一看，突然发现，前两天还好端端的萝卜原本充盈的汁水已经枯竭，刀过处棉絮状的印痕清晰可见，吃起来味道已全然不对。抬头看了一眼墙上的月历，始知立春即至，萝卜转瞬沦落到糠不可食的地步。大自然的造化之功，透出几分玄妙与神奇。

斗转星移、四季轮回，时序就这样按部就班、永不停歇地运行着。有人欢呼冬去春来，高歌礼赞绿意的萌动与生机的勃发；也有人看到秋风萧瑟、残花逐水，就失落地哀叹易逝的流年和人生的无常。"未觉池塘春草梦，阶前梧叶已秋声。"季节的轮替从来不会因为哪一类生灵的好恶而发生些许改变，这就是大自然变动不居、一往无前的磅礴魅力。

由此想到自己与季节变化紧密相连的一个生命体征，愈发强化了这种感受。差不多有20多个年头，不知何故，每年一进秋季，鼻子瘙痒难耐，打喷嚏流鼻涕，如同感冒一般。开始没在意，猜想可能是风寒着凉，后来变成整个秋天连续不断的常态症候。这才猜测或许是哪里有点儿不对劲，找医生一瞧，立马诊断为过敏性鼻炎。病原找到了，却尚无良药可治，只能用抗过敏药物予以辅助性缓解。

对我这个常年不进医院的人来说，坚持吃药不仅痛苦，而且还有药物依赖的担忧，唯一可行的办法就是尽量减少与过敏原的接触。无奈蒿草花粉、化学粉尘弥散于空气之中，但人又不能不呼吸。那就只好认赌服输，在被各种过敏原牢牢围困的生活环境里，除了刻意增加呼吸道保护措施的同时，每年都要盯准立秋的日期，提前采取外用喷药的方式，来控制鼻黏膜对异物的过敏程度。几年尝试下来，差不多做到了在无须持续服药的情况下，大大降低过敏性鼻炎发病的次数。

这一亲身经历给我一个鲜明启示，人类和其他动植物共同生活在大自然的怀抱，谁也无法逃避生存环境和自然规律的无形制约，无论人类有多么强大的智商和行动能力，但敬畏自然、顺应自然、道法自然的行为准则似乎不可轻易违背，否则大自然的惩罚或许就会如影随形、接踵而至。

自然的力量神秘而强大，人类要想在其中获得良好的生存与发展机遇，就必须在深刻认识自然、顺应规律的前提下，审慎而又科学地拓宽自身的发展空间。特别是在人类社会出现的早期，如果没有与自然节律保持步调一致的意识和手段，可能就无法平安度过那不堪一击的脆弱童年期。

中国先祖有着聪明的智慧，他们将北斗七星循环旋转周期归纳成二十四节气，这既是先人在长期生活实践中对自然节律变化的系统观察基础上做出的经验概括，也是对因天体运行引发的时令、气候、物象变化规律进行科学总结后制定的行为知识体系。对二十四节气的掌握与运用，成就了上古农耕文明的发展进步，也维系且壮大着族群的生息与繁衍，影响了中国几千年的文明历史，进而成为中华民族博大精深的传统文化的重要组成部分。直到今天，它们不仅仍然是农业耕种、管理和收获的重要指南，而且还是人类衣食住行等生活调节的重要参考。从中演化出来的类似"白露早，寒露迟，秋分种麦正当时""二月踏草青，二八三九乱穿衣""四月芒种雨，五月无焦土，六月火烧埔""乌云山上飞，棕蓑提来披"之类的民间谚语，依然在人们日常生活中发挥着潜移默化的指导作用。

尽管现代科技高度发达，但人类对无限的大自然包括自身的了解与把握程度依然十分有限，对宇宙太空更加深入的科学探索，只能说才刚刚破题。巨量的有关天体运行、地壳运动、生物进化、气候遽变的奥秘目前尚无法破解，人类认识自然、改造自然的历史使命仍旧任重道远。各种改天换地的狂热行为似乎都有冷静斟酌和理性克制的必要，那些与天斗、与地斗、与人斗其乐无穷的激情固然十分豪迈，但人类每一次脱离实际、不讲科学、无视规律的蛮干，都曾让自身遭遇过种种天灾人祸的报复性惩处，承受到由此引发的资源破坏、环境污染以及社会动荡带来的巨大伤害，其惨痛教训不得不认真吸取。

自然界是这样，人类社会亦如此。生老病死、新陈代谢终究是人类生命和社会进化的常态。星云大师谈到生死问题时曾经说过：生了要死，死了要生，等于季节有"春夏秋冬"的循环，物质有"成住坏空"的还灭，人生当然有"老病死生"的轮回。所以，代际更迭同样也是不可抗拒的客观规律。"人世几回伤往事，山形依旧枕寒流""长江后浪催前浪，浮世新人换旧人"，人们大可不必鼠目寸光、过于看重眼前的蝇头小利，因为没有任何财富、荣誉和地位永远纯粹属于哪一个人。

无论贫寒富足，还是卑微高贵，每个人都不过是历史进程中匆匆的过客，成为某些财富、荣耀和地位的短暂享用者而已。大家既不必感叹岁月的无奈，因为花开花落纯属时序的循环；也无须感慨生命的短促，阴晴圆缺无非是自然规律使然。只是需要在新旧轮替的衔接中切实掌握好秩序与节奏，青年人要尊重老一辈，学习其经验，接续其使命；老一辈更要勇于让贤，热情扶持青年一代超越自己，努力攀登未竟的事业高峰，推进社会后劲十足地稳步发展。如同季节的转换是一种自然规律一样，人类社会的赓续同样也是一种必然的历史进程，是一股由深层规律推动的无法遏制的进化力量。

既然承认生长与变化，是一切生命的不二法则，那么，我们何不乐观面对，没必要为季节的更迭和岁月的流逝发出长嘘与短叹。

（原载《新民晚报》2023年2月18日）

趣谈雨伞

北方少雨，伞的使用频率很低。

前不久，去南方小住了一段，恰好赶上雨季，循着固有的出行习惯，结果接二连三被不期而遇的阵雨浇了个落汤鸡模样。挨淋的教训，让自己很快学得乖巧起来，再次出门时，有雨没雨都不忘带把雨伞。

某一日，相约与当地朋友一起逛老街。见面不多会儿，天上突降暴雨，刚躲进路边小店，友人手机瞬时响起，夫人来电说家里卧室窗户未关，恐有灌雨危险。情急中，赶忙把手中的雨伞送予朋友，让他立刻回家关窗。自己则转身走进一家商铺二楼的咖啡店，临窗落座，点了一杯黑咖，耐心等候雨过天晴。

呼吸着充盈室内的咖啡浓香，不经意转头瞟了一眼窗外，一下子被茫茫雨雾中的老街景色所震撼。一阵风狂雨骤过后，降雨虽有所减缓，但仍无停止迹象，而街上行人似乎并不以雨水为忤，大家依然熙熙攘攘、冒雨穿行。想象中，他们无非是商务在身？应约赴会？抑或外来游客着意要领略雨中街景？唯一与素常不同的就是，每人手中皆持把雨伞，步履稍显匆忙而已。

青石铺就的古老街道上，不时传来雨水坠落伞面和其他物体之上击打出的节奏铿锵的交响，参差错落的骑楼和斑驳陆离的招幌，笼罩在氤氲的水雾里，配上由赤橙黄绿青蓝紫和五彩缤纷的花伞构成的移动色块，迅速把整条老街渲染成一幅带有背景音乐的生动鲜活且随机变幻的水彩画卷。这情景，与记忆里戴望舒《雨巷》中，描绘的那个撑着油纸伞、独自彷徨在悠长且寂寥雨巷的、丁香一样结着愁怨的姑娘所呈现出来的，寒漠、凄清而又惆怅的意象截然不同。其巨大的反差，或许就是雨中空巷孤寂的独行，与众生奔波积聚的浓郁烟火气，所形成的强烈而又鲜明的对比。而这风格迥异的两幅画面的焦点，无疑都不约而同地指向了人们手中的那把——雨伞。

做梦也没想到，平常极少露面、常年隐身于房屋角落、不起眼的雨伞，有需要时挺身而出、不需要时屈身而退的、颇具君子风度的凡常器物，竟在此刻偶然的际遇中，格外抢眼地闯进了自己的视野。

细究起来，雨伞作为人类居家生活不可或缺的特殊用具，在古老的中国大地已经存在了四千年之久。可以说，先人面对大自然的风霜雪雨，从树荫、山洞和茅舍里的被动躲避，到主动钩织蓑衣和斗笠是一大进步，而伞的出现，则更是一项具有较高智慧含量的创造性发明。

尽管最早见诸《周礼》的黄帝战蚩尤中的"轮人为盖"，可视作伞的雏形。但何以"为盖"？似乎难以清晰想象。到了周代武王伐纣时，战车上有了（后世出土文物中可实证的）华盖，这与当今的雨伞一脉相承。华盖，据说是武王在行军途中，受士兵为降解夏日酷热而头顶莲叶的启发，命工匠制作的状若荷叶的车上顶棚。这种类似于伞的装置与车一体，不能折叠与拆卸，普通人装不起也用不着，故而只能配备于达官显贵和战场将帅的马车上。虽有表面上遮阳挡雨的实用之功，但更大更深的潜在效应，则用以凸显上层权贵的尊严与威仪。

直到北魏，固定的华盖因频繁战事需要，才逐渐改造成"以竹碎分""张帛为伞"的可移动笠伞。伞的称谓，从此沿用至今。其基本功能，也开始了向着夸饰与实用的官民两极的分化与延伸。

于官的一面，华盖愈益朝着形而上的象征性方向发展，成了官仪的正式标志物。自南北朝以降，到宋时，官仪的用伞甚至连大小和颜色都有明确规定，天子独占红黄两色，朝廷百官用青色，不得有丝毫违例，否则有杀头之虞；另一方面，伞又因其广泛的生活普适性，迅速向着形而下的实用方向发展。《南史》中建康等地，就出现了专门"以造雨伞为业"的行当，"徒行市道"常见"以笠伞覆面"者。及宋，桐油涂面的土色雨伞已在民间大肆普及，渐次成了普通百姓日常必备的生活用品。

正是因为雨伞的广泛且方便的实用价值，老百姓更愿意把中国第一把雨伞的制造之功归于鲁班。相传，据《玉屑》所载，鲁班当年在乡间为人做工，妻子云氏每天到工地送饭，饱受雨淋日晒之苦。鲁班心疼妻子，就和几个木匠在沿途搭建了几个小亭子，以便妻子在烈日或雨天暂避。但亭子并不能彻底解决问题，其妻顺口说，要是随身带个亭子就好了。鲁班听后，茅塞顿开，参照亭子的样式扎个架子，上面蒙块布，一个可以随身携带的"亭子"就这样诞生了。应该说，这样的民间传说更人性化，更接地气，也更为符合世间情理。因为无论朝廷官仪的威风再大，其皇恩浩荡、荫庇天下的诳语永远是空洞的，普通的庶民百姓压根享受不到。而生活的便利，似乎永远比虚无缥缈的幻影更实际些。

古往今来，那些专供宫廷的物件往往是愈精致而愈僵化，只有走向民间，才是它们摆脱清规戒律、激发创新活力、真正做到物尽其用的良好开端。事实上，当年各种耀武扬威的伞杖早已灰飞烟灭，个别留存下来的，也都变成了博物馆角落的历史陈迹；唯有战战兢兢尝试着走进寻常百姓家的普通雨伞，虽历经风雨，却如鱼得水，并得以狂飙突进式生长。它们不断适应时代变迁，工艺精进、花样翻新、爆款频出。不仅为人们提供着生活的便利，而且还间或从日用走向审美，助力人类精心装点着美好的人生。

在各类极为普通的雨伞底下，持伞者一个稍稍倾斜的角度，不知隐藏过多少个无私的关爱和甜情蜜意的动人故事；流行于黄河流域和黄土高原上的伞头秧歌、许多大型空间的装潢吊伞以及各式风格独具的伞舞，无不让轻盈美丽的雨伞成为精妙的舞台道具和人们抒发情感的美好载体；许仙偶然的一次断桥借伞、冯骥才的《高女人与她的矮丈夫》中失去妻子的矮个丈夫永远高举着的雨伞，都感人肺腑地演绎出凄美爱情的悲歌……抵近尘埃，走向民生，虽渐次涤尽了皇族贵胄们高大上的神圣官威，却把生长的根须深深扎进了生活的沃土。

伞在中国的发展是这样，海外的风行亦如此。雨伞在欧洲的流行有两种说法，一是由中国传入英国，二是由希腊和土耳其传入法国，前者来龙去脉更清晰。说的是英国商人祖纳斯来中国，惊喜于中国人打着油纸伞在雨中行走的神奇，买了一把带回国。遇雨，撑伞在伦敦街头行走，被宗教人士认定为有违天意，因而备受嘲弄与诅咒。然而，雨天不湿衣的便捷出行，却慢慢被人接受。先是作为绅士出行的时尚品，进而迅速向各阶层延伸，最终让英国变成了以爱打伞出名的"雨伞王国"，且很快在整个欧洲蔓延开来。记得在《环球时报》上读过一则雨伞在欧洲流变的故事。说是当年雨伞传入西班牙时，属于上层贵族专用品，有个平民女孩爱伦娜非常喜欢，借帮佣之机顺手拿走了一把雨伞。平时不敢在外面用，只好在家里偷着撑开雨伞过过瘾，结果被人举报，被罚去做苦工，不久即丢了性命。直到如今，在西班牙的民俗中，仍有家中不得撑伞的忌讳。

深入探究，雨伞在欧洲乃至世界的风行，还与科技的参与密不可分。18世纪，法国人弗雷诺织造出世界上第一块防雨面料；19世纪，英国人霍克斯发明了弧形钢质伞骨，让雨伞的收放更加自如；20世纪，德国工程师霍普特发明了世界上最早的折叠式雨伞，轻松的折叠带给雨伞更多的携带与应用之便。新材料的应用和款式的不断创新，一改传统雨伞样式单一的弊端，曾几何时，许多样式新颖的雨伞，具有了"洋伞"的别称。目下，除了传统的直杆伞之外，两折、三折，最多五折的自动伞以及品类繁多的各种工具伞，遍布各类雨伞市场，早已变成人们司空见惯的家常用品。

故而，无论是中也好、洋也罢，无论是庙堂之高还是江湖之远，雨伞从旧时王谢堂前燕、飞入寻常百姓家的演进过程，可以清晰地昭示出一个朴素的道理：世间许多物件或许无所谓高低、贵贱与尊卑，只要合理投放，派上适宜用场，就能发挥独到作用，甭管是显赫，还是凡常，其不可替代的潜在价值皆不容低估。物如是，人亦如此。

（原载《人民政协报》2024年11月14日）

"年味"归来

无论承认与否,历经千年的春节习俗,尽管大家依然格外努力地争相承袭,但"年味"似乎正在逐渐变淡了。

春节作为中华民族最隆重的传统佳节,不仅是岁末年初国民辞旧迎新、祈福未来的一个庆祝仪式,也是感恩上苍、祀奉祖先,给心灵以安顿的一次精神旅程,更是阖家团圆、鲜衣美食、尽情享受亲情与美味的一段快乐时光。变淡的"年味",似乎不是过年不再重要,也不是世人有意为之,而是当下社会物质财富极大丰富、城市化进程提速和人们生活节奏加快等因素综合作用的结果。

曾几何时,男女老少盼着过年,兴高采烈地忙活着过年,一是远方游子回家的路途漫漫,需要日夜兼程;二是各种物资紧俏,采购十分烦琐,需要提前准备;三是素常粗茶淡饭、缺衣少食，过年无论贫富都会千方百计地置办些新衣和美食，让节日变成一年中难得且密集的自我犒赏的奢侈享受。浓郁的"年味"弥漫于街头巷尾、家家户户的忙碌里，沉浸在人们迎来送往、欢声笑语的陶醉中。

现如今，飞机、高铁日行千里，朝发夕至，回家团聚不再困难；商品极大丰富，随用随买，即使集中采购，逛一趟超市足以满足所有需求；更兼日常生活中根本不缺鸡鸭鱼肉，美食的渴望早已淡漠，虽然依旧过年，但心理的预期早已没了原有的期望值。

然而，尽管随着时代的变迁，一些传统习俗受到了空前的冲击与挑战，但"年味"作为一种融合了各种传统习俗和庆祝活动，融合了各种亲情、友情、美味和装饰等多种元素于一体的情感体验，仍然历久弥新，其中所蕴含的家庭团聚、文化传承与欢乐祥和等核心价值依然深入人心，成为人们心目中虽经岁月沉淀却难以忘怀的永恒记忆。

"年味"悄然变化的诱因十分复杂，人们似乎不宜轻率地给出肯定抑或否定的结论。尽管"浓"可能更多地包含着我们对传承传统的巨大期许，而"淡"所彰显的社会进步，也同样令我们充满欣慰与赞赏。不论是浓也好、淡也罢，呈现在浓与淡背后的劳动大众对于美好生活的向往与期盼，却始终如一，从未发生过丝毫改变。因而，我们在热切欢呼社会发展进步的同时，同样也期待优秀传统文化在新时代得以更好的传承与赓续。

水泥森林中蜗居的人群需要彼此的交流与沟通，冰冷的商品时代需要人间温情的滋润，快节奏生活下陀螺式旋转的人们也亟须安排休养生息的节假日，而"过大年"，无疑是激流勇进的生活进程中最迫切构筑的短暂憩息的生命驿站，这或许也是春节申遗成功的一个重要缘由。

要推动传统文化在新时代发扬光大，就必须让"过大年"这类传统节日从内容到形式都不断得到充实与拓展，焕发出与时俱进的新的生机和活力，用更加丰富多彩且适应现代人生活方式和审美情趣的浓郁"年味"，让更多的年轻人深切领略这一传统佳节的独特魅力。

我们要营造更加浓郁的"年味"，首先需要切实保护且留住中国人古老的过节习俗。把充满了仪式感的诸如清扫除尘、祭祖、贴春联、剪窗花、挂灯笼之类，作为装饰美化环境和辞旧迎新、祈福纳祥的重要手段；把家家户户精心准备的丰盛年夜饭，以及寄寓着美好愿望的北方饺子、南方年糕之类的特色小吃，作为满足味蕾、犒劳一年辛劳的重要环节；尤其是像除夕放鞭炮这类年文化民俗，更是烘托节日喜庆气氛、让人间充满烟火气的重要环节，如果简单地以环保为由而彻底取消，让本该十分热闹的节日场面变得死气沉沉，似乎有点顾此失彼、得不偿失。既然世界上各种重大节庆活动可以放烟花、国家元首欢迎仪式可以鸣礼炮，老百姓过节偶尔放点鞭炮，或许不至于造成多大环境问题。目前"一刀切"的禁放政策不妨灵活一些，可考虑在尊重民风、民俗和民意的前提下，制定合理引导公众遵守限时、限容量、限区域燃放的措施，真正让红红火火、有滋有味地过大年，变成人民大众阖家团圆、万民同乐的节日盛宴，成为人们既享受当下又连接过去与未来的必不可少的重要生活节点与价值纽带。

营造更加浓郁的"年味"，体现于人与人之间的情感交流中。过春节，中国人不论身处何方，都会千方百计地回家与亲人团聚，共享天伦之乐；年前，工厂、军营、机关和社区都会开展各种形式的走访和团拜活动；街坊邻里和同事也会互相串门拜年，恭贺新禧；亲朋好友更会相互走动、欢聚一堂，借机送上彼此间最诚挚的新春祝福。传承这美好的习俗，不仅有助于人们深切体悟家庭的温馨至爱和亲情、友情的和睦善意，而且更加有益于改变现代社会日益疏离的人际关系，重新唤起人世间应有的那份久违的温情。

营造更加浓郁的"年味"，还要有效调动全社会的力量来共同办节。作为新民俗的电视春晚，要尽量走出综合性晚会的模式化窠臼，防止出现审美疲劳，努力在少而精和个性化的方向上寻求新的突破；要精心安排各种特色鲜明的文艺演出、舞龙、舞狮、庙会、灯会等丰富多彩的线下庆祝活动；动员组织各类文艺爱好者，广泛开展群众性的戏曲、歌舞、书画和卡拉OK的演出、展示与竞赛，让更多的人从手机、电脑和电视的控制中解放出来，走出家门、走进节日的每个欢快的场景中去，让广大群众在自娱自乐、切身参与中，深度感受春节所特有的那种隆重热烈、欢乐祥和的喜庆氛围，共同把春节打造成每年一度的群众性的丰富文化体验和深度情感记忆。倘如此，"年味"变淡的忧虑则不复存在。

（原载于《新民晚报》2025年1月29日）

新年寄语

寒来暑往，物换星移，365个日日夜夜毫厘不差地缓缓走过，时光的年轮再次清晰地雕刻出一道鲜活的印痕。

面对百年未有之大变局，无论有多少喜怒哀乐、悲欢离合，都将随风而逝，变成生命体验；无论有多少成败得失、功过是非，都会交付岁月，任由历史评说。站在新旧交替的历史交汇点上，我们似乎无须纠结于过往，只应带着美好的企盼与梦想，满怀深情地向未来祷告。唯愿来年风调雨顺、五谷丰登，让世上所有的生灵不再为温饱和饮食的安全担忧；愿来年新冠疫情停止肆虐，人类健康不再遭受威胁，尽快告别瘟神和口罩，让不同肤色的人群能够自由自在地在全球流动；愿中国经济全面复苏、科技快速发展，国家更加繁荣强盛，人民日益安居乐业，所有公民都能心情舒畅地去创造财富、享受生活，老有所养、弱有所佑，让世间充满幸福快乐的欢声笑语；愿世界多些和平、友爱与尊重，少点霸凌、少点缠斗、少点狗血和战争，让全人类在同舟共济、相互扶持中赢得经济社会的更大进步！

千言万语一句话，当2022年新年钟声敲响之际，让我们沐浴焚香，双手合十，虔诚而深情地为伟大的祖国和人民祈福！

（原载《人民政协报》2022年1月10日）

回味同学

经历过半个多世纪风霜岁月的淘洗，体悟过无数次炎凉世态的磨砺，一封大学毕业40年同学聚会的邀请函，陡然唤醒了一颗疲倦了有几分麻木状的苍老心脏，重新回味起"同学"二字时，竟然其妙莫名、返老还童般地泛起缕缕温馨的心理涟漪。

人的一生，大约有五分之一左右的时光是在学校度过的。从小学、中学、大学到研究生，一应读下来，十七八年的时间，同班、同级、同学校，至少有数以百计的曾与自己相伴走过某个学习阶段的同窗，他们中或许有不少人能成为你一生中最为亲密牢靠的朋友。

抛开小学和中学时代的记忆，仅就大学而言，我们这批经历了十年"文化大革命"恢复高考后的新三届同学，除少数应届毕业生之外，大部分都有过多年的农村、厂矿、商业、部队、学校之类的工作阅历。或华发渐生、拖家带口，或天真活泼、稚气未脱，甚至于父子、夫妻同校，构成那个时期中国大学校园的特有景观。大学时代，我们这些人似乎少了些青葱岁月固有的浪漫，多了些当下时代所特有的激愤与成熟。对于"伤痕文学"的如醉如痴，似乎让大家找到了情感宣泄的喷发口；关注变革时期的各种社会问题并对此倾注着激情，总有某种天降大任于斯人的感觉。尽管如此，经历过十年的蹉跎岁月，基础的薄弱和知识面的荒芜，让大家比任何时候都明白读书的重要和珍贵。有失也有得，学校里后来闻名全国的顶级教授，大多是我们当年读本科时的一线任课老师。他们憋足了劲头把全部积累释放出来，同学们以如饥似渴的学习欲望与之呼应，如此教学相长的良性互动恐怕如今很难见到。回想起来，四年过得很快。四张借书卡几乎每周轮换一次，古今中外各种名著及学术思想囫囵吞枣般地兼收并蓄，目的无非是想把损失的时间补回来。四年的恶补，的确让大家贫瘠的脑壳得到了空前充实。应该说，这四年是我们这代人终生难忘的最快乐的一段时光！

　　成熟的心智、独立的个性、松散的管理和知识的宽泛涉猎，几乎是这代大学生校园生活的全部。那时候，没有电视、网络、麻将之类，连个别同学的恋爱都是偷偷进行。当时，在普遍的群体意识中除了学习，其他的一切都有不务正业之嫌。那时候，学校最出名的人物除了知识广博且授课生动的教授、经常活跃在各种公共场合的学生会干部，就是那些得以在公开刊物上发表过文章之类成绩突出的同学。除了学术见解上有时会有或缓或急，甚至激烈的争论之外，同学间的关系是轻松和谐、相互包容的。尽管也有某些与同乡或个人志趣、专业相投而形成的朋友圈子，大部分同学间普遍保持着一种极其纯洁的清淡似水的交情。

迈出校门，重新走向社会，特别是经历过一系列商场的竞争、职场的倾轧、情场的恩怨和人生的沉浮之后……40年的事业打拼，得意也好，失意也罢，人世间的苦辣酸甜大致都曾品尝过。站在这个不短的时间节点上，蓦然回首过往的人生，世事的艰辛、江湖的凶险和旅程的疲惫，愈益加剧着你对校园生活的留恋与怀念。事实上，苍老的面容、麻木的神经和日渐迟缓的行动，早已再没什么兴趣能牺牲节假日而去参加各种聚会，唯有母校的召唤和同学的相聚才会让你产生怦然心动的感觉。同学相聚，捡拾并重温心中曾经的梦想，抚慰疲惫的心灵，在某种意义上说，是在祭奠逝去的青春，激活沉睡的童心，唤醒心中最美好而又温暖的记忆！

或许，当年你对那平淡如水的生活并没什么欣喜，甚至还有过几分无聊的感觉。然而，在物欲横流的当下，在比照越来越复杂的人际关系，承载不堪重负的生存压力之后，你会突然发现，毫无利害冲突和功利需求的同窗之谊，是多么令人向往！没有心浮气躁、利欲熏心，更没有钩心斗角、坑蒙拐骗——那是一方多么圣洁的净土！

处在一个社会激烈变革的时代，喧嚣尘世间的一切都在变，唯有同学间那种简单、干净、清纯的人际关系，一直定格在那特有的历史瞬间。曾经不期而遇的一群人，携手走过一段青涩岁月，保留着某种天然的不染世俗戾气的纯洁友情。这种情谊不仅不会随着时间的推移变淡，而且还会愈演愈烈。

"同学"正渐渐成为我们生命中最具亲密感的一个族群。

无论多少年没联系，当你出差、路过某个城市、某个单位，同学，就是你发自内心想打个电话、绕弯会面的那个人；尽管多少年不曾见面，一见面就有说不完的话题，而且是你敢于把心底秘密直言相告的那个人。

无论你是混穷了还是混阔了，无论面对你的上级还是下级，同学，就是那个毫不迟疑当面对你直呼其名的人；是无论在多么隆重的场合，见面就直接给人一拳，或直接把你拉进怀中的那个人。

无论任何时候，无论公事私事，当他需要帮助的时候，同学，就是那个毫不迟疑敢于直接给你下命令的那个人；而且不论你有多么为难，你都必须尽全力帮助，帮完却无须客套，不用回报的那个人。

上苍造人，很残忍，让人在世间背负生存发展的艰辛，遭遇天灾人祸和情感的折磨；而"同学"却是上苍特意为你安排的除了父母、夫妻、儿女及至亲好友之外，随时可以为你排忧解难的贵人。这是上苍的慈悲之心。校园时光培育起来的人间温情，让我们经历了长夜，守到了黎明，穿行过黑暗，还相信阳光。尽管没有任何血缘关系和利害纠葛，同学永远可以被视为真诚信赖、情同手足的异姓兄弟。

"同学"是段天赐的缘分。珍惜这段缘分，珍惜这个称谓，她将是你我受用不尽的终生财富。

（原载《文汇报》2023年1月5日）

学然后知不足

近期，文史出版社为我出了一本《艺文半知录》的小册子。之所以用"半知"这个略显生僻的字眼为这本小书命名，似乎需要作点解释。而解释则须从自我的认知过程说起。

我曾不止一次地用"先天不足、后天失调"八个字，来描绘我们这代人的生命际遇。这绝对是纯客观陈述，不夹带任何褒贬成分。

想想看，20世纪50年代末60年代初出生的一代人，童稚时遭遇三年困难时期，基本靠稀粥和粗粮菜团子之类果腹，人们当然无暇考虑孩子的营养问题；青春期经年累月荤腥稀少，干啃窝头和酱油拌饭之类皆生活常态；再后来下乡劳动，粗茶淡饭加上强体力的劳作更易让人饥肠辘辘，无论摆在你面前的是生熟、粗细，还是荤素、咸淡的任何食物，你都会狼吞虎咽，以美味视之。那时节，哪有现在到处张扬的所谓膳食结构、营养均衡之说？当年街上既没有小胖墩，也不见大胖子，能解决温饱不饿肚子就算是阿弥陀佛了。

物质生活是这样，精神生活亦如此。小学之初，课本还是"金木水火土"，不久开始了轰轰烈烈的"文化大革命"，语文立马变成了人手一册的"红宝书"，数理化也必须与"三大革命运动"的口号扯上关系，学工学农、半工半读更是每周必修的功课，各种批判会、大游行经常需要学生队伍壮其声威……在一派"学制要缩短"的教育革命浪潮中，前后九年我们就拿到了高中毕业证书。此情此景，老师能教多少，学生能学到什么，毕业证书的"含金量"自然也就可想而知了。

对于成长中的一代人而言，知识的欠缺和精神的饥渴，有时甚至比肌体对营养的需求来得更为迫切与强烈。那时候，绝大部分图书馆的库房都被贴封，平常能够看到的书，除了批判材料、政治读物，最多也就是《金光大道》《战洪图》等寥寥几册，偶尔能偷偷搞到一本像《青春之歌》《烈火金钢》《红日》《红岩》《苦菜花》之类的小说，则如获至宝，必须焚膏继晷地连夜读完，不然后面排队借阅的人会直接上门抢走。记得家里有本译自苏联名不见经传的科幻加侦探小说集《黑龙号失踪》，估计自己读过不下二三十遍，再经过几十个同学反复借阅，最后烂得连装订线都没了，只能用报纸包着传来传去。最可乐的就是，当年全国上下批水浒，作为批判材料限量出版的《水浒传》，出人意料地成了人们争相传阅的红火读物，时至今日，书中的人物、故事和情节我仍然可以如数家珍、滚瓜烂熟。

当然，如果换一个角度看问题，这代人又是幸运的。因为亲身经历了整个历史大动荡、大变革的过程，生活赐予我们的许多刻骨铭心的生命体验，是当下年轻人无论如何也难以想象、难以领略到的。艰难的岁月，教会了我们坚强、感恩和知足，并且内化为终生受用的无尽财富。贫困生活和成长的挫折磨炼了我们的意志，锻铸了一代人坚韧的抗跌打毅力；穷苦日子需要相互扶持、守望相助，长辈的关爱与呵护给脆弱的生命营造了浓郁的情感氛围，这让亲情、友情在我们心目中变得异样珍贵；经历过苦难生活最知道幸福的来之不易，不期而遇的习惯性对比，会让人在敬畏和满足中更加懂得珍惜。

其实，这代人最大的幸运还是遇到了改革开放的大时代。40年虽然一晃而过，但只要记忆的思绪闪回到狂飙突起的思想解放运动，想起为改变贫困落后面貌而骤然爆发的那万众一心、激扬奋发的举国热情，任何时候都会让人激动不已、热血沸腾。尤其是在远离校园多年后，我们有幸如梦境般地再次跨入大学校门。知识的召唤，犹如久旱突降的甘霖，让一代青年学子如醉如痴、一往无前地投进知识的海洋。没人督促，也无须提醒，教授讲座的过道被挤得水泄不通，图书馆借书的队伍排成长龙，晚自习教室占座抢座成为一道风景，深夜路灯下晃动着一个个背单词的身影……所有这一切，目的无非就一个：把丢失的时光找回来。

然而，热情固然美好，现实却格外骨感，丢失的岁月想如数找回委实很难。长时间贫瘠荒芜的土地，并不一定能够承受得起大水大肥的漫灌。尽管我们日夜兼程、如饥似渴地高强度读书训练，但大脑的记忆库存却与我们赋予的进货量和期待值相距甚远。或许由于缺少童年时期的启蒙基础，我们大脑皮层的肤浅褶皱已经很难容纳如此迅猛的填充。当时竭尽心力阅览的典籍和背诵的单词，大部分很快就还给了书本和老师，倒是早年课堂上朗读的语录依旧记忆犹新，清晰如昨。事实表明，学问讲究童子功的说法，唯实不谬。也正因如此，大学毕业时，辅导员在征求是否愿意留校的意见时，我曾丝毫不加犹豫地表态，宁可分配到边远山区也不选择留校，因为深知自己无论如何殚精竭虑地发奋用功，我们那点可怜的学问，比照那些学贯中西的大师，永远只能望尘莫及。误人子弟岂不罪孽！

自知功力不逮，故而常以卑微之心激励自己，以期赖于勤奋去弥补笨拙。即便功效甚微，却也甘之如饴，渐渐地读书成为人生最大的嗜好。迄今最为遗憾的结果就是，知识结构的单薄始终是我们这代人治学之道的软肋，一辈子也没逃开蜻蜓点水、囫囵吞枣的阴影，时常为自己没写过几篇满意的文章、没有过语惊四座的学术创见而苦恼万分。过去尚可以找到诸如工作繁忙和家庭负担重之类的借口，直到退居二线，有了大块的时间可以集中读书思考，依然感觉学术的门槛还是那么高不可攀。千里之程，需要跬步衔接；浩渺江海，源自细流累积，知识的积淀由不得所谓的"跨越"式浪漫。从退出工作岗位的第一天起，就兴高采烈地把书架最上端的典籍清理出来，搬上《辞海》《辞源》之类的工具书，开始了崭新的全职读书生活。连续三年坚持不懈地啃下来，突然惊讶地发现：疯狂的恶补不仅成效不佳，而且读书越多越清楚没读过的更多，越读越感觉自身的浅薄无知，越读越没了青葱岁月的自信心。尤其是过去你曾自以为得意的某些人生感悟，其实先贤早在一两千年前就已经有过精辟阐发，每逢其时，总会让你面红心跳，恐慌不已。当年孔老夫子所谓"学而知不足"的谆谆教诲，吾辈竟然花费了大半生工夫方得其妙，岂不悲哉！

天资愚钝，开悟甚迟，但晚悟总比不悟好，有时只能如此这般以阿Q精神来自我解嘲。至此方才明白，王守仁先生所谓"我辈致知，只是各随分限所及……与人论学，亦须随人分限所及"的道理。人贵有自知之明，天分和学识没有丝毫造假空间；学问因素朴而威严，故弄玄虚无非是自欺欺人的小把戏。正如严羽《沧浪诗话》中所说："然悟有浅深，有分限，有透彻之悟，有但得一知半解之悟。"既然天分有限，不自量力、智少谋大的奢求又有何益?！所以，对于才疏学浅的吾辈，唯一可做的就是将人事尽到、把努力付足，然后不妨顺其自然，鸿飞无痕、不计东西，倘若"但得一知半解之悟"，理当大喜过望，由衷感恩那天道酬勤垂顾后学的机缘。

人生有限，学海无涯。人类文明经过了几千年的传承赓续，汗牛充栋的文化典籍，我们阅览的只是九牛一毛；浩如烟海的文明积累，我们掌握的仅有沧海一粟。面对这博大精深、巍峨壮观的神圣文化圣殿，渺小如我者，或许仅是历史某个瞬间虔诚礼拜的一个匆匆香客。对于深不可测的学术奥妙，敢言一知半解已有自誉之嫌。若能坚守书生本色、独立思考，少点人云亦云、鹦鹉学舌，即便是半知半解的诚实耕获，亦算不负苦读寸心，可以暗自庆幸了。因而，给这本小书取名"半知录"，或许能让忐忑的心理稍稍平复一些。

书中辑录的是近年陆续见诸各类报刊的有关文化艺术类评论文章的结集。其中，有文化热门话题的理论思考，有文艺现象和思潮的脉络辨析，有具体人物和作品的鉴赏评点，有阅读浏览偶发的一得之见，有与职责关联的现场演讲，有参加政协调研的即时随感，有学术报告的课件提要，也有参与政协网上读书活动的讨论札记等，所论皆有感而发，形式长短不拘。之所以敢于不揣浅陋集中示人，一是重新整理这些直陈己见、不遮不掩的文字，可视为自己近年学习思考心路历程的一次回顾总结；二是尽管存在诸多历史局限，但依然可作为特定时代曾经有过略带锋芒的思绪见证；三是公开式呈报可以集约求教，如若有缘同道能从其浅章谬见中，找到某些同声相应的感触，抑或撷取少许避免学术弯路的参照，则不枉此举，吾愿足矣。

（原载《文艺报》2023 年 3 月 13 日）

第四辑　行履印痕

湖乡拾趣

在中国北方，能称为水乡的地界不多，我的老家济宁，却是当之无愧的水乡。

人们习惯于以济宁为坐标，把山东省最南端的微山湖、昭阳湖、南阳湖、独山湖几个水系相连的湖泊，统称为南四湖，湖域面积超过1266平方千米，是我国北方最大的浅水、富营养型淡水湖泊。这里盛产鱼、虾、水禽和芙蕖、芦苇等多种水生动植物，水稻种植面积超越玉米、大豆和高粱，系山东最主要的淡水养殖产地，属于典型的鱼米之乡。

作为历史上数百年黄河夺泗入淮的洪泛区，济宁地势低洼平缓，除了纵横交错的河流，就是密布城乡的池塘。春夏之交，蒹葭苍苍，菡萏遍野；隆冬时节，又成了青年人溜冰玩耍的热闹场所。当然，人们在尽情享受水源便利的同时，也经常遭受雨水泛滥成灾的威胁。记忆中虽未见识过老一辈人口中那种拖儿带女"逃水"的惨状，但也经常在某些风雨交加的夜晚，睡梦中被大喇叭紧急动员青壮年抗洪护堤的疾呼声吵醒。"发水了"是每年夏季经常听到的词汇；"兴修水利"是政府常年提及的市政建设工程。

为了蓄水防洪和扩大水产养殖，20世纪70年代，济宁在与南四湖毗邻的新老运河之间一片开阔的沼泽地段筑堤围湖，因其地理方位居南四湖北端，故称之为小北湖。湖中点缀着若干原有村庄和清淤堆成的湖心岛屿，水域面积约1.8万亩。经过30多年的开发治理，已成为集旅游、养殖于一体，水面平展宽阔、风光旖旎宜人的大型水上公园，被誉为"镶嵌在济宁大地上的一颗明珠"，是外来游客和当地居民休闲观光必到的打卡之地。

在小北湖公园建设之前，沿坡的大部分地块属于水淤地，土地肥沃，腐殖质异常丰厚。在没有洪涝发生的年份，农民无须翻地（不是偷懒，而是泥泞的土地上无法耕作），深秋时节仅用犁耧在淤泥地上划出一道细缝播下麦种，来年不用施肥，夏天就有高产优质的小麦入仓；若是天公给力，秋天还可以收获一季大豆、高粱之类的农作物。一年的大丰收，足以保障当地农民三年不闹饥荒。在湖坡地下方，是一片草茂花繁、水草丰美的沼泽草甸。由于水源充沛、日照充足，野生的芙蕖、芦苇和蒲草十分茂密，四季覆盖，颇有几分《诗经》所言"彼泽之陂，有蒲与荷"的意境。这三种水生植物相对独立地生长在不同区域，地际边界甚为分明。芦苇的生命力最顽强，每年都要向四周扩张，不时会侵占蒲草的地盘，导致二者的交界略有交叉，但从来不会侵入芙蕖的领地，估计是莲叶生长得铺天盖地，根本不给芦苇提供任何的生存空间。芙蕖的生命力与芦苇同样顽强，鉴于莲藕的生长需要松软的土地，故而它不会往根系极为发达的芦苇和蒲草的地盘上延伸。老话讲，水有多高，荷有多长，芦苇和蒲草不具备这等能力，深水区广阔的空间任由芙蕖自由扩展，这就是"一年莲池一变样，三年莲花开满塘"的原因所在。通常情况下，这三种植物生长的水域，压根没有其他杂草滋生的余地，因而，它们大致构成了北湖水生植物的主体。

纯粹天然的自然生态环境，成为各种鸟类栖息的天堂。一到夏天，喜鹊、百灵、鸬鹚、苍鹭、野鸭、水鸡、鱼鸥、斑头雁等都会在草丛中筑巢孵蛋，而捡拾鸟蛋却是调皮的中学生们最喜欢的探险项目。星期天或暑假期间，约上三两个同学，手持竹篮或瓷盆，蹚着过膝及腰的湖水，钻进草甸深处掏鸟蛋，运气好时一天能捡三四十个。白的、灰的、褐黄的、斑点灰的，颜色迥异，小的与鹌鹑蛋类似，大的如鸡蛋般模样。只是没听说有谁孵出过小鸟，估计大部分满足了馋嘴的孩子们的口福。捡拾鸟蛋只在蒲草生长区域，绝不会到芙蕖和芦苇荡中，因为一般来说鸟类不去此处坐窝，更兼芙蕖有刺，光腿不能靠近；芦苇根硬，容易把脚扎伤。当然，这也不是绝对的，有时人们也会主动走进莲池。比如盛夏突遇暴雨，酷暑汗湿的身体容易在暴雨中受凉感冒，此时在田野劳作的人们为防雷击，不会去树下避雨，而会主动跳进莲池，摘一片荷叶作伞挡雨，同时让池塘里晒热的伏水为自己保温。

夏季是北湖最美的季节，在碧波荡漾、水天一色的湖面上，各种色彩斑斓的野鸟家禽穿梭于湖面之上，自由自在地嬉戏飞翔；数万亩荷花竞相开放，红、白、粉、紫，色差格外分明，黄澄澄的花蕊被各色花瓣簇拥着，点缀在一望无际的绿油油的田田荷叶之中，争奇斗艳、赏心悦目。这里既有"小荷才露尖尖角，早有蜻蜓立上头"的局部小景，也有"菱叶萦波荷飐风，荷花深处小船通。逢郎欲语低头笑，碧玉搔头落水中"的动态画面，更有"接天莲叶无穷碧，映日荷花别样红"的壮阔风光。此般景色固是吸引游人乐而忘返的噱头，但对靠湖吃饭的农民而言，大家所关心的却不是眼前美景，而是水产的收成，因为这才是与他们切身利益息息相关的东西。

芙蕖浑身是宝，从入夏开始，摘莲蓬、采荷叶的劳作就会不间断地展开。随着顾客口味的不断变化，过去秋季才收获的莲蓬现在提前到夏天，鲜嫩的莲子清爽甘甜，颇受青少年消费者青睐，价格超过了秋后晒干的莲子，从夏到秋热销数月，养莲人不断有碎银子落袋为安。在早年没有塑料袋的辰光，莲叶用途十分广泛。夏天采摘的荷叶韧劲十足，是市民每天的早餐、面食和生熟肉类外包装的首选。荷叶隔热、保温、不浸油，刚出锅的熟食以荷叶包裹，食物浸染着荷叶的清香属于额外的附加值。印象中父亲买菜的竹篮里，偶尔会有个荷叶包，一小包带有荷叶味的猪头肉或米糕，现在已变成童年美食的清晰印记。另外，荷叶还是居家常备的药材，遇上夏季中暑肠胃不适的症状，老人会给你泡上一杯荷叶茶，或煮上一碗荷叶粥，不消一两天，就能明显看到清热解暑、排毒利尿、促进肠胃蠕动的效果。而莲藕，则是芙蕖进入秋冬季节的最后收获。旱地的莲藕容易挖掘，深水采藕是个需要力气且有相当技术难度的工作。专业的采藕者身穿连体牛皮裤在水中作业，牛皮裤的鞋子部分将大脚趾与其他四个脚趾分开，采藕主要靠脚下的功夫。这活既脏又累，所以报酬也高，通常不以时间计酬，而是采取三七、四六分成的方式以实物作为报酬。在没有大棚蔬菜种植的年月，藕是冬天老百姓餐桌上与萝卜白菜一样离不开的常供菜品。

有道是，一方水土养一方人。水坡洼地尽管常给沿湖周边居民带来水患之害，但也赋予他们超值的水源红利。茂盛的水草和遍地的野菜，是饲养猪、羊等家畜的美味青饲料；丰富的鱼虾，是人们改善生活、补充优质蛋白的最佳副食品。碰上暴雨成灾、粮食歉收的荒年，丘陵地区的居民或许无可奈何，生活在湖边的百姓则可以随处挖野菜、割蒲菜、捕鱼虾充饥。饥荒严重时，水生的杂草、菱角苗、鸡豆秧，再略微搭配点麦麸、豆渣之类的粗粮，就可以充当食物，如若下湖捉些鱼虾，或者在浅水滩上捞些蛤蜊、蜗牛之类，煮上一锅生鲜菜粥，一家人也能勉强维持低水准的温饱。更何况还有丰富的渔业资源，特别是原生态的四鼻鲤鱼、鳜鱼、甲鱼、黄鳝、乌鱼、鲫鱼和草虾等，都是人们餐桌上的抢手货；而莲藕、芦苇和蒲草也属于经济作物，无论是为人提供餐食，还是为牲畜提供食料，或者是为工业提供编织、造纸原材料，都可以应时变成商品，换取些许零花钱，以用于灾民灾年的应急自救。"靠湖吃湖"，让湖区世代的原住民在与自然和谐共处的半农半渔的生活中得以生息繁衍。

而今，时过境迁。北湖公园落成后，湖区早已不再为水灾发愁，工地拆迁也让沿湖居民搬上了楼房。尤其是养殖业的兴盛和旅游业的大开发，为大家提供了更为便利多样的养殖、商贸、餐饮和就业机会，尽管老年人会不时发出失地的感叹，但百姓生活的确发生了翻天覆地的变化。过去让老一辈望而生畏、难以下咽的野菜粗粮，现在反而成了新一代青睐的健康食品。

作为一个离开故乡40多年的游子，我倒赶不上这等时髦，回到老家最想吃的，依然是地锅熬鱼贴饼子，或者鲜辣的黄鱼粉条汤，外加两个荷叶米团，这就足以唤回童年味蕾的深刻记忆。

（原载《光明日报》2022年6月3日）

相伴大运河

如果以公元前486年吴王夫差开辟邗沟作为滥觞,京杭大运河已有2500年的历史。然而真正意义上的京杭大运河,当以元代至元二十九年(1292)会通河与通惠河的凿竣作标志,依照新的规划线路,将原有以洛阳为中心的隋唐运河转向了大都(北京),让运河正式有了"京杭"之冠名,至今也超过了700年。

这一南起杭州北至大都的人工运河新航线的全线贯通,是个伟大的历史创举。它横穿了东西流向的钱塘江、长江、淮河、黄河和海河五大水系,一路向北,流经浙江、江苏、山东、河北、天津和北京六个省(市),成为世界上最长的人造河流。与埃及的苏伊士运河、美国的伊利运河、俄罗斯的莫斯科运河、德国的基尔运河、英国的曼彻斯特运河、瑞典的约塔运河和巴拿马共和国的巴拿马运河等一道，共同载入人类交通史上最具盛名的漕运史册。

在全长约1794千米的大运河中段，有个地处长江流域进入华北丘陵过渡带上、"临齐鲁之交，据燕吴之冲"的关键城市济州，是运河全程海拔的制高点。如何让亘古不变的"水往低处流"的河水逆向穿越"水脊"，且能在缺水少雨的北方为河道提供足够水源，成为运河改道直通大都的最大难题。尽管从至元十七年（1280）开始，元朝先后疏通了任城至东平的济州河、开凿了东平到临清的会通河和大都至通州的通惠河，初步打通了京杭运河的南北航道，但枯水季节的航运仍然受到严重制约，尤其是明朝洪武年间的黄河决口，新开水道大多壅塞，运河漕运一度陷入瘫痪状态。如果再不解决河道水源问题，运河航运即濒临崩溃边沿。

紧要关头，临危受命的明朝工部尚书宋礼，在多方探寻、勘察和尝试未果的情况下，最后采纳了饱读诗书且精通水文地理的当地乡贤白英老人的建议，在制高点戴村筑堤加坝、"立埝建闸"，形成湖湖相依、河河相通、渠渠相连的巨大水网系统。按照"七分朝天子，三分下江南"的比例"置闸以分其流""以六闸搏节水势，启闭通放舟楫"，从根本上解决了河道决淤和水源不足的难题，确保了大运河水运的畅通无阻。这一极具科技含量、堪称历史奇迹的南旺分水枢纽工程，为后世水利专家所盛赞，认为可以与都江堰工程相媲美。引水与分流工程的顺利落成，完全打通了隋唐运河裁弯取直的关键卡点，彻底把过去横向绕道豫鲁中原的老河道，改造成以北京为中心、南下直通杭州的纵向大运河，比原有运输线路缩短了1000多千米，节省了巨量的人力物力和财力，迅速让此后的运河航运步入鼎盛期，承担了80%以上的南方税粮、木材和丝织品之类进京的输运职能。

鉴于济州作为调控南北河运大动脉枢纽的特殊地位，元朝取"济水安宁"之美好寓意，把因济水而得名的济州县，改名且升格为济宁府；元、明、清三代均设有专职的河道总督衙门，除短时间有过淮安和京畿的并行机构之外，国家最高的水利衙门一直设在济宁，"并领济之南北漕"。衙门有专职的兵营和分工明确的72个内设机构，前后有上百个有案可稽的像宋礼、潘季驯、林则徐等治河名吏在此任职，济宁由此成了名副其实的"运河之都"。

作为漕运的重要节点和河道管理中枢，"车马临四达之衢，商贾集五都之市""官舸商舶鳞集，麻拥于济城之下"，济宁很快发展成商贾云集、行栈店铺林立、南北商品大宗交易的商贸与交通重镇。马可·波罗由衷感慨：河中船舶数量之多，几乎令人难以置信。诗人笔下更是一派"日中市贸群物聚，红氍碧碗堆如山。商人嗜利莫不散，酒楼歌馆相喧阗"的繁盛景象。密集的客流、繁荣的商贸和富庶的经济，带动了各种兼容南北风尚的园林府第、楼堂馆所和客舍饭庄之类纷纷涌现，这让济宁当之无愧地成为鲁西南地区的政治经济文化中心，坊间一直享有"江北小苏州"的美誉。

我的老家祖屋，就坐落在济宁城南石佛闸口北侧的运河大堤上。所谓大堤，其实就是当初因导流建闸所挖土方堆积而成的"土山"，尽管早年用于防洪泄水的闸门早已废弃，仅存斑驳的青石闸基，但拱卫闸口抗御洪流冲击的巨型夯土堆，却成了后世居民造房安家的风水宝地。老辈人评说，其地势之高，可与济宁市最高的太白楼顶持平。这处老宅保障了我们家虽久居水乡，但从未受到过洪水侵袭。倒是每逢发水时节，家里西厢房经常借住着逃水灾的亲戚或外来的灾民。

出门就是运河，每天一睁眼，映入眼帘的不是河水的涨落，就是河中穿梭的船只。直到20世纪中后期，家乡运河的漕运依然红火，各种货船、渔船和客轮川流不息。那年月，除了少数客轮备有内燃机动力之外，大多数渔船和货运船只全靠人力操控。遇上繁忙的货运季节，拉船纤夫的号子此起彼伏、昼夜不息。印象中所喊号子虽节奏单调，却也铿锵有力。号子通常由船头撑篙引航的艄公起句，岸上的拉纤人应答，内容似乎没有固定格式，多是顺口现卦、即兴创作。比如"伙家们呦，加把油呦，前面就是济宁州哟，妹子等在大门口呦，盼着哥哥去喝粥"之类，纤夫们的答词更为简捷，多是起句尾词配以"嗨嗨呦"或"嗨呦呦"之类的虚词作回应，估计只有这种短促简洁的腔调，才能起到振奋情绪、统一步调、化解疲劳的神奇效能。

或因沿堤而居之故，家里常有声嘶力竭、汗流浃背的纤夫敲门讨水喝。记忆中祖母总是热情倒茶，纤夫大多婉言谢绝，他们只喝缸里的井水，因为焦渴和赶路的急需，着实等不及开水变凉。

在那个物资相对匮乏的年代，尽管临河而居的日子还比较清苦，却也时时充满着欢乐和幸福。常年流动的活水，为居民日常的各类洗涮提供了极大便利，也是人们夏日消暑、游泳和纳凉的天然浴场；运河里鱼虾和蛤类水产十分丰富，几乎每家都有一些简单的捕捞工具，傍晚河边下些鱼笼、渔网，第二天多少都有收获；许多潜泳高手，每次都能在运河里，捉到成盆的河蚌和螺蛳，足够全家吃一顿丰盛的河鲜；一年三季，随便找个大头针弯个钓钩，再挖几条蚯蚓，坐在河沿上垂钓一两个小时，基本不会空手而归，运气好时，钓几条三两斤的大鱼也毫不稀奇。石佛闸口当年分流挖出的巨大圆形闸湾，后来因无船舶停靠，宽阔的水域则常年支着渔民捕鱼的网罾，一旦谁家来了不速之客，随时可以买到待客佳肴；早年分流开掘的越河，已经变成种植莲藕和饲养鱼虾的池塘，成了居民休闲娱乐的街心公园；即使到了冬季运河冰封禁航的时光，静态的河面仍然会变成人们滑冰、打陀螺以及用雪橇类工具运送物品的人间天堂。

当然，临河也存有巨大隐患：一是不期而至的水灾，二是对不识水性儿童的潜在威胁。前者可预测可防控，后者则防不胜防。印象中，运河沿岸每年都有一两起儿童溺水事件发生。所以，小时候每个家长经常性的启蒙训话内容，差不多都有千篇一律的"不准下水"四个字。光嘴上说说还不够，上学的时候，离开家长的视线，老人依然放心不下。祖母最拿手的秘诀就是，每天在我后背上抹一点锅灰，放学回家第一件事，首先检查锅灰的有无，以此筑牢小辈不能下水的心理防线。当然，最能防患于未然的办法，还是尽快学会游泳。那时节，自行车在人们心中是宝贝一样的存在，一般家庭买不起，拥有的家庭肯定格外珍惜。为了教我游泳，父亲不惜每天拆卸一次自行车，把充气的内胎绑在我身上用于游泳训练，这使我在小学一年级时，就具备了"狗刨式"的防范溺毙的救生本领。

从童稚到成年，运河始终不渝地伴我长大，直到我外出求学为止。耐人寻味的是，即使到外地读书或工作，我这一生终究也没有远离过运河。在济南读大学，其辖地临清属运河城市；在北京就业，更是大运河终点。单身时节，每年我回家探亲，少不了在运河边上重拾童年旧梦；娶妻生子再回来，更是把运河当作向妻小炫耀故乡的资本。

类似情况持续多年，直到20世纪末才生变故。有一次，偶尔出差顺道回家再看运河，惊讶地发现，熟悉的运河已变得陌生，航道淤塞，航运停滞，河水遭到大面积、普遍化污染，扑面而来的臭气和满眼的萧瑟景象，让事先毫无心理准备的自己，顿时充满了难以言表的悲凉与忧伤。回京后一度闷闷不乐，连续数日徘徊于曾是运河终点的什刹海，试图以积水潭残留的那一池碧水和葱郁的芙蕖，唤回一些对故乡运河的美好记忆。

历史进入新世纪，古老运河的命运出现了巨大的戏剧性转机。先是国家启动南水北调工程，大部分业已弃航的运河，重新承载起东线调水的重任，运河的清污治理纳入了国家重要的议事日程；后是大运河荣登第六批全国重点文物保护单位名单榜首，运河的历史价值得以被重新评估；紧接着政府又把京杭大运河作为候选项目，向联合国教科文组织申报世界文化遗产。冥冥中有机缘巧合，这期间，本人因工作变动调入天津负责文化工作，运河申遗理所当然成了自己任内的一项重要职责。事隔多年，我依然清晰地记得当年与分管市领导的严肃对话。她说：天津不过是运河的一个过路城市，申遗成功与否似乎与我们关系不大，成功了没我们多大功劳；然而，如果因天津工作不到位影响了申遗全局，文广局就有推脱不了的责任。此话没什么高屋建瓴，实在质朴得掉渣，却令我压力倍增、格外紧张。在此后的大半年时间里，我带着压力、使命感，也带着对大运河的满腔热忱，不时奔波于古运河的整治现场。全线动员、分段施工、资金保障、责任到人，对废弃了近百年、到处是违章建筑、垃圾堆放场和污水沟的天津运河故道，展开一场全方位的疏浚、清理与改造，终于赶在专家验收之前完成了各项预定任务，算是为大运河列入世界文化遗产代表名录尽了一份运河子弟的绵薄之力。

去年，南水北调工程最后完成全线补水，存续了2500年的大运河水，再一次开始了由南向北浩浩荡荡的欢快流淌。今年夏日，我再回故乡，同样十分惊喜地看到家乡运河的巨大变化：一度荒芜的运河大堤整饬一新，河岸两侧花草葱茏、绿树成荫，河水清澈见底、碧波荡漾，三五成群的垂钓者悠闲自得地重现于运河两岸。孩童在岸边奔跑嬉戏、老人扎堆诉说当年、大妈们在锣鼓喧天中花枝招展地扭着秧歌，古老的大运河确乎再次"死而复生"、焕然一新。

尽管北运河大多卸下了昔日的漕运功能，毫不妨碍这举世闻名的珍贵文化遗产，依然生机勃勃地存活世间。作为曾经在运河边长大且从事过运河保护工作的一份子，心中不由自主地泛出一缕暖流。

（原载《文学报》2023年12月7日）

北海缘

我与北海有缘，好像在冥冥之中被什么刻意安排过似的。

这里所说的"北海"是个复数：一个在北京，是去京城必要打卡的著名皇家公园；一个在广西，系地处北部湾的明星之城。

20世纪80年代初，大学毕业分到北京，集体宿舍就安排在北海公园附近的沙滩北街。北海公园，不仅是每天骑车上下班的必经之处，而且也是节假日去得最多的地方。第一次亲眼看见驰名中外的白塔和九龙壁，第一次约会女朋友，第一次品尝仿膳，都可以由北海公园作证。在这里，留存过不少难以忘怀的往事。比如北海泛舟，首次领教了大城市公园划船的烦琐，长时间排队不说，还须交押金，船租不菲且以分钟计价。想起大运河畔的老家，到处是船，没谁会稀罕交钱划船的。且游船还是脚踏式的，又笨又慢，完全没有使楫用桨来得痛快，体验不到任何划船的快乐。当年如若这般神操作，或许我们永远也不会听到乔羽"让我们荡起双桨"那欢快的旋律。另一件奇遇是，当年，有人给我的一个同事介绍女友，约好周日在北海公园见面。结果周六下班时同事反悔了，说什么也不去赴约，那时家里很少装电话，更没有手机，朋友无奈求我顺道救场，并代为解释。尽管漫漫时光中许多东西早已淡忘，但我终生忘不了，那女孩对我微笑之余所流露出的尴尬加愤怒的眼神。

后来自己结婚生子，北海依然是常去的公园。记得有一年元宵节自贡灯会，公园里人山人海，比肩接踵，因怕挤着女儿，只好把她驮在肩上，一路上眼睛盯着游人的空隙穿行，花灯却没留下任何印象。再后来，虽南城北城几经搬家换房，为方便孩子就近上学，最终又迁回离北海不远的地方定居。不知是因习惯还是怀旧，北海再次成了全家游园的首选之地。只不过，如今已是祖孙三代同游，路线选择开始变成以孩子喜好为准。再一个变化是游船大多升级为电动，脚踏船已成古董级物件，想租也未必能够租到。但习惯成自然的惯性，经常把逛北海，演化为一种岁月如梭的温馨记忆。

与广西的北海结缘，更有某种传奇色彩。1990年秋，广西召开李英敏文学创作研讨会，我受命代表英敏局长的旧部，来李老家乡北海参会。作为老局长的小同事，本人受到热情款待。会议期间，我参观了古海角亭、文昌塔、东坡亭、红树林等名胜古迹，在号称"天下第一滩"的北海银滩，体验了一下清澈见底的海水和柔软细腻的海滩，实地领略了南珠故郡的风采。时间不长，却有两事印象极为深刻。

一是老局长半严肃半玩笑地勒令我买串珍珠项链。实话说，一看价格，立马眼晕。用三个月的工资买串项链，囊中确有几分羞涩。但当着许多人的面，不买觉得有点难堪，只好硬充好汉忍痛出手。不承想，此事受到老婆的高度赞扬。这串项链成了我们从恋爱到结婚她得到的最贵重礼物，而且也成了她每逢重要场合首选的佩戴饰品，且经常会被识货者发现并予以褒奖。如今30年过去了，这串珍珠依然质地晶莹、色泽温润，透着浑然天成的典雅韵味，估计当年的A货质量标准，现在肯定是望尘莫及了。

二是在银滩看到早起的渔民挖出蚯蚓一样的东西。惊奇之余询问当地朋友，答曰沙虫，是北海特有的奇鲜无比的一种海珍。为验证虚实，当天中午即有沙虫上桌，果然是鲜香可口，名不虚传。回京时特意买回一包，不料效果与项链形成巨大反差。夫人虽然竭力按照包装说明来操作，但怎么做都难逃牙碜的结局。结果这包沙虫在冰箱待了几年无人问津，最后被当作过期的废品丢弃。每与北海朋友说起此事，一再遭到嘲笑并付之以暴殄天物的惋惜之意。

如果北海的故事至此为止，当然毫无新意。因为大半生到过许多地方，留点什么特别记忆并不足为奇。与北海之缘，奇就奇在事隔25年之后，再一次极具偶然的前缘重续。

同样又是一个金秋时节，我来南宁参加一个公务活动。活动结束当晚，我正在收拾行李准备回程，突然接到作家朋友陈建功的电话。未等寒暄，建功兄张口即问来广西为何不去看他？我立刻询问他在哪里，并解释说这次不行了，回京机票已订。陈兄不容置疑地表示，马上退票，明天有朋友开车带你来北海。一想多年未到北海，且又是探望北京的哥儿们，也挺有意思。那就恭敬不如从命，索性机票改签，由北海返京。第二天一早，广西作协的老友冯艺兄如约而至，我们冒雨驾车从南宁直奔北海。

行至北海银海区一片新建高层住宅楼，登楼走进建功新居。由开放的阳台放眼望去，越过五彩斑斓的别墅群，180度全视角，北海银滩一览无余，尽收眼底，昔日赤脚踏浪的感受瞬间涌现出来。不禁击节称赞建功兄之好眼力、好福气。

落座茶叙，未及三巡，陈兄起身邀我去看房。谁的房？什么房？疑问困惑，满头雾水。陈兄佯装不察，催促连连，说看过就知道了。于是我们走进陈府对面的一幢楼房，手持一大串钥匙的售楼小伙打开一套空房，两室一厅，格局与陈府相仿。此时此刻，建功兄才开始抖落包袱，说，这是整个小区唯一剩下的最后一套海景房，楼下价格数以百万元的别墅彩顶组成窗前的盆景，辽阔的海岸线和远眺的涠洲岛可伴房主读书品茗，这样的绝妙景致哪里去寻？这似乎是上天着意留给你的。一定要赶快采取行动，如若错过，再无机会！

又一个瞬间蒙圈。自我解嘲说，在京生活40年，除了公家分配的住宅外，从未想过购置房产之类的事情，即使诸多买房者成了千万富翁，自己心里从未羡慕，也没后悔过。建功兄庄重地厉声相告：那是思想僵化，不值得自我表扬！马上就退休了，何不趁着北海房价低的时候，买个小房躲躲北京的雾霾？无可表态，回头求助冯艺兄。他却笑眯眯地点头称是，跟着起哄说：这套房子不过就值北京一间厕所的价格，还有什么可犹豫的呢？

眼前的美好景致，加上两位仁兄一唱一和的双簧，似乎让人心有所动。但转念一想，兹事体大，洒家哪能独断专行？岂料建功兄明察秋毫，即时提醒：马上给夫人视频请示。于是乎，现场操作，全景呈现。老婆看后虽不置可否，却授予全权，只是附加了一个条件，说是如果买房，家具一定要满屋的藤器。就这样，稀里糊涂地一小时内交付订金，平生第一次有了一套具有独立产权的商品化住房。

建功兄是个活雷锋。购置手续完结后，他即刻帮我找到装修公司，还亲自驾车带我到北海装修市场转了一圈。轻车熟路，瓷砖、灶具、门窗、电器等一应设备一天内全部搞定。尤其是家具，按照老婆大人的吩咐，桌椅板凳、沙发茶几、衣柜以及大床等一律藤条，弥补了她喜欢藤器，但在北方无法满足的一个遗憾。然后把各种购置单据，统统交给装修师傅后旋即回程。其间除了电话联络外，只委托朋友看过两次装修情况，半年后直接提包入住。至此，本人名副其实地变成了一名北海的编外市民。

北海房子不大，但利用率很高，每年家人都会抽空小住。尽管当初的抉择，似乎有点盲目甚至草率，但安顿之后，却不时有了许多意外惊喜。比如说，北海开埠很早，中西交汇，融通四方，城市文化底蕴深厚，市民素质较高；北海地处亚热带，有地势平缓、地面开阔、沙粒细腻、水质清澈的天然浴场，每年大约有8个月的时间可以下海游泳；四季有绿色蔬菜、水果和新鲜野生海产品供应，物质丰富且价格低廉；更难得的是北海人不欺生，不会因为你是外地口音而漫天要价或者故意为难于你；就连全年霎交的电视网络宽带费，都可以随时报开报停，按实际使用日期计费。北海人普遍生性安逸，节奏舒缓，做事从容坦然，即便是你搭上出租赶机场，司机照样不慌不忙，告诉你安全第一。不能不说，北海让人有种宾至如归之感，这里确是一个生活惬意、适宜人居的好地方。

从工作一线退下来之后，经常与建功兄相约北海。这位北海土著不仅是个美食家，而且还是北海美食的积极推销者。我们经常接受他关于北海美食的普及教育，哪里的早茶好、哪里的海鲜地道、哪里的米粉正宗，诸如此类都有一套完整的腹稿。被他拉着满世界寻觅美味佳馔之后，本人在家里的地位迅速下降，我老婆成了建功的拥趸，经常以陈老师多有生活情趣来攻击我对饮食的将就。不仅如此，她还把陈老师带我们品尝过的美食店铺记下来，绘制出一幅北海美食地图，以至于经常为了一碗什么粉之类，跨越半个北海，来回打车的费用远远超过饮食价格。我虽心有不忍，人家却乐此不疲。为了改变这种不计成本核算的消费行为，我尝试以租赁电动摩托替代出租汽车。因为使用的频率很高，租摩托的小姑娘后来干脆免了押金，随用随取，自由归还，形同自家的店铺一般。

还有一个更加意外的惊喜是，我家小外孙秋季蒿草过敏，一来北海则过敏症状全无。这全拜北海生态环境良好、空气优质清新所赐。小家伙喜欢这个海边的居所，每天早晚两次去银滩挖沙嬉水，回京时几乎变成了一个活蹦乱跳的非洲儿童。幼儿园同学惊问其故，他必兴高采烈地大谈北海。小朋友大惑不解，声称他也随爸妈逛北海，可既没沙玩也无螃蟹，更没晒那么黑。5岁的外孙，因无法用地理概念给小朋友作充分解释而愤愤不已，决绝地回应说：你搞错了！我说的不是你划船的那个北海，是海边的那个有银滩的北海。

人生漫漫却又短暂。偌大一个北京，公园众多，绕了半生没离开北海；偌大一个中国，莫名其妙地选了个北海定居，除了阴差阳错之外，或许唯有用"缘分"二字解释才最为妥帖。尤其是外孙那句"海边的那个有银滩的北海"，不仅道出了姥爷晚年的生活行踪，而且还把姥爷与北海的缘分延续给了革命后代。

（原载《人民政协报》2021年8月21日）

四上黄山

37年前曾三上黄山，写过一篇没有出手的游记。今年暮春，当年徽州一道支教的同事提议故地重游，我积极响应，再次踏上重登黄山的旅程，以期用最新的现场实感来增补完成旧作。

黄山归来匆忙翻找旧文，岂料当初着意保存的以端正楷书抄在方格纸上的草稿却不见了踪影。枯坐叹息，怅然若失。然沮丧之余转而又想，当年之所以不敢出手，估计绝非忙于工作之类的借口，而是羞于示人。上千年文人墨客游黄山，留下诸多游记精品；后世无数人再游黄山，片纸未得，肯定皆因"眼前有景道不得，崔颢题诗在上头"的缘故。吾辈何德何能，敢轻易染指？即使找到旧作狗尾续貂，哪里会有什么花样翻新的妙招？苦思良久，决意放弃旧文续写的初衷，另起炉灶，追记些行程中的趣闻与感受，算作对黄山四游的一点念想。

掐指数来，前三次登黄山时间皆在1986年一年之内。

首次登山大约是"五一"过后，来黄山参加一个文学创作座谈会，会后组织上山。由于相互间人头不熟且各自为政，交流甚少，我一路低头爬山无暇顾及风景，感觉极累。特别在攀爬好汉坡和阎王壁时，一侧悬崖，一侧峭壁，坡陡道窄，部分地段的石阶夹角超过70度，爬来十分艰难，半程不到即大汗淋漓。更兼恐高之故，瞥一眼铁索外深不见底的悬崖，两腿不由微微发颤，心脏也狂跳不已，那个瞬间萌生的懊悔与退意，直到如今依然清晰可感。好在集体行动，退回没有可能，只能壮起胆子继续前行。直到玉屏楼，恐惧感方才慢慢平复。

登高望远，只见漫山遍野的杜鹃花、灯笼花、紫荆、蜡瓣、桃花和紫藤等竞相开放、争奇斗艳，赤橙黄绿青蓝紫，遍布于沟壑峭壁与苍松黛石之间，姹紫嫣红的斑斓色彩，迅速吸引住累惨过后的散乱目光，黄山变成了一个花的海洋。春风拂面，花香扑鼻、满目苍翠，沿途的辛劳顿时一扫而光。参会的同游者，此时开始活跃起来，争相寻找景观合影留念。唯可惜，当时没有几人备有相机，随行组织者拍摄的照片也没有几张如约寄来。手头仅存的几张旧照中，大家全部千篇一律地穿着当年颇为流行的皱巴巴的西服，每次翻阅，总不免暗自发笑。

黄山归来不到三月，领导突然找我谈话，要我参加中央讲师团赴安徽支教。我们一行被分到徽州，在歙县行知职业技术学校做了一年的代课教师。身处黄山脚下，游山当然是必不可少的事情。秋季开学不久即国庆。当年没有小长假，旅游也不像如今这般热门，讲师团的同事趁着国庆假期，兴致勃勃地向黄山进发。

那时支教的尽是一帮年轻大学生。大伙一路上嘻打哈闹、欢声笑语，完全不像爬山，倒像一次闲适的郊游。途中最令人难忘的是，作为团长的李德文半生从事少儿广播，天性中保持着"小喇叭"的童真，比年轻人还活跃，总喜欢蹦来跳去、躲在花丛后面拍照。结果一不留神，踩到"粑粑雷"上，顿时空气中臭气熏天。擦净后，他依然在团队中间窜来窜去，同伴纷纷避之不及，总觉得他身上散发着一股臭味。一路插科打诨，丝毫没顾及峭壁攀爬的风险，十分轻松地一气"杀"到天都峰。

唯过鲫鱼背时，出现了洋相迭出的场面：爬着走的、横着走的、弓着腰像虾米的、手脚并用边爬边叫的，五花八门，像个搞笑的恶作剧秀场。细想起来，鲫鱼背两边皆悬崖绝壁，只能单人通过，仅靠一条铁链象征性地保护，确乎惊险万分。本人四上黄山，也只有这一次爬到过"登峰造极"的天都，真切体验了一把"山高我为峰"的豪迈。

下了天都峰，大伙围坐在莲花亭边，吃了顿随身携带的面包、火腿、榨菜、香肠和啤酒混拼的便餐，马不停蹄直奔电台的发射塔住宿。此时天色已晚，一俟房间分配完毕，一路上叽叽喳喳的队伍顿时变得鸦雀无声，看来年轻人也有劳累疲乏的时候。

第二天凌晨，大伙相约早起看日出，只见天空灰蒙蒙的一片混沌，地上积有夜雨遗下的汪汪残水。尽管身上穿着招待所提供的军大衣，依然冻得瑟瑟发抖。结果苦等了一个小时，也没盼来渴望中的日出。最后才在湿漉漉的阴雾中，心有未甘地开启了奔赴后山的回程。

从莲花峰下山，雾中穿过左盘右绕几个山峰和松林，天才渐渐放晴，虽没见太阳，但蓝天已从茫茫的晨雾中隐约透出。然而，刚到飞来石附近，突然，漫天的云雾开始流动起来，最初还是丝丝缕缕，刹那间，飘忽不定的滚滚云团就以声势浩大的阵容迅猛袭来，像是从天而降的汹涌波涛倾泻而出，来回在山峦之间翻滚飞溅，幽深且空旷的西海大峡谷转眼即被云雾塞满，刚刚还在视野里的巨石忽然消失得无影无踪，周边的山峰与树木也仅剩下云雾笼罩下的朦胧背影。

连绵的群山似乎一下子陷落在汪洋大海之中，陡峭兀立的山峰偶有山尖透出，犹如辽阔海洋里的几个孤岛。间或有小风吹过，才能隐约看到个别山峦与松石羞怯地露出一角原貌。路上的游客只闻其声、不见其人，大家在虚无缥缈、不绝如缕的云雾中漫步，仿佛进入某种梦幻般的仙境，一时难以分辨是人在云里还是雾在梦中，正可谓"绵绵长飘三万尺，疑是银河降人间"，立时有了几分飘飘欲仙的感觉。游人甚至不忍移动步履，生怕每行一步都会踏碎一地仙云。

我们意识到遇上了传说中的云海，于是一扫出发前未见日出的胸中块垒，随即欢呼雀跃起来。或许是人群吼声形成的巨大回音，吓退了云雾，飞来石突然耸立在我们面前，等拿出相机拍照时，却又捉迷藏似的消失在雾中。尽管我们当天没少浪费胶卷，但由于傻瓜相机的像素太低，留下的所有照片一概模糊不清，似乎机器有意捣乱，专门把焦距虚化了。

第三次游黄山大约在元旦前后。我们所在单位，节前派领导过来慰问支教人员。为尽地主之谊，大家决定陪来者登山。考虑到老同志年高体弱，行程只安排在索道附近。在我们事先毫无任何心理准备的情况下，走出索道大门的一瞬间，猛然惊奇地发现，迎着我们扑面而来的是一幕完全出乎意料的漫山皆白的苍莽景象。

想来，昨晚一场大雪刚下不久，天空尚有雪粒飘落。微风习习，细碎的雪花漫天飞舞，为近处的灌木与远山统统披挂上一层洁白的玉帐。由流琼泻玉的大雪铺展而成的遍地银花，仿佛在葱茏苍翠与嶙峋黛墨之外，再添上一道银装素裹的抢眼亮色。雪中的黄山，虽少了些夏季缤纷夺目的喧嚣，却也意外营造出别具一格的古拙苍劲、庄严肃穆的壮观气象。

奇怪的是，由积雪导致的萧瑟冬意，并没给游客带来丝毫的冷冻感觉，衣薄畏寒的忧虑忽闪即逝，与北方雪后的天寒地冻形成了截然不同的巨大反差。我们拾级走在窄小的石阶上，地上的落雪不断融化，却没有想象中结冰打滑的担忧。树上偶有雪花跳下，顽皮地钻进我们脖领里，不仅没任何冰冷袭人的反感，反倒萌生出几分特别受用的凉爽快意。

我们格外庆幸，能在北方人习惯里最不宜爬山的季节，不期而遇地观赏到黄山素常难得一见的雪中盛景。

然兴奋之余，却也碰到一个措手不及的难题。傍晚时分，准备下山时，缆车突然发生了故障。要么住上一晚，要么等缆车修好，无奈领导回程已定，我们隔天也要上课。没办法，大家紧急商议后，决定兵分两路，一人步行下山协调因突发事件导致的归程安排，两个留下陪领导等候缆车修复。本人荣幸地承担了提前下山做联络人的重任。因时间紧迫且天色渐暗，下山的过程几乎是在俯冲式地一路小跑中完成的，耗时不足三刻。记忆中，有个陡弯我没有收住脚步，若不是手里的那根竹棍撑住，差一点一头撞到崖壁上。

最后，虽然大家有惊无险地如期返回，但第二天本人的双腿酸痛得无法下地，只好与同事调换了两天课程。再次上课时，仍一瘸一拐得像个从战场上溃退下来的伤兵。

37年过后再游，黄山那集雄、险、奇、秀于一体的固有本色，依旧令人向往。"黄山四千仞，三十二莲峰。丹崖夹石柱，菡萏金芙蓉""回溪十六度，碧嶂尽晴空""采秀辞五岳，攀岩历万重"的无尽风采依然魅力四射，给人以常游常新之感；其处处皆景、移步换景，曲折回旋、上下攀缘的丰富多彩的游览旅程，依然会给游人带来熟悉而又陌生的审美愉悦和视觉震撼。有三点印象极为深刻。

一是经高人指点安排，我们选择了不同以往的由后山进、前山出的爬山路线。缆车上山，首站直奔早年未开通的西海景区，实地领略到前所未见的别样风采。是日，阳光明媚、晴空万里，站在西海大峡谷入口的平台之上，借助夕照的强光，一望无际的视野，让黄山尽收眼底。前山攀登时看到的万仞山峰，此刻已变成纵横交错、连绵起伏的群山，且远山与近山层峦叠嶂、层次分明，群山之间有参差错落的峭峰与峡谷依稀相隔。而最先映入眼帘且极具冲击力的风景，就是漫山遍野被松林灌木映衬的嶙峋怪石。虽与泰山、华山同样的花岗岩构造，却少见与之相似的巨石板块。多数奇异的岩体，纵处若断、横处似裂，悬崖峭壁若刀劈斧削、似断实连，一座座危峰兀自耸立、相映成趣，其巍峨多姿之状，以所谓鬼斧神工、天造地设之类的词汇形容，皆不足以准确刻画其奇特造型。此刻的黄山，不再是记忆中的清峻与秀美，而是它异乎寻常宏阔壮美的另一个侧面。

二是一路走来不时发现，虽黄山依旧，但游览条件却大为改观。上山的步道比过去更加整洁，且开通了若干便于疏导游客的环行线路；所有的名松都有专人负责观察、记录与维护；过去惊险地段加装的锈迹斑斑的铁索，已被柔软舒适且便于拉扯助力的尼龙线替代；垃圾收集更为规范便利，沿途随处可见的叫卖声也不见了踪影。黄山如同我们上山的季节一样，依然充满着蓬勃生机和长盛不衰的青春朝气。

三是有幸与景区管委会的王主任一路同行，高度的敬业感让他对黄山的前世今生如数家珍、烂熟于胸。交谈中，我们从这位老黄山身上学到不少关于黄山的冷门知识。与此相关，我破天荒地第一次切实捋清了有关黄山奇松的形成机理。

在我过往的认知中，黄山奇松破石而生，枝虬干曲、千姿百态，仅唯美而已。但奇松何以成型却从未深究。这次游山方才明白，黄山奇松的形成，皆赖其自然环境的特别塑造所赐。因为黄山层峦叠嶂且又沟壑纵横，峻峰错落而又蜿蜒相接，八面来风，都会在山涧绕行盘旋，无论在哪个山坡或峭壁上生长的松树，都要尽力逃避一年四季片刻不停的山风可能造成的伤害与侵蚀。所以，它们都必须在枝干中间留出足以让各路来风畅行无阻的通道，日久天长，也就慢慢促成并塑形了它们冠平似盖且枝干层次异常分明的标本式特征。另外，由于植根山崖、土壤贫瘠，松树向阳的一侧必须拼命向外伸展，以便更加充分地汲取太阳的能量。为了能在保障营养供给的同时又能最大限度地减少风的阻力，松针只能变得既粗又短，枝干也只好竭力向下生长，这是生存法则和自我保护的本能选择，也是以迎客松为代表的大多黄山奇松，盘曲的枝干分层排列且斜逸横出、遒劲的松姿若人为、似盆景造型的生理动因。当真相大白后，再度瞻仰这些奇松，无法不令人从灵魂深处对物竞天择的神奇造化，发出由衷的敬畏与赞叹！

结束四上黄山的旅程，登上缆车的瞬间，密集的雨点纷纷落下。走出玉屏索道时，地面已经积成清晰水流。我们暗自庆幸，一帮疲惫不堪的老朽，平安躲过了淋雨的狼狈。

坐上回程的汽车，我不由地深情回望了一眼雨中的黄山——这里有对上苍特别眷顾的感恩，有对黄山惜别的留恋，或许也有何日还能再来的殷殷企盼。

（原载《中国城市报》2023年5月8日）

邂逅鹿城

过去从没到过鹿城包头,但与这个神秘的城市有过频繁书信往来,那是20世纪70年代的事情。

当时,曾是童年玩伴的表兄,因中学毕业后在街道打杂表现突出,被推荐进了包头钢铁学校,步入工农兵大学生的行列。在那个高中毕业不是下乡就是待业的年月,被保送上大学是无数知识青年渴望的梦想,标志着从此有了铁饭碗,这是一种至高无上的荣耀。羡慕之余,也让刚上中学的本人有了平生第一个固定的通信对象。三年不间断的书信交流,表兄信中反复描述的包钢那铁流滚滚、钢花飞溅的诱人场景,深深铭刻下自己对塞外钢城梦幻般的心理印记。

一晃50年过去了。今年初秋,受"鹿鸣文学季"之邀,我决定首次踏上渴望的包头之旅的瞬间,尘封的记忆立马浮现眼前。然而，令人十分惊讶的是，眼前的现实完全颠覆了我无数次由想象编织而成的幻影。乘车进入城区的全过程，不仅心目中曾精心构筑的烟囱林立、粉尘飘扬的情景未曾看到，而且近年常被人们忧叹的有关老工业基地式微与凋敝的景象也不见踪影，取而代之的反倒是宽阔的街道、洁净的路面和连绵错落的树林与绿化带，是老城与新区间疏朗的布局以及面貌相异且也和谐混搭的边城格调，是大路两侧造型新潮的各式建筑和琳琅满目的商业招牌，呈现出一派与高冷的塞外全然无涉的十足的现代文明都市的味道。

这次不期而遇的邂逅，曾经神交已久、缘悭一面的包头给我开了个莫大玩笑，让我亲身领教一次耳听为虚、眼见为实的残酷事实。

看来，我唯一可做的就是通过实地探访，老老实实地开始对这个虽有神交却一无所知的城市盲区进行重新补课与再认识。

细究起来，包头城市的历史变迁尤其是新城建设，确有一个颇具传奇性色彩的漫长演变过程。包头，作为中华民族母亲河直接流经的区域，是原始人类较早出现且聚集生活的地方，这从考古发掘的以阿善遗址为代表的大量古人类文化遗存中可以得到充分证明。包头处在中原农耕文化和北方草原游牧文化的接合部上，历代民族征战和王朝更替的进程，都在此留下过清晰的历史印迹。自战国到秦、金、元、明各时代所构筑的长城遗址，现今依旧历历在目，足以令包头成为实体展示中国历代长城建筑的遗址博物馆。特别是战国时期留下的赵长城，系迄今为止发现的年岁最为古老的长城，距今已超过两千年的历史，堪称国宝中的国宝。经历过漫长的农牧社会，包头真正有案可稽的宫殿式建筑，当属成吉思汗第十七世孙、蒙古土默特部首领阿勒坦汗，于明嘉靖四十四年（1565）在土默川兴建的大板升城，然后不断扩城建寺，整体工程竣工于万历三年（1575）。当阿勒坦汗受封大明顺义王时，城寺被朝廷赐名福化城，后改为灵觉寺。再往后，该部族又以此为基础，连续在其周边修建召庙和殿宇，逐渐形成了独具特色的边塞城堡与藏传佛教寺庙相结合的特有建筑格局，现下统称为美岱召。这是中国独一无二的"城寺结合、政教合一、人佛同居"的历史文化遗产。

在这座政教合一的都城里，最值得人们关注的，当是这里所发生的一件影响深远的历史大事。万历六年（1578），藏传佛教格鲁派首领索南嘉措来内蒙古、青海一带传教，直接促成了土默特部由原来的萨满教徒改信释迦牟尼，藏传佛教由此在北疆传播开来。阿勒坦汗与索南嘉措结为好友，二人互相封赐。阿勒坦汗赠予索南嘉措一个"圣识一切瓦齐尔达喇达赖喇嘛"的称号，意为将显宗和密宗修到最高成就、超凡入圣且学问渊博犹如大海一般的上师。索南嘉措欣然接受，并委托阿勒坦汗代他向大明皇帝请求册封。不久，万历皇帝降旨，赐封文书中有了"达赖"称谓。万历十五年（1587），明朝政府正式承认这个称号，并派使节亲自敕封，追认宗喀巴的弟子根敦朱巴为一世达赖喇嘛，再传弟子根敦嘉措为二世达赖喇嘛，索南嘉措为三世达赖喇嘛。应该说，至今依然保存完好的美岱召，全程见证了这个充满传奇色彩的历史过程，进而奠定了它在中国佛教发展史上特殊的历史地位。

历史进入明末清初，地广人稀的包头农牧业逐渐繁盛，渐次成为由山西、河北和陕西一带，因逃避天灾人祸而走西口人群的必经之道或目的地，形成了包头作为西部地区农牧产品集散地和商贾云集、商号林立的商贸中心的枢纽位置，不仅成为晋商兴盛的重要发祥地，而且还直接带动了包头老城——东河区的繁荣与兴旺。

包头新城真正崛起的历史机遇，源自中华人民共和国的建立。20世纪50年代，包头荣幸地被列入国家重点规划的8个城市之一。第一个五年计划由苏联援建的156个项目中，有5个落户包头，拔地而起的包钢成为国家重要的钢铁基地，一机、二机成为中国西部最大的机械制造厂。它们的闪亮登场，让包头从传统的农牧社会迅速跃升到现代化的工业文明。草原钢城、西部工业基地和稀土之都的盛誉，精准道出了包头作为中国西北工业重镇的特殊定位。

在深入了解历史的演进过程之后，我倒觉得，最值得称道的甚至不是这座城市发展的历史，而是其内在的开放、开明与包容精神。包头位于蒙古高原的南端，濒临黄河沿岸，横贯阴山山脉，南接华北平原，北接蒙北草原，处在由平原向高原延伸的过渡带上，堪称连接华北和西北的重要枢纽。从古到今，中国古代北方游牧民族在这里繁衍生息，中原王朝与西北各少数民族在这里往来通商，中原文化与草原文化、农耕文化与游牧文化在这里相互激荡、深度交流，切实为中华民族的大融合和经济社会的大发展做出过特殊的历史贡献。尤其是新中国成立以后，在全国"一盘棋"的经济社会布局中，包头因为占有区位和资源的双重优势，被牢牢镶嵌在环渤海经济圈和沿黄河经济带联结的战略腹地上，天南海北的人才在此地集结，南来北往的物资由此处聚散。如若没有海纳百川、开放包容的城市精神，压根就不可能让这样一座文化多元的移民城市，开创出经济快速发展、社会高度稳定、人民安居乐业的非凡业绩。

别的不讲，我们仅从城市规划和市容市貌上便看出些许端倪。作为一个新兴的工业城市，当初的设计者和决策人有无现代文明的理念和超前的思维至关重要。包头所独自创立的"脱开老城建新城""一市双城、带状布局、绿化相隔"的规划蓝图，一步到位地为城市发展预留下广阔的施展空间。在半个多世纪后的今天，城市依然分布疏朗、交通便利、不塞不堵，焕发着蓬勃旺盛的生命活力，早期城市规划的前瞻性可见一斑。据说这个规划曾经直接获得中共中央的批准，这无疑成为国内城市规划的成功范例。改革开放以来，包头市的城市规划虽然经过先后三次大的补充与修订，但决策者依然不受各种时尚潮流的影响，坚持将一张蓝图绘到底。一城三点式的带状分布不仅丝毫不动，而且还进一步将城市绿线分为现状绿线和规划绿线：现状绿线作为保护线，绿线范围内不得进行非绿化设施建设；规划绿线作为控制线，绿线范围内必须按照规划进行绿化建设，不得改作他用。这让城市舒展、大气、绿色、开放的肌理，始终得以理性地延续和健康地伸展，个中所体现出来的开明与远见令人敬佩！

最典型的例子当属赛汗塔拉生态园和黄河国家湿地公园的建设。赛汗塔拉是一块早年控规的、位于城区之间的杂草丛生的荒地，不少商家曾跃跃欲试，准备投巨资开发房地产。市政府不为商业利益所惑，毅然决然地把建设赛汗塔拉城中草原作为一项标志性的惠民工程，市人大专门制订保护条例，以立法形式确保任何人不得对其侵占、买卖、转让、租赁或破坏。石破天惊地让这块地处中心城区、总面积达770公顷的原始草原生态系统，变成了全国乃至世界城市中绝无仅有的"城中草原"。另外如黄河湿地公园，则由昭君岛、小白河、南海湖、共中海和敕勒川五部分组成，自西向东分为滩、水、园、林、岛五个主题片区。尤其是南海湖湿地景区，建在荒废已久的黄河水码头南海子古渡岸边，合理利用了黄河改道南移留的2992公顷的滩涂湿地。北有大青山遥相辉映，南有黄河玉带环绕，颇有不逊济南府"一城山色半城湖"的壮丽景色，被游客亲切地誉为"塞外西湖"。这些公园虽少了些江南园林的小巧与精致，却有着古老园林难得一见的豪放、恢宏与大气，它们既是市民晨练健身、假日休闲的最佳场所，也是外来旅客旅游观光的首选打卡地。这些公共设施的出现，让人们既能在现代都市内，充分享受到疏林草地之绿与蓝天白云的相接，体验到"风吹草低见牛羊"的大草原感觉；也能在水上泛舟、湖中垂钓，或环湖行走、体悟乡野谐趣；还能徜徉于疏林草原或水中栈道之间，真切感受人在草中行、鸟在天上飞、彩蝶丛中舞、野鸭水中戏、鱼儿水底游的草园与泽国风采。看来，联合国人居奖、中国人居环境范例奖、国家级文明城市、国家森林城市、园林城市、卫生城市和旅游城市的各种嘉奖称谓，确乎名不虚传。联想到街道拥堵、空气污染、水泥森林林立的超大城市，公共空间人满为患、犹如集市的不堪场景，包头市民无疑个个都是绿色生态的富翁，他们超高的生活幸福指数，无法不令在超大城市蜗居的我等发出由衷的欣羡与赞叹。

既然包头是成吉思汗发现神鹿的地方，又是他子孙生息繁衍的风水宝地，作为一个外来者，在与包头依依惜别的时刻，我唯有真诚祝愿这个始终与吉祥神鹿相伴的"包克图"，能像矗立在工人文化宫广场上的那座三鹿腾飞的雕塑一样，不断追逐时代风云，创造更加辉煌的未来。

（原载《中国社会报》2023年9月25日）

初遇商洛

世上流行两句截然不同的话语：一句是看景不如听景，一句是百闻不如一见。前者表达了对某些景观名不副实的失望，后者阐发的则是相见恨晚的惊喜。本人第一次走进商洛，体验到的就是后一种感受。

一说起商洛，脑海里立马联想到的就是大西北干旱少雨的黄土高原，是古诗中辞家去国、跨越秦岭的艰辛与困苦，是贾平凹商州系列小说中诸多的贫寒、坚韧且又心有不甘的乡党们凄风苦雨的生活场景。从"南登秦岭头，回望始堪愁""梁州秦岭西，栈道与云齐""诸峰皆青翠，秦岭独不开""云横秦岭家何在，雪拥蓝关马不前""望秦岭上回头立，无限秋风吹白须"之类的描述中，让人感觉这地方在历史上无论如何皆与穷乡僻壤脱不开干系。岂料，当汽车载着我们穿越数以十计的山涧隧道进入商洛地段之后，映入眼帘的却是一望无际由茂密森林覆盖的连绵群山，而群山怀抱的坝子里更是一片山清水秀、满目苍翠的绿洲。这与心理预设中裸露且干裂的山石或黄土，沙尘飞扬、四目萧瑟的苍凉景象完全不能吻合，现实与想象之间的巨大落差，瞬间令我目瞪口呆，惊讶得好长时间几乎说不出话来。

带着一脑门子的疑惑踏上商洛大地，心中充满了探其究竟的百般好奇。尽管采风活动安排得很满，仍夜不暇寐地翻阅随身携带的小册子，以恶补相关地理知识的盲点。几天下来，现场观摩加上书本学习，我对商洛开始有了粗浅的感性认知，立刻对这块历史文化悠久、自然风光秀丽、物质资源雄厚、后发优势明显且发展潜力巨大的神奇土地产生了浓厚兴趣。

秦岭作为横亘于祖国大西南地区的一道天然屏障，是跨越南北疆域的必经之路，具有十分重要的战略地位，历来都是兵家必争之地。商洛位于秦岭东段南麓，缘商山洛水而得名，尤其作为大禹治水、仓颉造字、商鞅封地、四皓隐居、闯王屯兵的发祥地而闻名遐迩。战国时期，商鞅分封于此，史称商於，汉朝始名商洛。虽历代称谓稍有差异，但基本名号与建制大体沿用至今。最能体现其源远流长历史和沧海桑田变迁的重要佐证，就是遍布于城乡各地的数以千计的历史文化遗存。像洛南旧石器的发掘、东龙山夏商周遗址、元扈山仓颉授书处摩崖石刻、蓝关遗址、武关遗址、商鞅封邑遗址、闯王寨遗址以及四皓墓、文庙、丰阳塔、商州城垣、二郎庙、城隍庙、龙山双塔等，都有较高知名度。其中，我们所到的山阳漫川古镇或许颇具代表性。

走进春秋战国时期地处秦楚两国接合部的漫川，一出高速路口，"朝秦暮楚"四个大字即刻把人带入特定的历史情境之中。在漫川荆紫一处两山对峙的要冲地段，咆哮的丹江与狭窄的古道共同构筑起一道易守难攻的险要关隘。雄关的遗址今天仍然清晰可见，险峻的地形地貌与关隘残迹，依稀诉说着曾经的沧桑巨变。特别在公元前312年的"丹阳之战"之后，持续不断的诸侯争霸拉锯战，让荆紫关一时归秦，一时复又归楚，"城头变幻大王旗"，隶属关系反复更迭，于是也就有了"朝秦暮楚"这个著名成语。今人赋予它反复无常的含义，委实与其本义风马牛不相及。

漫川古镇基本保存完好。特别是金钱河畔的水码头和蝎子老街的规模与气势，仍然能够明确无误地彰显当年商业繁盛的兴旺景象。南北走向的老街依山傍水，卵石砸扣的路面钤着岁月印痕，琳琅满目的商号、店铺、饭馆、茶楼、酒肆、旅店分列街道两旁，比肩接踵，店面清一色木架板楼，檐下廊柱与板门多有木雕装饰，店铺间以青砖封火墙相隔。原住民依街而居，或独立成户或前店后室，浑然一体、毫不违和，一看就不是专门为旅游而打造的仿古街区，而是一条活着的带有鲜明历史年轮的古色古香的真正老街。老街中段有一宽阔广场，沿山体一侧，依次坐落着由湖北商贾集资修建的武昌会馆，由陕、晋、豫马帮共同出资建造的骡马会馆。骡马会馆又分设马王庙和关帝庙，其并排而设、章法有致的匠心设计，精确映衬出繁盛期各路商会和谐相处、共同协调商帮事务的气派与格局，也隐约标示着漫川作为商贸中心的特殊地位。广场沿河一侧，建有比肩而立的鸳鸯戏楼，这是全国独一无二的联璧式戏楼古建筑。九脊重檐歇山顶的北戏楼归属关帝庙，以唱秦腔为主；单檐歇山顶的南侧戏楼归属马王庙，以唱汉剧为主。双台连唱，足见当年文化之盛。

最具特殊意味的是，在武昌会馆和漫川关门楼两侧，分别刻有两副对联：一则是"晨曦动木钟木舌唤醒大雁塔，夕阳下渔舟渔歌唱醉黄鹤楼"；一则是"秦风楚韵金戈铁马觅古道，襟江带湖百业兴盛看雄关"。以大雁塔对仗黄鹤楼，又以秦风楚韵作标榜，一语道出商洛文化的突出特征。其特有的地理位置，决定了商洛人既有北人之质朴，又不乏南人之灵气；既秉承秦文化之刚阳，又赓续楚文化之柔美，这从当地的花鼓、道情、大调和山歌等曲艺表演中，即可清晰分辨出来。商洛的戏曲、曲艺大多曲调变换多样，唱腔委婉缠绵，拖腔优雅飘逸，兼有秦腔、汉调、黄梅、大鼓和江南丝竹的神韵，其南北荟萃的呈现方式给人留下难忘的印象。

如果说，"朝秦暮楚"的传说和雄关依然矗立的划地界碑，代表着历史的纷争与对立，那么，这秦风楚韵和"南腔北调"

的文化交融，无疑是先辈留给后人最为珍贵的文化遗产。

鲜明地域特色不仅归之于历史的馈赠，更在于现实的赋能与呈现。商洛作为陕西唯一全域处在秦岭腹地的地区，它将秦岭作为中国南北方的划界标志，和作为亚热带季风气候与温带季风气候、多水带与过渡带以及南方水田与北方旱地分界线的特点，集中、完备而又真切鲜明地体现出来。商洛境内山脉林立、沟壑纵横，流泉飞瀑、河流密布，"八山一水一分田"的特殊地理特征，造就了它瑰丽多姿的自然风光，独享着"秦岭最美是商洛"的广泛赞誉。复杂而独特的地质构造，既为地下成矿提供了天赐之利，储量可观的稀有矿藏有待开发；同时作为丹江发源地，也为南水北调中线工程涵养了巨量的优质水源。商洛南北相接、干湿相宜的气候条件，促成了全域森林覆盖率达到70%，负氧离子含量高，建构起四季分明、温润宜人的良好生活环境，被誉为"养在深闺人未识的天然氧吧"。这些丰厚的自然资源，正在为商洛的农业、养殖业、中草药、旅游和康养在内的绿色发展，提供了源源不断的强劲内生动力。

一路行走，大家高兴地看到，特色农业的规划与布局正在成为商洛新农村建设中最具发展前景的支柱产业。在柞水县金米村的木耳食用菌实验基地，成片的塑料大棚格外壮观，从棚顶到地面，密密麻麻地悬挂着一串串的食用菌袋，它们排列成阵、整齐有序，四周长满大小不一的新生木耳。这样的培植方法过去少见，请教技术人员，他们解释说，常规食用菌栽培基本在地面堆放，只能两头产菌，而采用悬挂的方式培植，既利于通风透光，四周产菌，又便于采摘，能够大大提升木耳的产量。这里培植的木耳，既有常见的黑木耳，也有不大常见的玉木耳，同时还有他们最新培育属于独家产品的金木耳。当日晚餐，大家纷纷要求品尝这个最新菌种。食后发现，金木耳完全不同于平常木耳的爽脆，而是留有软糯顺滑、清香回甘的特别口感。如若日后推广开来，定会具有广阔的市场空间。目下，作为全国食用菌产业发展示范市的商洛，已将史上著名的"上洛耳"在新的时代发扬光大，开始把"小木耳"做成了"大产业"，实质性地带动了当地农民的可支配收入实现了翻倍增长。

在商洛期间，我们还在丹凤赶上了一次以游客为对象的红酒品鉴活动。丹凤、东凤、安森曼等酒庄分别拿出各自不同的三款干型、半干型和甜葡萄酒供游人品尝。这让游客眼界大开。原来商洛北纬33度的特殊地理位置，以及丹江河谷特有的地质、水源和气候条件，让这里野生的龙眼葡萄很早就声名鹊起。清末，意大利传教士在此酿出第一款葡萄酒，时间仅比烟台的张裕品牌晚了一年。后又双双成为新中国成立初期国宴上的指定用酒。无论是丹凤葡萄果粉厚、糖分足、汁浆浓、味甘美的特性，还是其上百年的酿酒历史，都在业界颇负盛名。这里生产的葡萄酒，色泽晶亮透明、红若宝石，果香浓郁、酒体醇厚，爽而不滞、醇而不酽，单宁丰富、回味绵久，在国内外各类评比中屡创佳绩。不断增长的市场需求，带动了葡萄种植规模的大幅扩张。目前，各家都在努力打造集葡萄酒酿造与储藏、文化展示、采摘观光、研学体验、餐饮食宿与康养于一体的综合性产业基地，发展前景普遍看好。此外，还有像茶叶、香菇、核桃、板栗、魔芋等农副产品，均在全区展开规模化生产布局，作为商洛的特色名产，已经成为各地民众争相订购的网红品牌。

按事先计划，我们回程前准备登上牛背梁主峰，高空俯瞰商洛的大好河山，无奈天公不作美，淅沥细雨下个不停。大家只好沿着山间小道稍稍转了一下，就在山脚下终南山寨的民俗客栈落脚小歇。

品着清香鲜爽的"商南泉茗"，聆听着飞瀑流溪的浅吟低唱，不由暗自沉思：自己对于商洛的孤陋寡闻，似乎怨不得古诗和平凹小说先入为主的"误导"。如果不是改革开放历史大潮的强力推动，如果不是包茂高速打通群山阻隔的300多条隧道，尤其是18.8千米的终南山隧道，商洛的闭塞不可能得到如此巨大的改观。我们既乐于看到曾经的历史机遇改变了商洛，更愿祝福借助乡村振兴的春风化雨，把商洛这方宝地再度变成更加充满希望的田野。

（原载《人民日报》2023年6月17日）

走进大芦村

把一个带有还愿意味的钦州行,变成一次大芦古村的深度游,委实有些偶然。

1990年,来广西参加李英敏作品研讨会,乘车从南宁去合浦的途中路过钦州,沿途为钦州山海相连的独特风光所吸引,路上间歇时,吃了顿活蹦乱跳的海鲜便饭又匆忙赶路,愈益加剧了未能深入领略钦州盛景的遗憾,表示一定再来。

让这个意愿落地,一晃用了近30年。机会来自2019年9月参加北海文学艺术周活动,其间钦州文联拟邀请几位作家采风,本人二话没说,欣然应约。恰好当日有同事打电话谈工作,知我要去钦州,立刻劝我必去大芦村。理由是,那里有保存完好、气象不凡的明清古村落,有别具一格的内容固定且每年更新的数百副楹联,可谓是天下一绝。听后当然心有所动,寻思采风日程里定会安排。

然而，由于临近国庆，同行者多有其他重要事务，行程安排十分紧凑。采风活动仅参观了冯子材、刘永福故居纪念馆，游览了三娘湾和坭兴陶实训基地，与当地作家进行了一次面对面座谈交流，便告结束。尽管行色匆匆，钦州依然在大家心目中留下了极为深刻的印象。这里不仅山清水秀、风光优美，而且人文荟萃、历史文化积淀雄厚，尤其是镇南关大捷，彻底改写了中国近代反侵略战争屡战屡败的历史，成为唯一一次没有签署丧权辱国条约的战争，仅凭这一点，就足以让钦州这个不乏英雄气的城市名垂青史。尽管时间短促略有未尽兴之憾，但总算了却了一个30年的未了心愿。

不承想，本应结束的钦州行却意外地画了个分号，转机缘于原市人大常委会方副主任的热心相助。他得知我对大芦村感兴趣，立刻邀我单独行动。这个临时安排的大芦村之旅，一下变成了我钦州行程的额外收获。

大芦村位于灵山县佛子镇，距县城3.8千米。大芦村因芦苇丛生而得名，可见当初是个荒茅之地。全村有10余户杂姓人家共处，劳姓居多。所谓大芦村古民居，主要是指劳氏家族的明清旧居。

是日，阳光明媚，气候宜人，我们驱车约两小时抵达大芦。进村伊始，首先映入眼帘的是一潭清水，导游唤作月亮湖，湖的沿边植有一排粗壮茂盛的荔枝古树，树枝映于水中，池塘波光潋漪,树影婆娑,显衬出几分幽雅静谧。从池塘南端绕左侧入村,村头赫然矗立着数棵可由二三人围抱的古老樟树,蜡杆虬枝,犹若华盖,即便骄阳当空,也不见几束阳光透来。其中一棵由于年代久远、枝头负重发生倾斜,相撑于旁边樟树硕壮的枝杈上;还有一棵被称为树王者,地上垒有祭祀用的石台,透露了它在村民心中的特殊地位。

与池塘北侧正对的,就是大芦古村落中最著名的镬耳楼(又名四美堂),系劳氏祖屋的入户门楼。门楼两侧有一副以斗笔书写的十分醒目的楹联:"武阳世泽,江左家风。"意在开宗明义,追根溯源,向族人也向世人宣告劳氏的前世今生。

据悉,大芦村劳氏先祖,源自山东蓬莱即墨劳山,故取劳作姓;南北朝时移居山东松江武阳郡,故有江左之说。此后的漫长岁月,劳氏一族由北向南一路迁徙数省。宋末元初,为躲避金兵战祸辗转至广东南雄州及广西灵山一带,其中一脉于明嘉靖年间落户大芦村,至今凡400余年。劳氏家族承袭山东人吃苦耐劳之民风,坚守耕读持家,不断创置田产,家道日渐殷实,一度成为闻名遐迩的名门望族。到清代中后期,有乡间传言,说大芦劳氏从家门走到广西横州百合镇约一天的路程,脚下踩不到外姓人的一寸土地。

镬耳楼,由大芦劳氏一世祖劳经于明嘉靖年间初建。到第四代,劳家出了个京官劳弦,曾任兵部职方司主政,官拜三品,得以敕授儒林郎并请准朝廷封赠三代祖先,开启了劳氏官宦世家的功名先河。劳弦将祖屋前门楼的封火墙建成铁镢把手状，镢耳楼由此得名。

镢耳楼经劳氏五代人前后用170余年接力建造，是一个布局完整、规制严谨、具有鲜明岭南豪宅建筑风格的民居院落。整个堂院由前门楼、主屋、辅屋、斗底屋、廊房和围墙构成，二五纵深布局，抵封建社会民居规制的上限；主辅相对、以廊分割的结构，把长幼尊卑、男女起居都做出严格分界，留有那个时代的鲜明烙印。十分难得的是，劳氏先祖有非常科学的建筑理念，宅基地选择山坡而非良田，因势造形，房屋依山顺溪而建，房前田垌挖泥留塘，取土造屋，沿山坡由低向高逐级建构。并列五进的四合院层次分明，每一进前庭台阶按进制顺序由一阶至五阶清晰标识，每进四合院都有天井，保留相对独立的活动空间，前后院以侧门和回廊相互贯通，进而共同构成一个错落有致、庄重森严的整体。南方潮湿多雨，这样的建筑既保持了良好的采光通风效果，又形成了天然的排水便利。为了减少暴雨对门前地基的冲刷，房屋建筑时专门在屋檐部位设有导雨沟槽，沟槽与室内两侧刻意砌成的两个空心廊柱相通，雨水沿空心柱顺流而下注入屋角的下水道。雨水包括家用废水由高向低，最后流进大门前的月亮湖。门前取土形成泥塘的优势此时立马凸显出来，我看至少有四个：一是就地取材用于建房，二是易于排水贮水，三是便于取水防火，四是构成整个院落的景致与风水，恰好暗应了那句俗语：水向低处流，人往高处走。

这种源于民间朴素智慧的不同凡响处，确乎令人叹为观止。

出镬耳楼向北是一处小巧别致的劳家花园，围墙外有七棵苍翠挺拔的古桎树，为劳氏五代劳宏道所植。相传大芦劳氏四代单传，为此专门请高人指点，认为住宅背后空旷无靠，于是按北斗七星状种下七棵桎树，与门前月亮湖构成"七星伴月"之景，果然应验生下第二个儿子。尝到甜头的劳宏道又在村头种下樟树，取桎与笔、樟与章的谐音之义，取池边荔枝红果满挂的喜庆，寓意"笔墨文章，红顶当头"，用以寄托并祈盼家族的兴旺发达。

改变了血脉单传的劳宏道开始扩建祖屋，在大芦劳氏开基200年之际，与老宅并列建起同等规模二五布局的老二房。对应老宅四美堂号，取达德、达才、达智之义起名为三达堂。因规制统一、建筑时间较短，新院比老宅更加气派。并列的双院均系土木结构，虽然历经数百年风雨侵蚀，室外飞檐瓦脊、石雕柱础，室内墙壁装饰、门楣窗棂、木雕石刻等早已显得沧桑斑驳，但历史的印痕和岁月的包浆，都依然难掩昔日的辉煌；灰砖青瓦、庐舍勾连、参差成片的古宅群落，仍旧显示着不减当年的恢宏气势。

大芦劳氏数百年生息繁衍，族群及基业日益庞大，后代子孙不断另寻宅基建房，除老宅之外，还建有东园别墅、双庆堂、东明堂、蟠龙堂、陈卓园、富春园、劳克中公祠等共十处宅院，且都大致沿袭了祖屋的规制和习俗。十处院落占地20多万平方米，保护面积达45万平方米，共同构成全国少见、规模宏大的宗姓氏族民居古建群落，也勾勒出劳氏家族特有的民俗文化景观。清代诗人吴必启曾留诗赞大芦，描绘出一幅近乎世外桃源的景象："宅绕清溪耸秀峰，松林鹤友晚烟笼。小楼掩路斜阳外，半亩方塘荔枝红。"进入新世纪以来，大芦村先后获取中国历史文化名村、全国重点文物保护单位和国家级AAAA级旅游景区等称号，表明了政府与游客对这个古建群落的充分认可。

大芦劳氏能接续兴旺数百年，离不开祖上善足先开、谋能裕后的功德，当然也有后辈不怠不忘、遵规守成的努力，更与劳氏一族耕读传家、资富能训的家风密不可分。劳氏祖屋专门设有上书房与下书房，东园直养斋首开家塾先例，劳克中公祠建有家族书院，所有府第皆有专供生员和子弟读书的场所；像"艺苑先睹""健翮凌云""书田种粟、心地栽兰""东壁列图书，任人教子教孙，善教家齐终有庆；园庭攻翰墨，当勉成仁成义，名成身立自流芳"之类的匾额、对联随处可见，均是劳氏崇文重教的实际例证。据介绍，从明末到清末的340年间，劳氏男丁不足800人，却输送出县、府儒学和国子监文武生员112人，出仕做官者47人，获朝廷封典者81人。是故，劳氏祖宅二进设有官厅，各类科名匾、诰封匾和贺匾十余块赫然悬挂在四美堂、三达堂和东园各进的门楣上，它们无言诉说着劳氏辉煌的过往。尽管劳氏一门并未出过什么达官显要，但在当年地处岭南偏僻一隅的山乡，作为一方乡贤富绅，已足以格外光宗耀祖了。

崇文重教传统延续今日，族群依然备有浓厚的攻读习俗。据村民告知，目前全村总共2000多人的劳氏家族，每年都能有30个左右的高中生考入各类大学，占比不谓不高。

当然，古民居最能彰显劳氏文化底蕴的，还属张贴悬挂于十处宅院各进门楼及中堂两侧的那300余副楹联了。这批楹联多为劳氏族人所撰，除一些市面上常见的有关婚嫁寿祝、除旧迎新的条幅外，大都带有十分鲜明的劳氏色彩。比如以敬祖为旨的，像"宗六世衍四支本源上溯劳山绪，面重离位习坎霜露萦怀淑水恩""临活水镜陂塘一派清源绵祖泽，倚苍松环翠柏千年老干长孙枝""倚西北为鸿模北阙殊恩沾世德，挹南东之秀气东兰旧址发书香"之类；以报国为旨的，像"克尽兴邦责，忠全爱国心""文章报国、孝悌传家""东壁书有典有则，园庭诲是训是行"之类；以持家为旨的，像："绳其祖武唯有耕读，贻厥孙谋只在俭勤""知稼穑之艰难克勤克俭，守高曾其规矩不愆不忘""创业本为难念先人沐雨栉风当日几经况岁，守成犹不易望你辈粗粮淡食同戒勿爱奢华""祖有德宗有功惟烈惟光永保衣冠联后裔，左为昭右为穆以飨以祀长承俎豆振前徽"之类；以修身为旨的，像"神之格思无远弗届，道则高矣有鉴在兹""惜食惜衣不但惜财兼惜福，求名求利须知求己胜求人"之类；还有一些言志抒怀的，像"涵养功深心似镜，揣摩历久笔生花""淑气自迎人兰室生香盈岁月，卿云方入户槐庭祥瑞起图书""春亦多情鸟向枝头催逸兴，人其得意梅花窗外放诗怀"等。这些楹联修辞娴熟、格律工整，具有浓郁的装点书香门第、展露乡风民俗、抒写家训才情的族裔文化特色。每逢年节和喜事庆典，后人都会在固有位置上用红纸浓墨将原楹联重新书写张贴，以重温先祖教诲，传续宗族文脉，数百年从未间断，已演化为家族特有的风俗习惯，形成当地弥足珍贵的非物质文化遗产。20世纪末，广西民协授予其"广西楹联第一村"的荣誉，可谓是实至名归，当之无愧。

在游览过大芦村后的很长一段时间，笔者大脑里一直萦绕着一个问题：在子孙不断繁衍分居的情况下，一幢老宅为何能躲过无数次天灾人祸，原样不动地完好保存400年？何以进一步延伸到将所有祖屋都能一概维护留存？其中可能找到区位环境、经济条件、分配方式等诸多客观因素，但最重要的原因，或许在于劳氏家族的集体荣誉感以及族群内部的规范约束力。如果没有强大的内驱动力，即便能逃过当年的战乱，也难逃"文化大革命"的破坏。因为那么多封建规制以及朝廷和封建士大夫颁赠的匾额，如果不是大胆且刻意的保护，不可能躲过大破"四旧"的浩劫。过去我们一直批判宗法制度，岂不知这种制度固有其保守落后的一面，但它在通过宗族势力维系社会结构的超稳定性，通过形成宗法礼俗规范社会道德风尚等方面起到的作用，都不容小觑。劳氏家族对祖宗遗产自觉的保护意识，无论是面对曾经的改朝换代和社会动乱，还是面对今天到处可见的大拆大建，尤其在传统村落正逐渐衰落甚至消失的当下，无疑都具有十分积极的文化价值和历史意味。

　　与大芦古村何以留存的思考紧密相关，同样也伴有一些对历史遗存如何赓续保护的丝丝隐忧。比如，将老宅腾空用于展示，原有的家饰和家具所剩无几，是不是让人觉得民居少了些烟火气？别具特色的楹联用标准的印刷体雕刻在各式现代材料上，能否与古建氛围相搭，是否少了些文化气息？十处古民居群落分布在村庄不同的位置，如何才能更好地发挥整体效应？特别是伴随着新农村建设的进展，古民居周边如何避免多层居民楼的兴建？管理部门有没有完备的控规谋划？对此，笔者心中不免怀有几分忐忑，唯愿这不是杞人忧天。

（原载《人民日报》2020年2月1日）

访非散记

20世纪末的一个夏日，我随中国电视代表团出访非洲，碍于时差和语言所造成的记忆障碍，许多具体的活动项目和游览的地点大都变得模糊起来，但有几个印象深刻的见闻始终让人难以忘怀。

一个是在约翰内斯堡碰到的一件令人啼笑皆非的趣事，让大家深切领悟到文化交流的必要与重要。

代表团受邀出访的主要签约方是非洲领先的传媒公司MIH（米拉德国际控股集团公司），公司总部位于南非第一大城市的约翰内斯堡。从北京登机到约翰内斯堡，旅途长达十多个小时，抵达目的地时已近深夜。代表团成员虽然各个都感到格外疲倦，但因事先安排好了访问行程，第二天一大早，大家就紧锣密鼓地开始了造访MIH集团的首场会见。

走进公司总部大院的侧门旁，集团所属幼儿园的小朋友们集体列队，挥手欢迎来自远方的客人。这种久违的热情待客方式，给大家带来了一个意外惊喜。幼儿园为了迎接中国代表团的参观访问，早在头两天就让老师给孩子们讲述了一些有关中国的故事。这本来是一个十分友好的举动，但由于年轻的女教师对中国缺乏了解，她所讲述的故事竟然是中国人吃蛇的话题。在孩子们的心目中，蛇或许是一种令人恐惧的可怕动物，想象中的吃蛇者肯定也会面目狰狞。当代表团进门之后，映入孩子们眼帘的是西装革履的黄皮肤老外，并不像茹毛饮血的野蛮人。于是他们十分好奇地竞相发问：你们真的会吃蛇吗？蛇要生吃还是熟吃？孩子们惊异的眼神和天真的问话，让我们这些来自东方的客人顿时有了几分尴尬。这种尴尬并非源于问话的唐突或者说难以解释，而是对不同民族间文化差异与隔阂的震惊。

这个意外的插曲生动、鲜活，且发人深思。它清晰地昭示出一个朴素而又深刻的道理：国际间固然需要相互交流，但国际交流与文化传播不是一种外在的形式，而更为重要的则是交流、传播什么？如何传播？不当的传播或许比一无所知还要可怕。

在现代社会科学技术高度发展的今天，不同国家和民族间的时空距离正在缩短。如果人类不能充分运用现代科技带来的便利，加速民族间的文化往来与交流，人类的发展和进步则会停滞不前。非洲有约3020万平方千米的土地，54个国家，14亿多人口，是国际大家庭不可或缺的重要成员。中央电视台寻求在非洲落地的目的，就在于加强中非文化交流，广泛传播中国文化，让非洲人民更全面深入地了解中国。受MIH集团的邀请，中国电视代表团本着沟通情况、增进友谊、加强合作、扩大覆盖的愿望出访非洲，不经意间碰到的关于吃蛇的话题，无疑成了进一步扩大中非文化合作与交流必要性的最好诠释。

中央电视台与MIH集团有着良好的合作关系。集团董事会主席库斯·贝克先生是一位对中国十分友好且具有远见卓识的企业家，早在中国与南非建交之前，他就曾经绕道第三国建立了与中国的商务往来。在两国邦交正常化之后，更把对中国的投资作为集团发展战略的重要环节，先后在中国开通DTH试验系统和以中文为主的脉搏网，并为实施中国电视村村通计划提供了有力的技术支持。为了更加便利地开展对华业务，还专门出资在开普敦大学开设中文课程，支持和鼓励集团员工学习汉语。MIH集团作为非洲最大的一家向全球众多电子平台提供付费电视和互联网平台业务以及付费媒体与交互运营技术的跨国公司，1997年与中央电视台成功签署落地协议，以双方互不付费的方式，通过泛美4号和热鸟2号卫星将CCTV－4覆盖非洲和欧洲。在非洲大陆，中央电视台中文国际频道节目以开路电视的形式直接入户，1999年已经拥有60万用户。同时还通过MIH集团，我国与俄国、法国和塞浦路斯等国签署了下载协议。

代表团在非洲出访的十多天里，所到之处随时可以看到中国电视节目，此皆MIH集团合作之功，也是最令人振奋的事情。大家在国内每天看中国电视早已习以为常，不觉得有什么新奇，但在非洲的各个宾馆和餐厅能看到中国电视节目，在赞比亚Multichoice公司的广告牌上看到CCTV的招贴画，甚至在野生动物自然保护区Mala Mala宿营地仿土著的草舍里，同样可以清晰地收看到中央台的电视节目。作为中国人，在异国他乡的陌生环境中能毫无障碍地通过电视与故乡交流，那种真切的宾至如归的感觉，令人激动得无以言表。瞬间就会让你感到，画面是那样的优美，声音是那样的动听，色彩是那样的柔和，每一个电视播音员熟悉的面孔都让人感到亲切，犹如久别重逢的亲友，虽远在异乡，却感觉祖国就在身边。人们无法不由衷地赞叹现代科技，这样的意境和场面不要说在远古时代，就连现代、在没有卫星传播之前的任何时期都是难以想象的。有了这种广泛的传播，类似中国是个吃蛇的民族这样的笑话，今后肯定就会慢慢地消失。

尽管代表团的日程安排得很满，大家备受参观会谈、送往迎来和车马劳顿之苦，基本是每天深夜才能回到住处，但坚持看一会中国电视节目再就寝，几乎成了每一个代表团成员的必修课。我想，每个电视从业者若能设身处地地体验一下这种感受，其自豪感和责任心无疑都会得到巨大提升。

第二个深刻感受是南非的气候条件和社会环境，与自己最初的心理预设形成了巨大反差。

本人在受央视邀约参团之初，单位领导开始并不赞同。近些年，因为手头工作难以脱身，曾先后数次放弃了原定的出国考察任务。领导可能觉得好不容易安排出访一趟，让我到经济社会都较为落后的非洲似乎有点不够意思，希望我稍后随主要领导出访澳大利亚。我心想，虽然大家都希望去发达地区见见世面，但体验非洲的机会或许更加难得，因为访非的团组少之又少。故而，自己非常坚决地表达了随行的意向，领导方才应许。后来的事实充分证明，当初的这个判断是正确的，因为这次行程成了本人大半生唯一的一次非洲之旅。

　　由于时间仓促，事先来不及做任何功课，就急急忙忙地加急办理各种出访手续。因为正值盛夏时节，暗想低纬度的非洲肯定是热上加热，所以，准备的衣物中大多是短袖衣服。岂料到了非洲才晓得，南非位于非洲大陆最南端，东、南、西三面被印度洋和大西洋交替包围，全境大部分处在副热带高压带上，南部沿海属于典型的海洋性气候，西部则属于地中海式气候，年均温度一般在12—23摄氏度。而七月恰逢南非的冬季，约翰内斯堡濒临大海，冬季不仅不冷，而且还风和日丽、气候格外宜人，穿件衬衣加个外套刚好合适，这与先前预想的酷热难耐简直大相径庭。前后十多天，事先预备的短衣，结果一次也没派上用场。

　　印象中，非洲到处都是沙漠大荒，属于世界上最落后的地区。到了南非才知道，这里的自然风光和城市面貌几乎与欧洲没有什么区别。随意拍个照片出来，如果不作提示，一般人不会想到这里就是非洲。南非属于非洲经济最发达的国家，自然资源十分丰富，交通、通信、能源等基础设施非常好，作为国家经济支柱的矿业、制造业、农业和服务业十分发达，丰富的矿产驰名全球，深井开采世界领先。此外，南非还是世界著名的旅游度假胜地。站在开普敦好望角的灯塔上一眼望去，辽阔的大洋极其壮观！来自印度洋的暖流和来自南极洲的寒流在这里交汇，整个海面似开锅一般波涛翻滚，尽管由强劲西风掀起的惊涛骇浪经年不断，但好望角是连结印度洋和大西洋最重要的海上通道，历来是世界上最繁忙的航线之一，素有"西方海上生命线"之称。极为丰富的自然和人文旅游资源，让南非旅游业排在全球前列，成为国家的另一个支柱型产业。

然而，与经济社会较发达相对应的另一面，却是极其严重的两极分化。代表团外出的路上，沿途随处可见带有私家泳池的花园洋房，而与花园洋房一箭之隔的另一类住宅区——随意搭建的简易平房以及用几块铁皮围建而成的各式贫民窟，同样鳞次栉比。尽管政府彻底废除了种族隔离制度，南非非洲人国民大会接过了国家管理的大权，奉行种族和解的开放政策，实施重建与发展、提高黑人经济实力的战略，全面推行社会变革，但是整个社会的管理能力和黑人就业的普及程度比预期的效果要差不少。街上到处游荡着无所事事的青年人，繁华的街区与不时冒出来的乞讨队伍极不协调。社会治安状况不佳，接待方总是反复提醒代表团成员不要单独外出。

经济发达的南非是这样，相对不发达的肯尼亚更是如此。肯尼亚位于撒哈拉以南的热带森林地区，气候温和，四季如春，物产极为丰富。乞力马扎罗山是非洲大陆的最高峰，也是地球上唯一一座位于赤道线上的雪峰；东非大裂谷有天然的地理优势，裂谷内布满大大小小的湖泊，是人类最主要的几个发源地之一；马赛马拉国家公园是地球上最大的野生哺乳动物保护区，这里动物繁多、数量庞大，狮子、猎豹、大象、长颈鹿、斑马等野生动物随处可见，据说有95种哺乳动物和450种鸟类在这里栖息，故而成为世界上野生动物观光的第一目的地，家喻户晓的电视节目《动物世界》中许多珍贵的场景就拍摄于此。尽管守着那么好的自然资源，尽管保护区里的仿土著草房子里现代化的卫浴设施一应俱全，游客可乘坐专用旅游车与动物零距离接触，享受到人与动物和谐相处以及大自然最原始的仙境般的美妙风光，但整个国家并没能靠这些丰厚资源让自身富强起来。会谈回程的路上，使馆参赞叮嘱汽车行驶途中一定不要忘记上锁，不然的话，车门一拉开，麻烦必然接踵而来。

贫穷与失序带来的性传播疾病混乱，导致当地艾滋病发病率极高，人均寿命较低。鉴于当时正是艾滋病暴发的高峰期，防艾的手段与措施经常是模棱两可，无法不让人谈艾色变，形成强烈的心理恐慌。所以，一路上我们都是随手不离消毒纸巾。虽然住在星级饭店里，吃饭从来不敢吃生冷食品；喝水包括刷牙一律都用自带的水杯；上厕所也会用卫生卷纸把马桶圈盖缠上一道；夜晚睡觉总会小心翼翼地用睡衣把自己包裹得严严实实，睡衣装箱时都用单独的塑料袋密封，回家后全部进行专门的消毒处理。事后看来，神经紧张的防控有点过分，但当时的确一丝不苟地精心操作着。

实地到过非洲才清楚，除了有世界著名的撒哈拉大沙漠之外，非洲还蕴藏着极其雄厚的各类自然资源。相比我们国家"三山六水一分田"的资源分布和人多地少、天灾频仍的特征，非洲的客观条件与中国不相上下，甚至还优于中国。由此想到，勤劳智慧的中国人立足于自己并不那么富饶的这方热土，几千年如一日，百折不挠、自强不息，创造出如此灿烂辉煌的中华文明，无法不令人感慨万端！我想，非洲既然有那么多令人羡慕的优质资源，只要转换思路，用心得法、勤劳苦干，那么未来的前景理应十分可期。

第三个深切感受是，只有真诚地沟通与交往，才能换来真正的信任与友谊。

几十年来，中国政府一如既往地本着和平共处五项原则与非洲交往，意在广泛团结第三世界，推动人类社会共同进步，这样的外交政策赢得了非洲人民广泛的赞同和支持。中国电视落地非洲，就是加强中非友好合作的一部分。出于了解中国的良好愿望，非洲政府官员、商界人士、影视业同行及其他一些普通观众非常关注中国电视，尤其是那些具有鲜明民族特色和地域风情的电视连续剧更有广泛的观众情缘。据肯尼亚国家广播公司节目部主管介绍，中国的《西游记》《三国演义》等大型电视剧播出时曾引起较大反响，当地人对中国发达的电视艺术留下了极其深刻的印象。他说，前不久，他的夫人和子女每天都会准时盯着看中国电视上播放的一部反映下岗工人再就业的片子，不时为中国人的勤劳智慧、为中国家庭的无私亲情、为中国社会的关爱互助而流下激动的泪水。这种平等交流与互动形成的良性的效果，让人为之感动。

然而，由于目前落地的CCTV-4有三分之二的时间用汉语播出，最忠实的观众主要还是华侨、华裔和在海外工作、留学、经商以及驻外使领馆人员。我们如何加强电视节目在语言和对象方面的现实针对性和文化蕴含，深入了解国外观众的审美需求，适应他们的鉴赏习惯，切实增强中国电视节目的时效性、准确性和观赏价值，更好地提高中国电视的收视率和知名度，始终是代表团特别关心的话题。

为此，代表团与非洲同行，与MIH集团所属电视公司、超级体育频道、数字卫星直播平台、互联网公司以及交互电视技术提供部门等都进行了十分广泛的接触，并认真听取了国外同行关于如何扩大中国电视覆盖的意见和建议。在反复协商谈判的基础上，与MIH集团初步达成了旨在广泛宣传中国和南非的"中国面孔"和"旅游在中国／南非"电视节目制作与交流项目；商定1998年10月，为庆祝MIH协助在非洲传送CCTV中文国际频道3周年并进一步加大该频道在非洲大陆的宣传和推广力度，在南非举办一次聚集两国著名艺术家参加的"手拉手"文艺演出活动；续签了为期3年将中国电视国际频道纳入MIH集团在非洲和欧洲的KU波段及C波段卫星传送频道群的合作协议；同时还商议了未来在中国共同开发电视交互业务以及在非洲落地CCTV-9的可行性。商谈中，双方就节目内容、语种比例、频道专供和付费方式等充分交换了意见，达成初步意愿，确定留待各自深入调研、认真核算后再进一步细化落实。双方互利互惠的合作诚意，为后续的深度合作奠定了坚实的根基。

在代表团圆满完成预定出访任务即将回国的当日，正赶上MIH集团举行一年一度的高层峰会，中央电视台赵化勇台长作为代表团团长受邀到会演讲并启动该次会议。当MIH集团总裁兼首席执行官史高朋先生向大会隆重介绍来自中国的贵宾的时候，来自南非和世界各地的500余名MIH集团的中高层负责人全体起立，用汉语齐声向中国同行问好，气氛十分热烈、场景格外感人。在现场播放了一段全面介绍CCTV所有9套节目的短片之后，赵化勇台长深情地向主办方表达感谢，扼要介绍了中国电视的发展历程、现状及其前景，并真诚地向自己的合作伙伴表达了良好祝愿，热情洋溢的演讲受到与会人员的热烈欢迎。接着，集团亚洲业务主管寅先生伴随电视录像镜头，向与会代表展示了中国社会尤其是与之相关的电视、电讯、新闻传送和互联网发展状况。他说，过去人们常把中国比作一只熟睡的狮子，看看中国的现实，你还以为这只雄狮还在沉睡吗！他希望他的同事们认真思考，根据客观事实去做出是否要进一步深入加强与中国合作的理性判断。演说结束后，代表团马上就要离席踏上归程，全场人员再次起立，以经久不息的掌声，欢送来自中国的朋友。

由于时间紧迫，大家来不及更换行装，就直接由会场奔赴机场。从代表团每个成员轻松愉快的脸上可以看出，连日劳顿的倦意早已一扫而光，大家依然沉浸在南非同行浓郁的热情之中。

（原载《中国电视报》1998年8月11日）

"路痴"的烦恼

如果不是学会开车，根本不可能与"路痴"一词有任何交集。

徒步行走的年月，活动半径不超过周边10千米，有明确的方向和标志物作参照，即使走错了道，也会很快得以纠正；骑自行车外出，也多在熟悉的范围，偶尔去个陌生地方，可轻易停下车子，找个坐地商户或居民问询，迷路的情况肯定不会发生。驾驶汽车出行，独自处在一个封闭的空间，行驶于车水马龙的大街上，失去了随时停车问路的方便，尽管路边多有明显路标，但标识甚为繁乱，稍不留神，就会错过提示，等发现问题重新寻找目的地时，路况、交规和汽车自身的局限，经常让人一时半会找不到便捷的回程路线。若是有时间限定的急事要办，迷路再加上高峰期的拥堵，即便你有再强大的内心，也难以阻止焦虑与急躁情绪的产生。

不开车的人，绝对无法领会开车迷路的那份痛苦。因为驾车上路，四周都是快速行进的车辆，一旦你模糊了目标方位，既不能减速，又不能停顿，特别在没有手机的年代，无法准确获取外界信息，只能夹在车辆中间漫无边际地盲目跟随。行驶到分岔路口，是直行还是拐弯？是左拐还是右拐？此时此刻，驾驶员犹如"汪洋中一条破船"，望着马路上川流不息、奋勇当先的伴行者，心中自然泛起一股浓浓的迷惘感，茫然无措、孤立无援的恐慌就会顿时袭上心头。

鉴于司机之间相互问道的可能性微乎其微，迷路时你只能靠边停车，而路边停车的风险在于：一是十有八九会违章受罚；二是偶遇的行人多半不能给出希望的答案。那种求天不应、叫地不灵的无助与无奈情状，简直无以言表。

假如开车偶尔走错路线，谁都在所难免，但若不间断地迷路出错，势必造成挥之不去的心理阴影。但凡去个不易辨识方位的陌生地方，车未启动，担忧已不期而至。尽管开车动身前总会反复研究地图，做足功课，但处在一个路网快速变更的年代，路况经常是千差万别、瞬息万变。一旦有变，事前的功课无法派上用场，路痴的心理预设即刻令人阵脚大乱，结果出错的频率反而更高。无论你车技有多好，类似的情况一再发生，驾车很快就被视为畏途。

本人第一次开车上路就顿时发现，多年骑单车出行的经验完全失去了用武之地。开车去个生地儿，如果事先没有清晰的路线规划，简直如同大海捞针一般。白天尚可勉强应对，夜晚则会寸步难行。20年前，自己有过一次终生难忘的迷路经历，恰就发生在夜晚。那是去北京的"中国职工之家"参加一个影视方面的活动，抵达时地面车位已满，受管理员指挥进了地下停车场。活动结束时，已是灯火阑珊的深夜。从地下室开车出库时，凭着左转入库的感觉，心想出库理应右拐，上长安街回家。未承想，出口的方向与进口正好相反，出库时想都没想，直接随着别人的车右拐上路，结果越走越不对劲，路边所有的建筑都与熟悉的长安街大相径庭。因为失去所有辨别方向的参照物，如何转弯一概不知，好在可用手机向老婆求助，但模糊的视线导致既看不清街道名称，也没可判断地址的熟悉地貌，老婆自然也爱莫能助。我只好迷迷糊糊地跟着车流前行，估计走了大半个钟头，还是没碰到著名的地标式建筑。届时遵从夫人建议，唯一可行的办法就是找个出租汽车带路。于是，打着双闪靠边停车，焦急地向过路的出租车招手。然而，深更半夜站在汽车旁向车流招手，多半属于车损求援之类的举动，人家出租车司机大半夜出门挣钱，确乎没有对陌生人的施援义务。所以一连数辆出租车经过，没有一个停下来。无奈之下，只能再次开车上路，重新向周边搜寻标志性建筑。又走了好长一程，当我一眼看到熟知的中国电视剧制作中心大楼招牌的时候，心情激动得好似溺水之人抓到了救生的船板！可谓苍天不负有心人，低落的心情霎时改观。尽管掉头时同样遇上了交叉路口，稀里糊涂地转向了偏道，但一路向东的方位一旦确定，归程自然不成问题。待懵懵懂懂中随着东行车流一直驶进前门大街时，立马兴高采烈地向老婆报平安，因为这下终于可以十拿九稳地找到家了。

这次刻骨铭心的惨痛教训，让我很长时间不敢黑夜开车外出。为此，曾专门向经验丰富的老司机求教，没想到，他们普遍的反应是不以为意，不约而同地回应：此乃新司机常见现象，不必大惊小怪，车开多了自然记路。一晃20年过去了，司机已老，车也没少开，但记道的障碍依然如故。再次咨询友人，在核实过确有清晰的方向感之后，明确断言是迷走神经出了问题。带着疑惑专程去了趟医院，医生听后哈哈大笑，告诉我：你的朋友纯粹是望文生义！迷走神经主要分布于颈部、胸部、腹部，调节循环、呼吸、消化三个系统，与迷路的行为八竿子打不着。他说，人类迷路的原因在于：大脑海马区负责位置的神经细胞之间不能相互勾连，无法形成网格化的空间定位。现代医学对此无能为力，只能靠自我训练、强化记忆来解决。

其实，自从学会开车，强化记忆的训练一直都在进行着。家里、车里、办公室里，随时都备着地图，每逢地图更新或外地来京朋友把地图带走，总会在第一时间补进。研究地图，肯定是自己每次出门从不懈怠的必修课，甚至一度把大幅的北京地图钉在办公桌对面的墙上。尽管训练的结果的确减少了迷路的次数，但碰到临时限行或新设某条单行线之类，迷路的窘态照出不误。

再后来，有了GPS导航仪，这算是"路痴"的福音。尽管当初价格不菲，还是毫不犹豫地踊跃购置并安装上车。实不知，早期的导航系统与当下相比功能较弱，经常是车至十字路口，驾车者急得抓耳挠腮，提示的声音却迟迟不来；抑或告诉你：请靠边行驶，前方200米匝道右拐，待行至大约200米时，突然发现有两条右拐匝道，慌忙中你选择了第一条右拐，结果立马收到导航警告：你已偏离方向，请掉头行驶！若是车在高速公路上，这一个掉头起码需要几十千米的路程。看来，智能设备虽然可以帮人减负，却也无法彻底解决问题，劳神误事的尴尬同样难以避免。

为强化记路"奋斗"了大半生，"路痴"的帽子终究没能甩掉。直到退休之后，才彻底醒悟，少开车或者不开车，或许才是真正杜绝迷路烦恼的灵丹妙药。退休后，无须每天上下班，不再经常开会出差，骤减了大量不必要的应酬，尤其是没有时间的硬性约束。偶尔出趟门，大可从容不迫，轻松地打个车或者干脆改乘公共汽车，既节约了资源，又没有寻路的麻烦，那些常年与开车相伴而生的纠结与恐慌，迅速消失得无影无踪。至此方才彻底明白，只要远离了自驾上路，"路痴"的烦恼大抵可以不治而愈。

（原载《光明日报》2024年8月30日）